文
景

Horizon

社 科 新 知　文 艺 新 潮

画见

止庵 著

上海人民出版社

目 录

序

这要算是我耗时最久完成的一本书了。一九九九年写得初稿，取名《画廊故事》，次年由北京的一家出版社印行；两三年后，又配上画，改题《不守法的使者：现代绘画印象》，由天津和台北的出版社各出了一版。不过我始终觉得那还只是一份草稿，当初匆忙付梓实为草率之举，有朝一日尚需大事增改一番。这以后我在欧洲、美国和日本参观了多家博物馆，看了不少绘画原作，尤其是美国东海岸的几家博物馆，获益之大，得未曾有。我坐在费城艺术博物馆展厅的长凳上，在一个本子上记下观画的感想，一连写了好几页。以后在华盛顿、纽约、波士顿、东京，还有收藏西洋绘画颇精的仓敷大原美术馆，我都记了一些笔记。二〇一五年七月以此为基础重新写起，至今年二月竣事，定名《画见》。若问出处，可以说化自"经见"一词。经见即"从经典中见到"，《史记·封禅书》："或曰，自古以雍州积高，神明之隩，故立畤郊上帝，诸神祠皆聚云。盖黄帝时尝用事，虽晚周亦郊焉。其语不经见，缙绅者不道。"柳宗元《永州龙兴寺息壤记》："昔之异书，有记洪水滔天，鲧窃帝之息壤以湮洪水，帝乃令祝融杀鲧于羽郊，其言不经见。”又日文有“花見”，意为赏花，一般特指赏樱；还有“梅見”、“月見”，意为赏梅、赏月。“见”在中文另有见解、见识之意，虽然不知道我这是“浅见”还是“谬见”。

以《画见》对比将近二十年前的初稿，可谓面目全非，除了保留那里的几个题目以及收容了其中部分词句外，其余都是新写的内容。以我观画一事而言，曾经出过的三个版本已没有意义，虽然我很感谢当初鼓励我出书的几位朋友。再就是这回将原来引用的几本美术史里的话几乎全删掉了。此前我写书写文章喜欢引文，如今则尽量不要，此亦“行乎当行，止乎当止”，写作原无一定之规；另外我也觉得虽然花了不少心思，写出来的毕竟不是什么“论”，实为一部长篇随笔或散文，在我的出品中当与《惜别》归作一路，若以笔意论恐怕还要丰腴些，而且更不像正经文章，完全不讲起承转合。无论如何，这本书与我写的《神拳考》《周作人传》有所区别，所以用不着引经据典。

《画见》还多少有点像我的另一本书《插花地册子》，以及那些被称为“书评”的文章，——我曾说，它们多半是我对世间自己心甘情愿承认写不出来的好作品的礼赞；而这里表达的就是对曾经给予我影响的画家的感谢，尽管我并不会画画，此种影响主要体现在艺术观念、艺术感受和人生感受方面。我曾讲过读书在我乃是一种必要的自我教育，可以补学校教育、家庭教育和社会教育之不足，说到自我教育其实还得加上两项，就是观画和看电影。记得《水浒》第二十三回里王婆说："但凡捱光最难，十分光时，使钱到九分九厘，也有难成就处。"我想行事如此，做人也不例外，唯非"使钱"得以"成就"：不是民族主义者，已有了五分光了；不是权力崇拜者，又有两分光；不是理想主义者，又有一分光；不是浪漫主义者，又有一分光，剩下那一分光，靠自家进一步学习、思考。这才有十分光。对我来说，"捱光"得益于一已阅历，此外就是读书，观画，看电影，论收获则不仅落实在最后那一分光里。只可惜精力已经不济，有关看电影写不了什么东西了。

正因为此书实为我的自我教育过程的一份记录，所以写来写去，最终表现的并不是所谈论的对象，而是谈论者自己。有一回与朋友聊天，我说我们解说庄子也好，杜甫也好，庄子杜甫何尝需要千年之后有人予以解说，他们的文章一篇篇在那儿摆着，已经都完成了，后人不能增之一句，亦不能减之一句。明白了这个道理之后，我们关于他们才有可能说点什么。平时常听人客气地讲"见笑、见笑"，当然不是这里被说到的马奈、莫奈诸位有什么"笑"要"见"，大家所看见的无非是作者的可笑之处罢了。

还要补充说明的是，书中分了"女人""大自然""梦"和"时代"四个题目，不过为的说话方便而已，好比是透过门缝观看，希望能看到一点什么。当然也许因此也就更加片面。俗话讲“挂一漏万”，“漏万”自是难免，但愿得以“挂一”。说来从印象派开始，“怎么画”就比“画什么”重要得多，后者无非是给前者找个由头罢了。这也就是较之文学史，我对美术史的兴趣后来居上的缘故。在文学领域，无论论家还是读者，往往纠缠于题材大小，多少忽略了对于题材如何开掘，以及一部作品的写法问题，难免“丢了西瓜捡芝麻”之讥。大家面对的是同一世界；换个看的角度，换个切入点，看到的也就完全不同，这正是我眼中绘画作品特别的好处所在。现在把画家们归在某一题目下，所强调的不是“同”，而是“异”。

另外有件事不能不提：前不久我在东京上野国立西洋美术馆看了一个叫做“北斋与日本趣味：北斋对于西洋的冲击”的特别展，分为“北斋的渗透”“北斋与人物”“北斋与动物”“北斋与植物”“北斋与风景”和“海浪与富士山”六部分，展品包括莫奈、德加、卡萨特、塞尚、高更、凡·高等人的绘画以及西洋雕塑、瓷器等，共约二百二十件，北斋的彩色浮世绘约四十件，出版物约七十件。这个展览可以说是一项非常周密的研究，涉及文化传播和文化碰撞，虽然我先已多少知道北斋对西方印象派以后的绘画具有重大的影响，但还是没有想到这种影响竟如此深入，如此全面，甚至影响到绘画的题材与构图，乃至模特儿的姿势。看完展览之后我想，我在书中所特别强调的画家的原创性，也许要打一点折扣。不管怎样，若论日本对于世界的贡献，也许首推北斋罢。

此书初稿叫做“画廊故事”，我曾特意声明说，“故事”就是“过去的东西”，就是“史”，在这方面我知道的并不比任何人多，所以压根儿没有什么特别要报告的。现在书已完全重新写过，但仍不违这个意思。前两年我出过一本《风月好谈》，封底需要写段文字，我写的是，这是我最新的随笔集，距离我的第一本书面世已经整整过去二十年了。这一段时间不算长，却跨越了前互联网与互联网两个时代。我刚开始写作时就想：世上已有那么多文章，为什么还要再写呢，一篇写完或多或少总要道出他人之所未道，或大或小总得消除某个疑问罢。到了互联网时代又增添了新的想法：网上轻易能查到的东西，为什么还要耗费力气地写成文章呢，有了Google或百度，我们应该写得更少才是。这也许是庸人自扰，但在我却难以释然。这番话差不多可以整个移过来形容《画见》。我无意提供现成的资料信息之类，只是写一己之所见、所感和所想而已。

二〇一八年三月一日

第一部分　女人

一

爱德华·马奈。多年以后我在新泽西大地雕塑公园的大门口，看到对面山坡上马奈的《奥林匹亚》（1863）的巨大仿作，那位曾经改变了历史的女人志得意满地斜倚在床上，好像刚吃过一个美国汉堡包似的，显得很亲切，很安全，丝毫没有当初的危险意味。如同公园里的其他仿作一样，这座《奥林匹亚》雕塑也谈不上有多少艺术性，只是显示了公园主人自己的趣味而已。

我是上世纪九十年代初在巴黎的奥塞博物馆看到马奈的《奥林匹亚》和《草地上的午餐》（1863）的。这家博物馆我去过多次，这两幅画也一看再看。我对西方美术史的兴趣，只集中在最近一百五十年这一段时间，即所谓“现代”，一般来说是从《奥林匹亚》和《草地上的午餐》开始。不过从“现代”意义上讲，这两幅画最初的遭遇可能比画作本身更重要，也更有意义。

两幅画里的女模特儿是同一个人：维多琳·默朗。在《奥林匹亚》中，她坦然自若地袒露双乳，虽然用左手捂住私处，但姿势生硬，仿佛随时打算将手移开。只有左脚穿着一只拖鞋，似乎随随便便，头上戴的花朵却又很隆重，这矛盾之处令人怀

爱德华·马奈
《奥林匹亚》
1863 年
布面油画
130cm x 190cm
奥赛博物馆藏
法国

爱德华·马奈
《草地上的午餐》
1863 年
布面油画
208cm x 264.5cm
奥赛博物馆藏
法国

疑隐藏着什么阴谋。类似的情况出现在《草地上的午餐》中，赤身裸体的默朗坐在两位衣冠楚楚的绅士身边，非常不协调，甚至有点怪异，似乎暗示彼此间有着某种不见容于社会的关系。稍远处有一位穿着长裙、弓身屈背的女人，好像也打算效仿默朗脱光自己，加入这令人生疑的组合。两幅画中默朗的眼神都与我们发生交流，说大方也行，说淡漠也行，无非就是“随便看我罢”而已。这是充满性意味的挑逗第一次公然出现在美术史上，画家不仅对此没有予以谴责，甚至还赋予其某种美学价值。只是时至今日，我们对此已经习以为常，而且相比之下，马奈所画未免显得有点小巫见大巫了。

在《奥林匹亚》中，默朗身边的黑人女仆和黑猫都显出了吃惊的样子，这也许代表了画家预计中当时社会的反应。马奈这两幅画都有开玩笑的意思，甚至可以说带点儿坏心眼儿，与他那些年轻的印象派朋友相比，画家显然更喜欢站在传统——尤其是传统的价值观念——的对立面上。也许马奈还不知道传统已经非常脆弱。不过传统自己对此倒是心知肚明，它不能接受体现在默朗体态和神情里的小小挑战，它知道自己根本受不了一点打击。面对《奥林匹亚》和《草地上的午餐》，传统居然土崩瓦解。

比较而言，我更喜欢马奈此后那些女性肖像画，例如以后来做了其弟媳妇的女画家贝尔特·莫里索为模特儿的《阳台》（1868—1869）。这幅画我也是在奥塞看到的，觉得马奈多少受了些印象派技法的影响。画里的莫里索美丽，寂寞，脸略略偏向一侧，内心仿佛充满焦虑；其他几个人则举止僵直，表情呆板，他们都站立着，构成画中稳定不变的因素；莫里索虽然凭栏而坐，却体现出一种运动趋势，似乎渴望立即脱离所置身的那个循规蹈矩的秩序。而同样以莫里索为模特儿的《穿粉红鞋子的年轻女人》(1868)和《歇息》(1870)中，似乎也在着意刻画她尽管外表平静，心底却是波澜起伏。再看一并收藏在奥塞的《戴紫罗兰花球的贝尔特·莫里索》(1872),《阳台》里那略显不定的眼神变得安稳了，也明亮了。还有一幅《拿着扇子的贝尔特·莫里索》(1872)，她以一把折扇遮面，从扇骨的缝隙里看着我们，好像还是不无挑战之意。莫里索同时具有饱含激情的一面，这大概是马奈的独特发现，而在她自己的画作中却几乎是看不到的。

马奈的《与鹦鹉在一起的女人》(1866)、《埃娃·冈萨雷斯的画像》(1870)、《伊莎贝尔·勒莫尼耶小姐的肖像》(1880)、《花园里的年轻女人》(1880)，很能画出女人的高贵气质，但这多半还是她们的上等身份使然；相比之下,《娜娜》(1877)、《李子白兰地》(1878)、《袒露双乳的金发女郎》(1878)和《女神游乐场的酒吧间》(1882)里的平凡女子，也许更令我们觉得亲近。她们都是那种脸庞圆润、身躯壮硕的女人，这时马奈的兴趣似乎与稍晚的雷诺阿相仿，只是态度多少有所不同，他欣赏她们，但总是保持着距离。模特儿也不像雷诺阿画的那

爱德华·马奈
《阳台》
1868 年—1869 年
布面油画
170cm x 124.5cm
奥赛博物馆藏
法国

样甜美、明丽，反倒是满眼惆怅的神情。看得出马奈还是关切她们的境遇的，流露出一种隐蔽的同情，这又与画芭蕾舞女和浴女时的德加有所区别——马奈与她们之间的距离没那么远。

二

皮埃尔－奥古斯特·雷诺阿。从印象派开始，所有的画家都变得坦率起来，雷诺阿是一个明显的例子。他那为执着的热情所支持、有巨大的才华做保证的一以贯之的坦率，构成其绘画风格中最鲜明的部分。走进纽约大都会博物馆、华盛顿国家博物馆或巴黎奥塞博物馆这些地方，会遇见这位画家一而再、再而三地与你商量两件事，一是“肉体”，一是“幸福”，自然都是关乎女人的。

雷诺阿画里的裸体女人，总是具有她们特定的体积，重量，密度，温觉和色彩。她们尽其可能地粗壮，沉重，丰满，乃至一个个成了庞然大物，简直要胀破画框，——换句话说，也就是充满了画家自己的梦境罢。雷诺阿很喜欢画沐浴中或沐浴后的女子，这都令人想到她们的体态，也许的确有沐浴的需要，也许只是为了找到赤裸的理由。在《坐着的女人》（1880）、《坐在风景中的浴女》（1895—1900）、《大浴女》（1905）、《擦拭小腿的浴女》（约1910）中，她们结结实实地坐着；而在《浴女》（1918—1919）中则舒舒服服地躺下，好像偶尔也会有点儿不堪肉体的重负似的。画家是那么想接近他所画的女人，一直接近到血肉模糊的程度。印象派所特别强调的光与色的关系，在《阳光下的裸体女人》(1875)、《背身躺着的裸体》(1909)中，直接呈现为女模特儿身上血与肉的关系。也可以形容说“内在”与“外在”融为一体。或许有人以为雷诺阿在这方面未免渲染过分，觉得那些布满光斑的裸体一点也不美，但他却一直是认真地，甚至有点虔诚地把这视为美的极致来画的，他的艺术从不逾越美的范围。从这些画作中，我们多少能够体会到画家内心的一点躁动，但他不像凡·高那样常常无法自控。雷诺阿始终为自己的艺术所愉悦，从来不会感到痛苦。当画家一度转向“严格样式”，亦即所谓“安格尔时期”，在《金发浴女》(1881)、《坐着的裸体女人》(1885)、《梳头的裸体女人》(1885)、《大浴女》(1884—1887)等作品中，他放弃了印象派特定的光与色，同时也放弃了光、色与形相结合而产生的热，只想看看肉体更单纯的美，那种冷冷的，甚至有点生硬的美。雷诺阿与莫奈不同，对他来说，“对象”始终重于“方法”。

即使雷诺阿把所画的裸体女人安排在室内，她们也像在室外那样，具有一种排除其他一切的倾向，背景仍然仅仅起到填补空白的作用。严格地说她们不是在生活，而是在呈现。她们的脸上经常洋溢着一种美丽的痴呆，只是偶尔才露出乖女孩那种兴高采烈的神情。有些画中，她们的头部与身体的比例明显偏小，好像用不着它似的。对于生活或人生，她们显然缺乏深刻的体验。而在画家看来，她们无力如此，亦无须如此。她们

皮埃尔－奥古斯特·雷诺阿
《大浴女》
1905 年
布面油画
97.2cm × 73cm
费城艺术博物馆藏
美国

皮埃尔－奥古斯特·雷诺阿
《大浴女》
1884年—1887年
布面油画
117.8cm×170.8cm
费城艺术博物馆藏
美国

总是显得非常愉快，在任何地方都充分享受肉体本身——仅仅因为拥有这肉体，而无关乎如何使用它——所带来的幸福。还可以提到他的《肖凯夫人的白衣肖像》(1875)、《阿方西娜·富尔奈斯》(1875)、《昂里奥夫人肖像》(1876)、《黑衣贵妇》(1876)、《普塔莱斯伯爵夫人的肖像》(1877)等，画的都是些着装华丽的女人，看去端庄而高贵，似乎是有别于前述画作的一路作品，但其实只是在那种近乎盲目的"幸福"的基础上更进一步而已。

而当雷诺阿将这些女人安排在更大的生活环境或者说特定的生活秩序之中时，无论是《红磨坊的舞会》(1876)，还是《山坡小径》(1875)、《游艇上的午餐》(1881)，他毫不掩饰地表现出对那种世俗意义上的幸福生活的向往，而且视之为具有终极价值的东西。可以顺便提到他那些热闹到几乎是人声喧哗的风景画，如《青蛙塘》(1869)、《新桥》(1872)、《格尔尼基海岸》(1883)等，快活的郊游者——不一定是或不一定只是女人——给到处都带来旺盛的人气，所以不妨干脆说是世俗生活扯了大自然来当它的背景。好像天底下的东西没有一样不体现雷诺阿的热情和他那极易满足的幸福感似的。当初《红磨坊的舞会》和《秋千》(1867)刚刚面世时，雷诺阿几乎成了众矢之的，人们觉得他冒犯了什么，而我恰恰认为他其实是在肯定这世界的固有秩序。这样的女人及其所置身的环境，在雷诺阿那儿实际上具有某种象征意义。这时他最能代表一般世俗男人的想法。在这一点上他约略接近于约翰·施特劳斯。说实话，每逢新年音乐会就要听一遍的后者的音乐，总给我一种脑满肠肥的感觉。

皮埃尔－奥古斯特·雷诺阿
《红磨坊的舞会》
1876 年
布面油画
131cm x 175cm
奥赛博物馆藏
法国

三

埃德加·德加。德加与他的印象派朋友有一点是共同的：他们都是自觉的艺术家，都非常明白自己追求的是什么。但如果说将卢昂大教堂和草垛画个没完的莫奈是在变化中求精确，德加就是在精确中求精确。这在很大程度上是通过自我限制实现的，譬如只关注室内场景，反复画芭蕾舞女演员、画浴女，等等，而对德加来说，自我限制与锲而不舍其实是一回事。他希望精确而至于纯粹。

德加的作品中，我最喜欢也是觉得最不可及的，是那些描绘正在进行中的芭蕾舞的作品，如《舞蹈课》（1876）、《拿着一束花的芭蕾舞女演员》（1878）、《排练场》（1878—1879）、《舞台上》（1880）等，简直就是看着画中的女演员正在翩翩起舞。而在《管弦乐队的乐师》（1872）中，画家特意隔着相对静止的乐队去画舞台上正在跳舞的女演员，其间形成了鲜明的对比。德加抓住了画中所有女演员动作中最美的一瞬，而所有的动作竟然又都协调一致，虽然画的是动态的对象，整幅画却是稳定的，平衡的。甚至能够感受到舞蹈的节奏和韵律，想象她们继续跳向更高潮处。画家所把握的还真的就是一瞬间，稍纵即逝，足够短，但也足够长——这一切都留在他的记忆里，然后被完美地还原到画布上。他的浴女系列也是如此，在《浴后早餐》(1883)、《盥洗室》(约1884—1886)、《浴女》(1886)、《晨浴》(1887—1890)、《擦干身体的女人》(1903)等作品中，人物总是正在做着某个动作，如俯身、弯腰、下蹲、擦拭身体、拧干头发之类，反正不处于稳定平衡的状态，德加似乎最喜欢在这种时候把握女人的美。她们身材健壮，很像雷诺阿的女人，但后者多半是老老实实地坐着或躺着，很少有这么大的动静。德加对动态中的女人的兴趣可以追溯到早期的《姑娘和小伙子的斯巴达训练》(1860)。

从前和朋友谈起德加，觉得可以用“偷窥者”来概括他，因为他占取那样独特的位置或角度，所以光、形和氛围等等别人没有的他都有了。以后才知道类似的话他自己早就说过：“迄今，裸体画像的姿势、神态，都是以观者的存在为前提来表现。而我所描绘的女人却是真实、单纯的一个人，无关乎肉体状况以外的兴趣。……好似你从钥匙孔里窥视一般。”只不过他是专门说自己的“浴女系列”，而我觉得他画芭蕾舞女演员也是如此。“偷窥”的关键在于，只有单方向的注视，而不存在任何交流。德加画的那些女演员，无论在舞台上，还是在教室里，我们每每看不到她们投来的目光，无法获知她们此刻的感受，无法体会她们真实的境遇；而我们对此除观赏外，几乎是无动于衷。对那些采用俯视角度画的画《大使咖啡馆音乐会》(1876—

1877),《穿绿衣的芭蕾舞女演员》(1877—1879)来说，更是如此。德加画的浴女总是低着头，背着身，看不见她们的脸。德加不关心她们想什么，对他来说，她们的形体、姿势、动作胜于一切。德加的艺术一向被称为冷漠的艺术，我想部分原因是在这里。偷窥者德加总是与他画的对象远远保持着距离，同时他也在保持着自己最清醒和最准确的判断力。对他来说，美以及对美的表现是至上的，也是唯一的；他热衷的是“女人的美”而不是“女人”。

德加曾经画过一幅《新奥尔良城的灾难》(1865)，女人们在那里像一批牲口一样莫名其妙地被屠杀；而在《费南迪马戏团公演时的拉拉小姐》(1879)中，画家仰望着高高吊在空中的丰腴沉重的女模特儿，刹那间她像是正被执行绞刑。这么残酷地看待女人的眼光虽不常见，但他对女人的态度始终都是冷冷的。在《舞台上的芭蕾舞练习》(1873—1874)和《熨衣妇》(1884—1886)里出现了她们打哈欠的动作，仅仅因为在画家看来这个运动或过程中的形象是美的；而在《在平衡杆边操练的芭蕾舞女演员》(1876—1877)中，那把起到构图平衡作用的洒水壶与女演员的地位同等重要。只是到了画《出浴》(1895)、《穿蓝紫舞衣的三个芭蕾舞女演员》(1898)等作品时，因为他的视力越来越坏，色彩变得轰轰烈烈起来，我们才感受到德加的内心情感，但是这一情感的对象并不是画中的模特儿，而是他自己。

埃德加·德加
《管弦乐队的乐师》
1872 年
布面油画
64cm x 49cm
施泰德艺术博物馆藏
德国

埃德加·德加
《晨浴》
1887 年—1890 年
布面油画
70.6cm x 43.3cm
芝加哥艺术学院美术馆藏
美国

二十年前我在法国的博物馆里看过德加一些原作，以上所说大致是那时的想法；后来两次去美国，见到更多他的作品，我才第一次留意到它们的调子竟是那么阴暗，那些女演员有如非人的生物在蠢蠢欲动；即使光线较强时，她们也只是淡淡的摇曳不定的影子，根本没有思维，没有意识。过去我只看到德加的静谧，瑰丽，现在我深深感受到他的沉重，压抑，虽然比起塞尚还是稍稍轻松一点。在《苦艾酒》(1876),《在咖啡馆》(1877) 和《卡萨特小姐的画像》(1879—1884) 中，女人也表现出有着很深的人生感触。但总的来说，德加这种沉重与压抑并非针对所画的那个对象，而是对于整个人类、整个世界，属于画家自己的一种先验的看法。往往是我们，而不是具体的她，承受着生活不堪承受之重。

四

贝尔特·莫里索与玛丽·卡萨特。我一向以为，在印象派画家中以莫里索所受重视最为不够，如果与她的实际贡献相比的话。莫里索的作品散见于各博物馆，大概一处能有几幅收藏就很难得了，然而她的画却要多看一些才能体会到特别的好处，或者说，明白她这样画的用意何在。莫里索是印象派的中坚分子，而这一派画家实际上各自拥有属于自己的世界，既是艺术的，也是精神的，自题材选择开始，完成于美学建树。那么就有两个问题：假如缺少了莫里索，对印象派是否是个很大的损失，这一派的完整面貌是否就不存在了。对此我的回答都是肯定的。

莫里索之于印象派——或许不仅限于此——特殊也是最大的贡献，是对家庭日常生活，尤其是对女性为主体的这种生活的描绘。莫奈和雷诺阿也画过类似题材，但仿佛都只是从外表上一瞥的结果，而且不无偏见；莫里索画的却是生活本身，相比之下要真实得多，完整得多，也深入得多。同样是中产阶级趣味，莫里索比他们明显落到了实处。莫里索所画的都是那种正常的、和平的生活，既不复杂，亦少变化，没耐心或没情趣

贝尔特·莫里索
《摇篮》
1872 年
布面油画
56cm × 46.5cm
奥赛博物馆藏
法国

的人对此可能觉得单调乏味，然而人生的味道就蕴含在这样的生活当中。乍看她的题材似乎狭隘简单，细细体会却自有其深远广大之处。画家画出了人生安稳的一面，恒久的一面。她画里的那些女人并没有很多事情要做，然而却有着可能不算沉重但亦自具分量的人生担当，与莫奈和雷诺阿的女人相比，当能体会其间的区别所在。

莫里索的画诗意盎然，然而只是生活本来面目如此；她很能够体会日常生活本身的情趣与品位，但对此的态度却坦然自若，就像她画中的人物那样，——她们的表情总是安详的，从容的；她们享受着生活，但不为此而得意，不曾麻木，但也决不激动，无论所享受的是家庭关系，抑或仅仅是一己的时光。她的画常常予人一种特别宁静的感觉。在我看来，《摇篮》（1872）、《捉迷藏》（1873）、《公园里》（1874）和《缝纫课》（1884）中所描绘的母子之间那种隐约的、纯朴的、持久的情感交流，胜于一切渲染夸饰。在《阳台上的女人和孩子》（1872）、《摩尔式园林的丁香下面》（1874）、《捉蝴蝶》（1874）、《花园里的女人和孩子》（1883—1884）中，彼此并无只言片语，甚至目光都未对视，却仍然笼罩在一种共同情感的氛围里。没有比莫里索更能描绘这种看似平淡实则深厚的人间亲情的了。而在《窗前的画家姐姐》（1869）、《阅读》（1873）、《镜子》（1876）、《在花园里做针线活的年轻女人》（1883）中，当这样的女人独处时，她们也是优雅的，温柔的，但这也只是出乎女性的本能对于自己的生活的反应。

莫里索很好地演绎了“贤妻良母”——并非伦理意义上的，而是情感意义上的，是对这一说法的净化与升华。莫里索与后来那种“女性主义”肯定无缘，然而她却在本不相容的“女性主义”与“贤妻良母”之间，奇异又很自然地找到了某种相容之处。对比马奈画中的莫里索的形象，会觉得从事绘画对她来说也许是一种自我修炼。莫里索画得很克制，但她的人物并无所谓克制或不克制，因为她们在生活中，不在舞台上；她们是女人，不是演员。

作为一位印象派画家，莫里索同样重视光，但她的光总是柔和的、协调的，给人的感觉是所有东西都在这光照之下被融化了。画家也很少使用强烈的或犯冲的颜色。莫里索的画非常细腻，这种细腻既是人物情感上的，也是色彩上的，笔触上的；但她对于任何细部又都不特别强调，而将它们好好安排在一个自己能够准确把握的大的秩序之中，我们却又看不出丝毫经过安排的痕迹。一言以蔽之，她充分而不张扬。

卡萨特身为美国第一位世界级的大画家，其作品在美国的博物馆中多有收藏，但她在印象派画家中受重视的程度仍然有待提高。卡萨特也多描绘以女性为中心的家庭日常生活，母爱也是她的重要主题，在《母性》(约1890)、《婴儿的第一次亲抚》(1891)、《洗脚的孩童》(1893)、《给宝宝安妮的一个吻》(约1897)、《母亲和孩子（刚刚醒来的婴儿）》(约1899)、《母子相视而笑》(1908)等中，她将此表达得相当强烈。而《蓝色扶手椅里的小女孩》(1878)、《在花园里做针线活的年轻女人》(约1886)、《玛丽－泰雷兹·加亚尔》(1894)、《抱着一只猫的萨拉》(约1908)等，则描绘了从幼女到少女的天真烂漫，任性娇嗔。与莫里索相比，卡萨特的画色彩更热烈一些，形象似乎也更鲜明一些。总的来说，卡萨特不像莫里索那么蕴藉克制，举凡女人的美，个性，情感，都是她所要着力展现的。

在卡萨特这里，我们可以体会到与莫里索并不完全相同的一种女性姿态或女性立场。卡萨特倒是稍有一点“女性主义”的意味，笔下的人物有时也似乎具有某种背离“贤妻良母”的倾向。譬如在《在包厢里》(1878)、《包厢里戴珍珠项链的女人》(1879)、《歌剧院里的黑衣女人》(1880)、《包厢》(1882)中，那些女人成为众所瞩目的对象，而她们显然也引以为傲。而如此有气质、有文化的女性形象，未始不是对雷诺阿和德加所画的女人的一种反抗。甚至可以说，美术史上有悖于传统观念的新的女性，真正诞生于卡萨特的笔下。相比之下，莫里索笔下的女人从来没有这么光彩夺目。这种区别使我们联想到，在生活中莫里索是一位好妻子、好母亲，而卡萨特终身未嫁；绘画的莫里索首先是家庭的一员，卡萨特则是一位纯粹的女性。尽管在很多时候，她们俩的感受还是有些接近的。

玛丽·卡萨特
《母亲和孩子（刚刚醒来的婴儿）》
约 1899 年
布面油画
92.7cm × 73.7cm
大都会艺术博物馆藏
美国

玛丽·卡萨特
《在包厢里》
1878 年
布面油画
81.3cm × 66cm
波士顿美术馆藏
美国

五

保罗·塞尚。奥塞博物馆有个专门展出塞尚作品的房间，记得我一走进去，就有明显不同的感觉，特别黯淡，凝重，压抑，好像从他开始，绘画不再以博得一般大众的愉悦为目的了。塞尚是一位根本革新人们的趣味，并完全重新定义美的画家，手段看似粗暴，其实非常精准。他曾名列印象派，这一派多数画家的趣味从根本上说是属于中产阶级的，甚至希望地位还能再升高一点，而塞尚则彻底否定这种趣味。对于莫奈、雷诺阿等人来说，画中的人物之间，画中的人物与画家或观者之间那种未必强烈却很温馨的情感交流也构成了其趣味的一部分，塞尚的画则取消了所有情感交流的可能性。严格地讲，情感与情感交流属于前塞尚时代。塞尚是个很多方面都与传统大相径庭，与大众截然对立的画家。他要求我们景仰而拒绝我们热爱。塞尚与这世界的关系是一种对峙的关系，通过绘画保持着他与所有东西的距离，高高在上，君临一切。

我在这里看到塞尚的两幅早期之作：据说受到马奈《草地上的野餐》启发的《田园牧歌》(1870)和明显对马奈《奥林匹亚》戏仿的《新奥林匹亚》(1873)。就在马奈挑战社会不久，塞尚向马奈提出了挑战。马奈曾称《新奥林匹亚》“龌龊肮脏”，他也许是针对其中所隐约增添的施于女性的暴虐倾向——这在塞尚同期作品中并不鲜见，而《田园牧歌》也有一种与此多少相关的凶险气氛——而言，由此可知马奈原本是个最绅士不过的人。但我觉得更可留意的是塞尚在画中添上了一个注视着女模特儿的自己，而那女人也在看着他，目光不再像马奈原作中那样朝向观者。这样就由“她看我们”转变为“我们看她”。观者在看马奈的原作时，是站在画家本来的位置仿同他与画中的人物进行交流，而塞尚则破坏了这种交流模式。《田园牧歌》对于《草地上的野餐》也有同样的改变。

张爱玲在《谈画》一文中提到《新奥林匹亚》，说她“只喜欢中央的女像，那女人缩作一团睡着，那样肥大臃肿的腿股，然而仍旧看得出来她是年轻坚实的”。塞尚另外还有一幅《新奥林匹亚》(1869—1870)，女模特儿的姿势有些不同，张爱玲提到“睡着”，所指的当是后来画的这一幅。类似这样的“肥大臃肿”“年轻坚实”的女性裸体，不断出现在塞尚后来以沐浴为题材的绘画中，如《浴女们》(1874—1875)、《三个浴女》(1875—1877)和《大浴女》(1900—1906)，她们无一不像籽粒饱满的巨大果实，满足了画家对“形”的刻意追求。女性的性别特征对塞尚来说，意义似乎也仅止于此。塞尚不再恨她们，但也不爱她们，他研究她们，重新创造她们。

塞尚画的浴女往往几位或一群凑在一起，每个人只是一个

保罗·塞尚
《大浴女》
1900 年—1906 年
布面油画
210.5cm x 250.8cm
费城艺术博物馆藏
美国

保罗·塞尚
《坐在红扶手椅里的塞尚夫人》
1877 年
布面油画
72.4cm x 55.9cm
波士顿美术馆藏
美国

更大的建筑的组成部分。而他所画的塞尚夫人独自就相当于这个更大的建筑，就像他画的圣维克多山一样。塞尚夫人的肖像画，我亲眼所见的画得最早的是波士顿美术馆所藏《坐在红扶手椅里的塞尚夫人》(1877)，最晚的则是大都会博物馆所藏《黄色椅子上的塞尚夫人》(1890—1894)和奥塞博物馆所藏《女人与咖啡壶》(1890—1894)，这里的塞尚夫人一概表情冷淡，姿势也有些僵硬。塞尚的画总是显得那么干，硬，冷，暗，这与凡·高恰恰相反，一个要强调情感因素，一个要消除情感因素，而塞尚在画静物时着力要画出的坚实感、致密感，其实也体现于他画的人像中，而这在某种程度上也与消除情感因素不无关系。

在这些画里，妻子总是漠然地看着塞尚，塞尚也漠然地看着妻子，但是塞尚是胜利者。他把生命的东西变成永恒的东西。塞尚的画没有任何浮华成分，他不需要女人表现出愉悦和兴奋。例外的是我在大都会所见的《暖房里的塞尚夫人》(1891—1892)，她略微显得有点高兴，脸上也比别的时候红润光洁，看着也就有点漂亮可爱。另有一幅画得较早的《臂肘支在桌子上的塞尚夫人》(1873—1877)，她还约略遗留着一点小姑娘的天真无邪。塞尚的传记里讲，他画一幅画历时弥久，画静物时必须用假花和玩具水果，因为没等画完花已凋零，水果也腐烂了。而作为模特儿的塞尚夫人实在是辛苦之极。据说她的肖像画共有二十五幅之多，——也可以说只有二十五幅——算一算她一共在画布前坐了不少年罢。这可怜的女人，由着塞尚冷静而审慎地把她的头、颈部、手臂和下半身分别画成球体、圆柱体和锥体，慢慢儿地也像一朵花似的凋零了。只有塞尚才谈得上是前无古人，成就这样一位大师谈何容易。

六

乔治·修拉。修拉隔着他的“点彩”，小心翼翼地观看他的女人。无论她们意识到这副眼光的存在（《女模特儿》[1886—1888]、《擦粉的女人》[1889—1890]），抑或并未意识到（《康加舞》[1889—1890]、《马戏团》[1890—1891，未完成]），他都这么观看。修拉的女人是“隔帘花影”，修拉则“乐而不淫”。修拉看似是比塞尚更客观、更科学的画家，然而他的画里却不曾排除感性的成分；在《女模特儿》中，甚至显得温柔而富有诗意。这份儿情感和气氛通过“点彩”表现出来，未免不可思议。女人的美仍是诉诸感官的，同时“点彩”起到过滤作用，一切都变得纯净了；她们显得既轻盈，又结实，看似矛盾，恰恰统一，正与“点彩”的画法有关。在这方面，他似乎有着莫里索、卡萨特等女性画家才有的体贴入微，但又不是靠再现女人的真实生活达到这一点，他甚至根本无意接近她们。或许觉得这些女人未免显得拘谨，缺乏个性，但是她们就生活在一种微妙，细腻，只属于她们自己的氛围之中，此情此景世间难有，但又恍惚留在记忆，而且不可忘怀。修拉总将女人放置到一定距离之外，她们实实在在都是对象，看看《女模特儿习作Ⅰ》

乔治·修拉
《女模特儿》
1886 年—1888 年
布面油画
200cm x 249.9cm
巴恩斯基金会藏
美国

(1886—1887)、《女模特儿习作Ⅱ》(1886—1887)和《女模特儿习作Ⅲ》(1886—1887),那些女人如此富于质感,仿佛触手可及;再看看最终完成的《女模特儿》,画家无疑是将她们推远了一点儿,但是自始至终有什么维系在他与她们之间,有时我甚至觉得"点彩"像是散布在空气中的画家情感的微小颗粒。

我曾谈到莫奈、雷诺阿等人的趣味是中产阶级以上的,看得出他们为此很得意,着力有所表现,但说句不好听的话,总好像勉强才够得上;修拉的画其实也体现了这种趣味,但趣味显然不是他的目标,他所追求的比这要高得多,他甚至有意远离这一切,隔绝这一切,但最终一切反而都有了。他有着他们所没有的气度。修拉的画看起来特别具有一种完成感,一切都恰到好处,但显然是艰苦卓绝追求得来的。它们是纯粹的,完美的,又是高贵的,——这三个词之于修拉不是在形容,而是其作品的特色所在。

我曾在东京都美术馆看过一个题为"新印象派:从光到色"的展览,系以修拉为中心,对他的魅力和影响更进一步有所理解。修拉的世界永远是静谧的,和谐的,匀称的,稳定的,风景画如此,人物画也是这样。他不仅画静止的女人,如《女模特儿》;也画缓缓移动的女人,如《库布瓦的塞纳河》(1885—1886)、《大碗岛的星期日下午》;还画剧烈或急速运动的女人,如《康加舞》《马戏团》。对架上绘画来说,被记录下来的无疑都是静止的,即使对象是在动态之中,也是截取运动过程的某一瞬间，形容起来就是“飞鸟之景，未尝动也”。然而这种静止永远意味着“来”和“去”两个运动的存在。观者可以借助想象与知识将这切片似的东西向前后延伸，在头脑中呈现出动态的形象。如果说德加是将运动过程的静止的瞬间最大限度地缩小的话，修拉的画法则相当于将这一瞬间固定了，放大了，我们能感觉到那一时刻万籁无声，直达永恒。他最充分地展现了这“切片”里的所有视觉信息，但与此同时，并未排斥观者的头脑将这一切还原为运动的可能性。所以它们是静的，却仍然是动的。她们是这样丰富地、饱满地静止着，也是这样丰富地、饱满地运动着。这样的画兼具静止之美与动感之美。

当修拉在一幅画中既画运动的对象又画静止的对象时，如果这种对比特别强烈，像《康加舞》《马戏团》，应该说是最难处理的。在《康加舞》中，只有前景背对观者的琴师和右下角的观众是相对静止的，其他人物都在大幅度地运动之中。而《马戏团》就更复杂，前景那个丑角正当拉开帷幕这动作完成之际，与远景坐席上的观众都处于静止状态，实际上就是放大或拉近了的观众之一，或是为了加强画面中相对静止的部分，以与位于他与他们之间的飞奔的马、像要跌落下来的女骑士、做着倒立动作的丑角这些急速运动的部分达成一种平衡。画家将极小瞬间的静止与持久不变的静止统一在一起，纳入同一秩序；而且最重要的是，要让观者接受这一切，让他们的想象能配合

乔治·修拉
《马戏团》
1890 年—1891 年，未完成
布面油画
185cm × 152cm
奥赛博物馆藏
法国

画家如此安排。因为修拉所创造的秩序最终完成于观者的头脑之中。从这个意义上讲,《康加舞》《马戏团》甚至比《大碗岛的星期日下午》更是挑战极限之作。

七

保罗·高更。我上一次去纽约，现代艺术博物馆（MoMA）正在举办题为“高更：变形记”的特展，展品以版画和素描为主，也有雕塑和油画。以前还在法国和日本见过一些高更的作品，这回又在美国东海岸的几家博物馆里看到另外一些。我觉得，只有高更的画可以形容为“感人肺腑”，但这是情绪意义上的，不是情感意义上的，观者是受到感染，而不是受到感动。其间区别，只要与凡·高、鲁奥等人的作品比较一下就很清楚了。说得更明白些，高更的感人，并非因为画中人物与我们在情感上是同质的，而是因为我们的内心深处与画中的色彩、氛围——而不限于人物的表情、动作——有所共鸣。但另一方面，我们看高更的画，好像又总觉得与所画的东西隔着很远的距离，无法切近，又不能离弃。这种隔膜可能来自高更自称为“综合法”的画法，来自他画作的“不真”——这一点若与印象派的作品相比，最为明显不过。高更之后，“不真”已经成为绘画的主流，但因为画中没有前述那种感人之处，我们并不感到隔膜。高更的画既感人，又隔膜，正是相反相成。

看看高更画的那些塔希提岛的女人，可以深切地感到这一点。高更的画肯定是有“内容”的——一些生活，一些事，这只要看看他不少画的题目就知道了，但那究竟是些什么内容呢，我们只能接触到她们人生最表面的一层，连一部分都谈不上；而背后更广大、更深厚的东西，虽然肯定存在，但我们却无从知晓，——其实就连画中人物自己也未必知晓。在《塔希提的年轻姑娘》(1891)、《精灵在注视》(1892)、《塔哈曼娜有许多父母》(1893)、《两个塔希提女人》(1899)，甚至《你何时出嫁？》(1892)、《哎呀！你嫉妒吗？》(1893)等画作中，她们的纯朴，她们的健康，她们肉体的质感，都无可挑剔；但她们脸上总是笼罩着挥之不去的忧郁，除此之外也无所表达，无论她们和谁在一起，在干什么，都是这样。这种忧郁是先验的，莫名的，她们未必知道自己为什么忧郁，乃至什么是忧郁，只是与其所处的背景，与整幅画的色彩和气氛保持一致而已。她们偶尔露出一丝愉快，如《向玛利亚致敬》(1891—1892)、《拿着芒果的女人》(1892)、《美丽的女王》(1896)，也是浅浅的，甚至有点儿勉强。

高更的画是安宁的，但安宁之上笼罩着哀伤。看一看他同时画的那些风景画，会发现同样存在这种哀伤；再看他那些自画像，会发现这其实都是高更自己的哀伤。讲到高更，我们很容易受他那本非常有名的《诺阿·诺阿》的影响，以为他真是人类摒弃文明返归自然的一位代表。然而写书的高更说服不了画画的高更。高更或许如其所说在塔希提获得了安宁，但并没

保罗·高更
《你何时出嫁？》
1892 年
布面油画
101cm x 77cm
私人收藏

保罗·高更
《穿晚礼服的梅特·高更》
1884 年
布面油画
65cm x 54cm
挪威国家美术馆藏
挪威

有摆脱哀伤。更准确地说，在这里得到释放的是他的色彩，他的画法，而不是他的心灵。从前我在出版社工作时，曾经手出版了高更的另一部著作《此前此后》的中译本，在这本书中，正如作者自己所说的那样，“充满了怨恨、报复和可怕的事情”。我觉得《诺阿·诺阿》应该与《此前此后》放在一起来读。与其说塔希提岛快乐了高更，不如说高更忧郁了塔希提岛。高更画的女人和她们所置身的环境——热带的树木、花、山、天空和大海——一样忧郁。她们和它们都是存在，但是高更的存在笼罩着所有的存在。这并非为画家一时境遇落魄、生计困顿所系，而是流在他血液里的，是他的哲学，他的宗教。他摆脱不了。那些女人可能为他所爱，他感染了她们，他把她们带到他的内心深处，但真正的她们和他最终还是隔绝的。

以上所说，不仅体现于高更的塔希提绘画，也体现于此前的布列塔尼绘画，如《生与死》(1889)、《在浪中》(1889)、《布列塔尼海边》(1889)等。在我看来，这两个时期的作品更多的只是题材上的区别。都是心事重重的地方，心事重重的人物，心事重重的画家。只有在他更早的绘画中，我们才看不到那种隔膜，但它们有着另外一种感人之处。如《缝纫的梅特·高更》(1880)，高更夫人还是一位兢兢业业又楚楚可怜的家庭主妇；到了《穿晚礼服的梅特·高更》(1884)——那时高更已经辞职，离他与家庭彻底断绝关系也不远了，画家眼中的妻子显得又矜持，又委曲，似乎对高更热衷于绘画而毁掉本来幸福的家庭愤懑不解，她自己的美貌于此竟然毫无用处；而他也怜悯她，只是没有办法。可见高更走上高更之路绝不是轻而易举的。

八

文森特·凡·高。将近二十年前我去荷兰，在阿姆斯特丹的凡·高博物馆和费吕沃高地国家公园的克勒勒-朱勒博物馆看到大量的凡·高作品，诚可谓“大饱眼福”。此前此后，在法国、美国和日本的博物馆里也看过一些。在我的印象中，女人并不能算是凡·高最重要的题材。如果要从中挑出一幅具有代表性的，我想到的是《吃土豆的人》(1885)——虽然画里除了三位女人，还有两位男人。若讲得周全一点，或许可以把凡·高画女人的画大致分成两个时期:《吃土豆的人》与《吃土豆的人》之后。

时至今日，凡·高的生平已经成为他的艺术不可分割的一部分，这一点在所有现代画家中最为突出。绘画的凡·高和实际生活中的一部分凡·高是个圣徒，是个像高更说的“为《圣经》所燃烧的人”，或者说，是个博爱的社会主义者，他的博爱及于天下万物。在他的笔下，女人差不多是与男人、向日葵、土豆和树木同样的角色，同样都寄托了他强烈的同情。在《吃土豆的人》里，凡·高看待女人与男人的眼光没有什么区别。他所画的是农民，他要描绘他们的境况，描绘如他所说的这些

文森特·凡·高
《吃土豆的人》
1885 年
布面油画
82cm x 114cm
凡·高博物馆藏
荷兰

人身上散发出的“火腿味、烟味和土豆热气”。画中低矮的屋顶简直就要压在这一家人头上，画家似乎只有蹲在地上才画得出，多少可以体会到他对其命运的关心和对其品德的敬重。凡·高距离所画的对象又是那么近，观者仿佛因此也被引到现场，就像站在画面中间那背对着我们的女孩的身后似的，以致谁也不能对此视而不见。粗犷的笔触，阴暗的色调，与画中的内容正是相得益彰——这些人就是如此粗糙、如此无望地活过了一生。他们是一家人，彼此却没有任何交流，仿佛已经无力一起承担这艰辛的生活了：最右侧的父亲和当中的儿子都注视着最左侧的母亲，儿子还向她递出了手里的茶碗，而她忙着为面前的四只碗续茶，目光低垂，不看他们；背对我们的小女儿正看着桌上的那盘土豆；当中的女儿直面观者，眼神闪过些许痛苦，更多的则是茫然。这一时期凡·高另有几幅只画了女人的作品：稍早的《戴帽子的农妇》（1885）、《纺纱工》（1885）、《头戴深色帽子的农妇》（1885）和稍晚的《戴便帽的农妇》（1885），都是《吃土豆的人》里那类孤苦无告者，可以分别视为《吃土豆的人》的准备与余绪。

这以后凡·高似乎变得安稳了一些，感情稍显收敛。所画的《保姆》（1885）和《扎红蝴蝶结的女士的画像》（1885），画面不那么黯淡了，她们的生活状况显然要好于“吃土豆的人”，尽管也谈不上有值得高兴的地方。而在《在“铃鼓”咖啡屋的女郎》（1887）、《意大利女人》（1887—1888）、《日本姑娘》(1888)、《阿尔的女人》(1888)中，背景和人物的衣着都变得鲜亮了，有的还大块用了他著名的黄色，不过她们还都是落落寡欢的样子。

在这些画中，凡·高常常不大突出甚至故意抹杀女人性别的特征。也就是说，绘画的凡·高并不像我们了解的实际生活中的凡·高那样常常把女人当成性爱的对象，——对这句话不应简单理解，但毫无疑问，凡·高笔下的女人与诸如雷诺阿或莫迪里阿尼笔下的女人并不具有同等意义。这一点甚至表现在以那些与他发生过性关系的女人为模特儿的作品中，比如粉笔画《悲哀》(1882)和油画《在"铃鼓"咖啡屋的女郎》等。凡·高也不怎么强调女人的美，即使是他曾经在给提奥的信中特别夸奖过如何美丽的女人，被画进《阿尔的女人》时也没有被另眼看待，对于画家来说明显还是与同一时期画的邮差卢朗等人性质相当。这甚至使我们联想到图卢兹－洛特雷克对于女人的画法。当然偶尔也有例外，如在《躺着的裸体女人》(1887)中，女模特儿背向观者蜷曲着身子，臀部和大腿异常健壮发达，凡·高平时喜欢强调体毛的笔触，显示出她性能力的强盛猛烈。那是一个后来尤金·奥尼尔塑造的"大地母亲"似的角色。凡·高另外还有一幅正面画她的画(《裸体的女人》[1887])，以性的意味而论似乎反倒不及背面的那幅。这样的画揭示了实际生活中那另一部分凡·高，与圣徒凡·高一并是个真实的人。

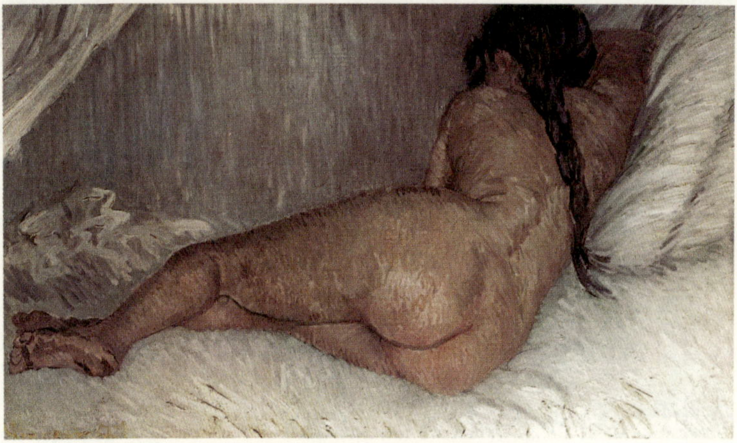

文森特·凡·高
《躺着的裸体女人》
1887 年
布面油画
38cm x 61cm
私人收藏

九

亨利·德·图卢兹-洛特雷克。在我看来，图卢兹-洛特雷克是"画女人史"上一位划时代的人物。其意义并不限于这里所留心的现代美术这一阶段；进一步说，甚至也不限于女人这一题材。后印象派的几位画家——分别比他大五岁到二十五岁不等——中，修拉和高更并未放弃既有的关于美的观念；塞尚对美自立标准；凡·高强调的是人物作为特定的社会角色所呈现的真实，美不美无所谓。图卢兹-洛特雷克则在凡·高的基础上又进一步，他所画的大多是不美，或者直截了当地说是丑。他同样强调社会角色意义上的真实，而这与他在审美上的追求是一致的。他所画的沙于科、拉古吕、雅内·阿夫里尔、伊薇特·屈贝尔等形象，加入到美术史上那些"美人"的行列中，既是新的面目，又具颠覆作用，——有了她们，从前的"美人"无论如何不那么被看重、被追捧了。在这里，对美的颠覆正是对美的开拓。

图卢兹-洛特雷克曾经也是一位传统的审美者，至少与他的印象派前辈没有多大差别，譬如在《朱丽叶·帕斯卡尔夫人》(1871)、《图卢兹-洛特雷克伯爵夫人》(1881—1882)、《乡下聚会》(1882)等作品中所展现的那样。在他以后的一些画作里，也仍然有着传统美的残留，或者说传统美的可能——这时他画的往往是女人的背影或侧面，我们只能看见她们的后背、后脑勺或眉眼之外那部分脸，如《洗衣妇》(1884—1886)、《浴室》(1889)、《穿白衫的红发女子》(1889)、《化妆的女郎》(1896)等。这仿佛德加的浴女系列，我们也能感到类似那样的美，不过也许只是画家尚未想妥如何挖掘出女人的丑，那就先不画出她们的美罢。而一旦当他正面画这些对象，尤其是将其安置在诸如红磨坊之类地方，多半就要画出她们的丑了，如《在红磨坊的拉古吕》(1891—1892)、《与两个女人一起来到红磨坊的拉古吕》(1892)、《跳舞的雅内·阿夫里尔》(1893)、《红磨坊街的沙龙》(1894)、《马克西姆·德托马》(1896)、《女丑角演员沙于科》(1901)等。这里他有点像画《卡萨特小姐的画像》的德加，但显然走得更远。据说模特儿之一伊薇特·屈贝尔曾对他讲："千万拜托您，不要把我画得那么丑陋，稍微画得可爱些罢！"——这样的话只可能对他之前的画家起作用，对他们或许根本就不必说；而在图卢兹-洛特雷克，一切显然都是有意而为。他对这个世界有着深深的、不可化解的仇恨。他仇恨并且一心要将其毁灭的，正是雷诺阿和莫奈作品中的那个所谓的幸福世界。这尽管有其个人原因，但在我看来，这种情感也是图卢兹-洛特雷克对现代美术的重大贡献。

图卢兹-洛特雷克的画法近似漫画，画里那些女人与男人也都近乎漫画人物，“丑”的缘由之一是在这里；他的确有表现“世相”的意味，但他的作品绝不简单，更不浅薄。图卢兹－洛特雷克创造了美术史上一批最令人难忘、最耐人寻味的女性形象。在他的画里，有两个成分同等重要：一是女人，这使我们联想到雷诺阿和画芭蕾舞女演员的德加，虽然彼此正相对立；二是她们所处的背景，这也使我们联想到德加，但两者也不是一回事。雷诺阿的女人年轻，圆润，干净，永远是幸福的；图卢兹－洛特雷克的女人衰老，憔悴，淫荡，即使在他画的那一刻流露出些微的得意，自以为有应付一切的手段和心眼，她们的命运仍然注定将与这世界一同毁灭。图卢兹－洛特雷克有些作品，如《拉古吕的舞蹈或土耳其宫女》(1895)，明显看出受德加的影响，但是女人们现在所待的地方显然有一种德加画中所没有的低俗、凶险的气氛。或许他看出在这样的环境里，德加的女人根本无法生存；而她们现在这副样子，只是因为他决心据实报告，不愿再予以美化罢了。

图卢兹－洛特雷克是从德加那儿借得一副画家的眼睛，用来看与“美”相反的东西。对他来说，红磨坊之类地方具有特别的象征意义，可以说是整个社会的缩影。正因为这些女人出现在这种地方，所以她们才这么丑；而德加呢，则是正因为她们出现在那种地方，她们才那么美。回过头去看《洗衣妇》《穿白衫的红发女子》《化妆的女郎》等，恰恰背景都不是红磨坊这一类地方，所以图卢兹－洛特雷克的画法，也许还可以有另一

亨利·德·图卢兹－洛特雷克
《浴室》
1889 年
木板油画
67cm x 54cm
奥赛博物馆藏
法国

亨利·德·图卢兹－洛特雷克
《在红磨坊的拉古吕》
1891 年—1892 年
木版油画
79.4cm × 59cm
纽约现代艺术博物馆藏
美国

种解释。

当然，仅仅盯着画中女人的相貌或体形来谈论美丑，未免画地为牢；画家更留意或者说更看重的可能是在别的方面。这就要提到他画的那些正在跳舞的女人了，如《蒙马特的爱丽舍》（1888）、《在红磨坊跳舞》（1890）、《“没有骨头的”拉古吕和瓦朗坦》（1891）、《舞蹈演员和五个神气十足的人在新马戏场》（1891）、《旋转舞》（1893）、《在希尔佩里克跳波列罗舞的玛塞勒·朗德》（1895—1896）等。这里他进一步发挥了德加的长处，尤其是舞者的动作相当剧烈，而背景又特别纷乱，图卢兹－洛特雷克希望在这一刻能够更简洁地把握女人的动态之美。而这种情况下，女人的脸长什么样未免显得次要，甚至可以忽略不计了。

其实我们讲美讲丑，还是属于前图卢兹－洛特雷克时代的话语；在他之后，一切都改变了：一幅画的魅力在于形象，无拘美丑；或者说，丑与美都是美。——附带说一句，我曾在巴黎、纽约、华盛顿和波士顿的博物馆里看过他的一些作品，如果以后再到法国，能去参观阿尔比的图卢兹－洛特雷克博物馆就好了。

十

奥布里·比尔兹利。关于比尔兹利的《〈莎乐美〉插图》(1893)和为《黄皮书》做的封面设计和插图(1894—1895),威廉·冈特在《美的历险》一书中说的“精心雕琢的线条”和“黑白两种颜色不可调和,对比强烈”,的确道出画家最突出的风格。而莎乐美之类女人就此被创造出来。“精心雕琢的线条”使她们保持妖媚的姿态,加上表情又总显得居心叵测,甚至有点凶相毕露,这样的女人呈现于“不可调和,对比强烈”的黑白两色,真该说是集美的体现者和善的毁灭者于一身了。我曾用“有毒”来形容美,比尔兹利的女人几乎可以说是美得毒汁四溅了。当然没准她们听了这话还觉得无辜,其实不过是些恣意妄为的漂亮女人罢了。

但是我们看比尔兹利此前的《〈亚瑟王之死〉插图》(1893),以其中的《伊索德如何照料特里斯坦骑士》《特里斯坦骑士嗜酒如命》《伊索德在快乐园》对比《〈莎乐美〉插图》中的《孔雀裙》《约翰与莎乐美》《黑斗篷》,后者的多数要素前者已经具备,只缺少那最重要的——也就是通常被形容为“恶之花”的,而这在《舞者的报酬》和《高潮》两幅中表现得最为

奥布里·比尔兹利
《〈莎乐美〉插图：高潮》
1893 年制作，1894 年首次印刷
木刻版画
私人收藏

充分。不要忘记这是为王尔德所著《莎乐美》画的插图，王尔德即使不是启发了比尔兹利，也是给了比尔兹利契机，只要看《新约》的相关记载与王尔德这剧本之间的距离，远远大于这剧本与比尔兹利的插图之间的距离，就知道了。《莎乐美》中写了一个年轻的叙利亚人，他迷恋莎乐美，为她而自杀；迷恋莎乐美的还有希律王，这两个人总盯着莎乐美看。希律王说："一点没错，我看了你整个晚上。你的美让我心里乱，你的美让我心里乱极了，我看你看得太多了。"莎乐美说另外还有一副看她的眼光，来自她为了吻他的嘴而砍了他的头的约翰："你把我莎乐美，希罗底的女儿，朱迪亚的公主，看成了妓女，看成了荡妇！……如果你看见了我，那么你就会爱上我。"而当看见她亲吻被砍了头的约翰的嘴时，希律说："她是妖孽，……她是不折不扣的妖孽。"将这些眼光糅合在一起，所看到的就是比尔兹利所画的那个莎乐美。王尔德与比尔兹利的方向是一致的，他们都以传统的社会道德观念和审美观念作为挑战的对象，但比尔兹利走得更远，更无所顾忌。《〈莎乐美〉插图》在内容和审美趣味上都超出了《莎乐美》的范围，以插图论，说是"喧宾夺主"亦不为过。王尔德只是面临深渊的一种姿态，而比尔兹利本身就是深渊。王尔德最终还是有底线的，比尔兹利则多半是故意——也可以说哗众取宠，但这里没必要使用此类含有贬义的词——取消了底线。

以《〈莎乐美〉插图》比较《〈亚瑟王之死〉插图》，还有一点不同：后者着力再现相关情节的环境；而前者除两幅《莎乐美的化妆间》外，都淡化甚至摒除了人物的背景，从而有种超越具体时空的效果。后来他为《萨伏伊》作封面设计和插图（1896），则又回到《〈亚瑟王之死〉插图》那种画法。

《〈莎乐美〉插图》之后的比尔兹利有点一发不可收拾，只是天不假年而已。若以为《莎乐美》画法太繁复，《〈夺发记〉插图》（1896）就更繁复；若以为《莎乐美》内容太色情，《〈吕西斯特拉特〉插图》（1896）就更色情。有时他未免过于沉迷在自己诸如阳物崇拜之类的趣味之中了，尽管此亦无可厚非。比尔兹利极端，却未必简单，而且可以达到不同方向的极端。在《灰姑娘的便鞋》（《黄皮书》第二卷）、《〈萨伏伊〉第一期封面设计》、《大圣诞卡》（《萨伏伊》第一期）、《利马的圣罗丝的狂喜》（《萨伏伊》第二期）、《发式》（《萨伏伊》第三期）以及《两极神明之间的维纳斯》（1895）、《〈珍本目录〉第七期封面设计》（1896）、《平装书封面画》（1896）等作品中，比尔兹利画出了不同于莎乐美的一类女人：端庄，雅致，甚至有几分娴静。

图卢兹－洛特雷克和比尔兹利分别在“美”与“丑”和“美”与“恶”的关系上翻开了美术史上新的一页。美从来都是善之美，但在比尔兹利之前，美与善的关系已经不大牢靠，显得可有可无了，他则进一步在美与恶之间建立了关系，而且彼此互为因果——美之极致即恶，恶之极致即美。话说至此，不妨对“唯美”一词稍作解释：“唯”不是偏重，而是排他；从

"美"中所排除的是善，是那种积极意义。观者可以批评比尔兹利"矫饰""堕落"，但这还是站在善之美的立场说话；而比尔兹利根本不承认这一立场，他穷一生之力所动摇的正是这一立场。

奥布里·比尔兹利
《两极神明之间的维纳斯》
1895 年
木刻版画
22.5cm x 17.8cm
希金斯艺术馆藏
英国

十一

皮埃尔·博纳尔。看博纳尔的画，常常联想到野兽派，还联想到印象派，虽然他并不属于其中任何一派。当他形成自己鲜明的风格时，印象派早已过去，而野兽派尚未开始。与印象派相比，博纳尔在“色”上要大胆自由得多；与野兽派相比，他更多保持了“形”的细腻与丰富。所以他的画特别耐看。博纳尔是美术史上过渡时期的一位非过渡性人物，他将过往和以后连接起来，融会贯通并发扬光大。而且他的绘画生涯很长，不仅野兽派早已结束，甚至马蒂斯都改以彩纸剪贴为主要创作方式了，他还在大量画画，这保证了哪怕是一本最简略的美术史著作也无法忽视他的存在。

博纳尔画中的女模特儿始终只有一位：先是他的情人，后来成为他的妻子。虽然他们的婚姻被外人视为对他的长期折磨，然而画家博纳尔却须臾不能离开她。他以画笔抗拒着纷至沓来的今后岁月，它们对他的感官起不了任何破坏作用：在《午睡》(1900)、《逆光的模特儿》(1907)、《在浴室里》(1907)、《盥洗台的镜子》(1908)、《腿部被遮挡的裸体女人》(1911)、《乡下的小餐厅》(1913)、《俯身的裸体女人》(1923)中，特别是在《浴池中的女人》(1940—1946)中，妻子的裸体永远充满魅力，永远有奇迹般年轻的肌肤和腰身。博纳尔的女人是现世里的一个关于永恒的美的神话。她不仅是他的人物画的主角，也常常若隐若现地出现在他的风景画中，在那里她好像更恣意自在。我和大哥在美国参观各家博物馆时，从博纳尔的画里寻觅他妻子的踪影成了一种乐趣。如果说上述画作显然出自男人之手，那么较早的《花园中的女人》系列(《穿白色波点裙的女人》《坐在猫身边的女人》《穿格子花裙的女人》《穿披肩的女人》)(1891)，因为受到浮世绘的影响，就颇有几分女性的纤细与温柔，似乎与同样得益于日本美术的高更有所不同。

博纳尔画处于各种生活情景的妻子，画各种状态、各种姿势的她，但不像雷诺阿那样让模特儿只在那儿摆个样子，更不像他那样将她从真实背景中剥离出来，而是抓住了妻子在实际生活中每一瞬间的美。在这方面，博纳尔较之德加更自然，更随意，更不受限制。他画的她比这两位画家，也比所有野兽派画家画里的女人都更“活”。博纳尔画窗口，画花园，画自己家里的任何一个地方。以我们外行的眼光看，有时甚至觉得他好像不大讲究构图，画里没有那么多“算计”；感觉他的画似乎都是非赶紧画下来不可，不然错过就可惜了，而且接下来还有更多的画等着要画。——其实博纳尔绝不粗制滥造，相反，色彩之精美与形象之精确，说明每幅画都是精心画成的。在他这与其说是画画的热情，不如说是生活的热情。而同样是表现日常生活，他又与莫里索颇为不同，在莫里索的画中时时能看出家庭主妇的那种矜持与小心，博纳尔则投入得多，也放肆得多。这里甚至连被画的对象也未必是位好的家庭主妇——她往往置身于零乱的环境，好像来不及收拾，抑或根本就不收拾；完全没有莫里索的画中那种井井有条，一尘不染。

妻子不仅是博纳尔的观察对象，更是他的情感对象，而他的观察并不阻遏他的情感，他的情感反倒促进了他的观察。博纳尔的画里有着不大专门画人物画的莫奈偶尔在《午餐》《埃普特的小船》中流露出来的温柔情调，但同时又有着莫奈所不具备的强烈的肉欲感；而取法于德加的“偷窥者”的角度，则把一切都限定为一种心底波澜，一种真挚而纯洁的渴望，一种我们年轻时才有过的灵魂颤抖。博纳尔画中的色彩往往特别瑰丽，特别热烈，比野兽派更具热情，而少些理性。色彩是博纳尔对生活、对妻子的热情的直接体现。这是一位难得的性情中人，最具赤子之心。

顺便在这里谈谈博纳尔的风景画，虽然他的风景画的成就并不在人物画之下，也许建树还更大。而得以“顺便”是因为如前所述，博纳尔的妻子每每现身于这些画中，而且博纳尔所画的风景多半就在他的窗外。我不记得有哪位画家对“窗”有这么大的兴趣，也许除了马蒂斯之外。即使博纳尔画看上去比较遥远的地方，他眼中的大自然也与他看窗外，甚至与他看窗内，明显有一致之处。总是那么热烈的情景，草木怒生，绚丽

皮埃尔·博纳尔
《浴池中的女人》
1940 年—1946 年
布面油画
122.6cm x 150.5cm
卡内基美术馆藏
美国

皮埃尔·博纳尔
《乡村里的餐厅》
1913年
布面油画
168cm x 204cm
明尼阿波利斯美术馆藏
美国

灿烂。那里还是他的生活的一部分。博纳尔是将对一个人的热情，推及他的整个生活，再推及整个世界。

博纳尔的风景画至少使我们联想到两个人：此前的高更和此后的马蒂斯。不过博纳尔笔下的大自然，例如《打开的窗》(1912)、《秋天葡萄收获的季节》(1912)、《乡村里的餐厅》(1913)、《维尔农阳台》(1928)和《艺术家花园的台阶》(1942—1944)，又和他们明显不同：是幽深的，但近切而有动感，不像高更笔下那般凝固；是热烈的，但的确是风景，不像马蒂斯画的只是图案。博纳尔对色彩的大胆运用不在马蒂斯之下，但是色彩总是与尽可能真切的“形”联系在一起，没有成为完全独立的因素。这使得他随心所欲的笔触具有一种我们感觉上的可能性，我们甚至觉得那是一个尽管奇异但是毕竟实在的去处，而种种绚烂非常乃是我们恍惚所见。博纳尔的大自然就这样成为生活与梦境，真实与装饰之间的一个独特地带：我们没有这番经历，却有这番记忆。

十二

爱德华·蒙克。说来平生憾事之一就是迄今没到挪威看看奥斯陆的蒙克博物馆、国家美术馆以及卑尔根的拉斯穆斯·迈尔画廊所收藏的蒙克作品。不过这里所写的各位画家中，我最早见到原作的却是蒙克——一九八三年在北京举办了“挪威蒙克绘画展览”，展品均来自蒙克博物馆，可以说我对西方现代绘画产生兴趣即始于那次观展。查旧日记，当年十月七日和十六日都有去看展览的记载。以后我在法国、德国和美国也看到过蒙克的一些画，前不久更在东京都美术馆参观看了规模颇大的“蒙克展：灵魂尖叫的共鸣”。

蒙克有两幅描绘女性形象的作品，见于他的各种画册，也常被论家放在一起作为对比。一幅是《青春期》（1894—1895）：一个尚未发育好的女孩光着身子坐在床边，双腿双脚紧紧闭拢，两臂交叉护住阴部，两眼圆瞪，神色在紧张与麻木之间。她的巨大黑影投射到身后的墙上，整幅画的光线与色彩也都有点凶险。另一幅是《圣母玛利亚》（1894—1895）：一个体格强健的女人占据了画面的大部分，上身赤裸，双手背向身后，以至胸部显得特别突出，给人一种“君临天下”之感。她扬着

爱德华·蒙克
《青春期》
1894 年—1895 年
布面油画
151.5cm × 110cm
挪威国家画廊藏
挪威

爱德华·蒙克
《圣母玛利亚》
1894 年—1895 年
布面油画
151.5cm × 110cm
蒙克博物馆藏
挪威

脸，闭着眼睛，表情淡漠，像在享受，又像在受难；头上戴一顶红帽子，据说是妓女淫荡的暗示。她那张过于骨感的脸和有点僵硬的姿势，甚至让人想到木乃伊。蒙克的女人大致分成这样两类，其一作为人生的载体，承受着无限的惊吓与痛苦，在这一点上与画家笔下的那些男人性质相仿；其一作为命运的化身，在爱或两性关系中，她们将给予男人以诱惑、折磨和彻底毁灭。而这里所有男人无疑都代表着蒙克本人。

但是如果再参照一下画家的其他作品，上述对比也许会变得不那么明晰，其间有很多混杂和递进的成分。《柳条椅边的女模特儿》(1919—1921)中低头不语的女人，《哭泣的裸女》(1913—1914)中掩面痛哭的女人，都像是《青春期》里那个女孩长大之后的样子，不仅被这个世界给吓坏了，而且实实在在地被它给压垮了。这时她们身上的写实意味要大过象征意味。

如果在《圣母玛利亚》中引入男人的形象，那就变成了《吸血鬼》(1895)：一个头发鲜红、皮肤红润、面容略显怪异的成熟女人，拥抱着一位绅士打扮的男人，并将嘴凑向他的后脖颈处。她的动作以及发色和肤色使人联想到“血”与“吸血”。而那男人显然对她所做的一切都是依恋的，享受的。这恰好又与《少女与死神》(1894)合为一体，在那里，一个壮硕的裸体女人正无比投入地拥抱、亲吻着一具骷髅。所以那被死神所纠缠的，或许本身就是纠缠对方的死神。

在《嫉妒》(1895)中，当一位丈夫似的角色无法面对放荡不羁的妻子时，他的内心纠结与隐忍令人倍感凄凉。那女人身披一件红色长袍——这使我们想到《圣母玛利亚》里红色的帽子和《吸血鬼》里红色的长发——性器官却尽皆袒露，一手高举，另一手背在身后，与一位衣冠楚楚的男人交谈正欢。她显然是包括自己丈夫在内的男人所渴望的对象，但《吸血鬼》却预示着她的爱抚将同时是摧残，于是对爱的渴望也就成为对爱的恐惧。

《男人与女人Ⅱ》(1912—1915)、《女人与裸体男人》(1932—1934)和《马拉之死Ⅰ》(1907)，构成了蒙克心目中男女关系变化的必然序列：即使女人暂时为一种冷漠所隔绝，凶兆也是显而易见，而且她们总是冷漠于其行将进行或已经进行的杀戮行为；面对她们的男人则希望冲破这种隔绝，尽管已经知道了那个必然的结局。三幅画中，每一幅都画着一对男女，我们始终只能看见女人的脸，而她始终面无表情。在第一幅中，二人大概初次见面，都穿着厚重的深色衣服，男人双手插在衣兜里，女人做出打算解开上衣的动作，背景则是带点血腥气的红色。他们像是为某种情感或欲望所暗暗驱动，但彼此的关系仍是疏远的，那男人多少抱着点警惕之心。在第二幅中，男人已经脱得一丝不挂，女人还穿着衣服，但裹得不再那么严实，双手的姿势与第一幅一样，屋里的气氛显得柔和了几分。他们之间的心理距离——至少在男人一方是如此——显然已经接近多了。在第三幅中，两个人都是裸体的了，这似乎说明他们之间已经发生过某种事情。然而现在他变成了床上的一具沾满血污的尸体，她则直面观者而立，仿佛是向公众宣示自己做了什么。然而在蒙克的世界里，当女人最终战胜了男人，只剩下她——而不是她们——自己时，大概就又回到《哭泣的裸女》所描绘的那副样子了。

《女人的三个时期》(1894)则对这一切有所总结：并排站着的四个人中，如果说左边穿白色长裙和右边穿黑色长裙的两个女人分别代表将被施与和已被施与痛苦者，那么，中间的裸体女人——她的身姿使人想到《圣母玛利亚》，头发使人想到《吸血鬼》——就是痛苦施予者，她们正是同一个人。同样，《青春期》和《圣母玛利亚》其实也是同一个人。而站在最右侧的那个垂首而立，缄默不语，有如正在祈祷的男人，除了是被施与痛苦最多的人，也是这种施与关系中必不可少的媒介。

回过头去再看看《青春期》和《圣母玛利亚》，一方面，稀薄的性欲在无来由的恐怖的压抑下畏缩不已；另一方面，性欲又强大到足以带来死亡的地步。《青春期》里笼罩在全人类头上无法逃避的厄运，完全都体现在这位“圣母”身上了。蒙克的女人有一种“要命的美”。画家始终被这样的异性魅力所吸引，但他显然更害怕她们。在他眼里，美好只是虚幻，而黑暗则是永恒。

爱德华·蒙克
《女人的三个时期》
1894 年
布面油画
164cm × 250cm
蒙克博物馆藏
挪威

十三

乔治·鲁奥。前些时我有幸在东京的松下汐留博物馆看到鲁奥的不少真迹——这里说“有幸”并非一句虚应话儿，因为鲁奥是我在情感上最感契合的画家，当然不仅仅因为他画的女人。出现在鲁奥早期画作中的大概是现代美术史上最丑陋、最邪恶、最可怕和最令人难以忍受的一批女人。相比之下，图卢兹－洛特雷克的女人丑陋，但并不邪恶；比尔兹利的女人邪恶，但并不丑陋；而鲁奥的女人极其邪恶，画家也想让我们尽量觉得她们非常丑陋。她们或许稍稍接近于蒙克的女人，但蒙克的女人虽然可怕，却还没有这么让人难以忍受。

鲁奥在《浴者》(1903)、《裸体女人》(1914)、《秋季》(1939—1946)里，将一批四肢粗壮、臀部肥硕、肚子鼓胀的女人置于外景之中，使我们联想到塞尚所画的浴女。但她们不像塞尚的女人那样总是按照画家理想的秩序排列，而是或坐或立，全然随心所欲，虽亦具建筑之美，却毫无安稳之感，倒像是根本无视一切秩序似的。塞尚已经忽略了女人身上的人性，让她们仅仅作为“形”而存在；鲁奥则渲染了她们的兽性。她们是大母神，繁育一切，又吞噬一切。继而我们还会发现，鲁奥有着塞尚所没有的一种道德意义上或宗教意义上的倾向性。

而当这样的女人移入室内，或虽在室外而背景几乎可以忽略不计时，这种令人难以忍受的感觉就愈加严重。她们照例被以粗犷的笔触和阴暗的色彩绘出，体形与在室外的同类差不多，但所摆的姿势更加放肆嚣张（如《舞会》[1905]），或显示出恶毒愚蠢的神情（如《镜前的女人》[1906]、《后宫的女奴》[1906]、《女小丑》[1906]、《妓女》[约1909]、《在旅馆里》[1914]）。她们的皮肤惨白而且泛蓝，就像尸体的颜色，身上也仿佛散发着不洁的气味。其中之一朝我们背过身子，我们看到她浑身长满霉斑，仿佛正在溃烂似的（《举手的裸体女人》[1906]）。她们为一种压抑、险恶、腐朽和死亡的氛围所笼罩，这氛围与其说来自她们之外，不如说正由她们而生。鲁奥的女人令人难以忍受，不仅因为她们是这副样子，更因为这副样子的她们距离观者非常之近，像是在《桌边的女人（鸨母）》（1906）——她们在室外是顶天立地，现在也几乎充满画面，显得所处的空间非常逼仄，而那又是个杂乱、肮脏的所在。这些丑陋、邪恶、可怕的女人，与我们接近到我们只感到她们的存在，甚至忽略了她们的境遇，接近到确实对我们构成了压迫的程度。她们所挤压、所占据的，正是我们的世界。鲁奥还有一幅《红灯区的普洛夫妇》（1905），画中的女人依然蛮横刁恶，相比之下男人稍显气馁，但她的凶悍分明不是针对自己身边这个男人的。《屠杀》（1905）、《新娘》（1907）中的女人和男人

乔治·鲁奥
《秋季》
1939 年—1946 年
布面油画
44.5cm × 60.2cm
蓬皮杜现代艺术中心
法国

乔治·鲁奥
《桌边的女人（鸨母）》
1906 年
板上水彩、粉彩画
31cm x 24.1cm
纽约现代艺术博物馆藏
美国

的样子及关系也是如此。由此亦可看出鲁奥与蒙克的一点区别。

鲁奥这么严厉地否定他的女人，只因为她们是妓女或类似身份的女人。但这不能简单地归于他的成见，对于画家来说，妓女这一身份有如他同一时期所画的某些马戏团小丑一样，象征了道德和人性的极度沦丧。鲁奥是道德家，但不是那种浅薄的社会批评意义上的道德家，他比这要高得多；他派定她们如此象征，他只能如此画法。鲁奥本是一位悲天悯人的人，所痛心的是人类的总体状况。他展现给我们一个暗无天日的世界。

但是尽管堕落与厌恶成为鲁奥这一时期的主题，厌恶却远不足以抵消堕落的力量；鲁奥极度丑化这些女人，我们却仍然感到在他的画里隐约有种诱惑力——不仅仅是邪恶所产生的诱惑力。她们令人难以忍受，然而令人难以忘怀。她们身上集中了人间所有的愚昧、残忍，而且猖狂、肆虐，似乎毫无羞耻可言；然而再看看《镜前的女人》，女人的眼神所流露出的，与其说是对这世界还不如说是对她自己的深深敌意。细细体会，她们活得也不容易，邪恶与堕落自有其不得已处。她们也在承担着可能是她们所造成的一切。鲁奥的女人是我们这个世界黑暗的深渊，但也就有着深渊般的魅力与美：面对深渊，人们难以抑制探看的愿望，然而一切都不可揣测；那种临近毁灭和死亡的美，或许竟可以说是无限的。这大概是画家所始料未及的。所以开头提到“丑陋”和“可怕”，其实只是画家自己的看法。在我看来，鲁奥的立场虽然倒退到比尔兹利之前，他在这方面的贡献却继乎比尔兹利之后。两位画家殊途同归，鲁奥通过否定一类女人，有如比尔兹利通过肯定同一类女人，创造出来的都是“恶之花”。

以上这番有关鲁奥的女人很美的话，也许会被批评为“误读”，然而一幅画的确不应该只有创作者自己唯一的解释。曾经存在而如今仍为许多人所抱持的美丑之分，往好里说是习惯，往坏里说是谬误。关于美的观念早就变了。

乔治·鲁奥
《镜前的女人》
1906 年
布面油画
70cm x 50.5cm
蓬皮杜现代艺术中心
法国

十四

恩斯特·路德维希·凯尔希纳。应当把凯尔希纳所画的女人看作是与比尔兹利、蒙克，甚至鲁奥的女人一伙儿的，都是那种既美且恶，给这个世界带来混乱与不安的女人。虽然凯尔希纳的《街道，柏林》(1913)、《柏林街景》(1913)、《街上的五个女人》(1913)、《街头女郎》(1915)等最具特色的作品明显受到立体主义的影响，《两个姑娘》(1907)、《坐着的女人》(1907)、《多多和她的兄弟》(1908)、《一位女士的画像》(1911)等更早一些的女人肖像画则不无野兽派的痕迹，照理说应该在谈过马蒂斯的《绿色的条纹》和毕加索的《亚维农少女》之后再来谈他。这样的女人，如果进一步将其视为社会的“异质者”，则可以追溯到图卢兹－洛特雷克，——补充一句，这其实是图卢兹－洛特雷克对美术史非常重要的贡献，在他之前，画家们所画的女人其实都是与社会同质的。

然而比尔兹利、蒙克和鲁奥的女人作为恶的化身具有主观能动性，可凯尔希纳的女人实际上对自己、对这个世界却不明所以。这是些不讲道理的女人；我们也许能够容忍一定年龄之内的漂亮女孩不大讲理，凯尔希纳的女人似乎已经不年轻了，但是她们依然如此。这些女人矫揉造作，往往骨感胜过肉感，僵硬又复痉挛，有种剑拔弩张的锐利之美。蒙克的女人确实干了什么，但她们是缄默的；凯尔希纳的女人则是喧嚣的，虽然她们可能只是招摇过市，什么事情也没干。

一如比尔兹利和蒙克，凯尔希纳的女人同样对男人的世界构成了威胁。凯尔希纳强化了蒙克“吸血鬼－倾慕者”的主题。但在蒙克的画中，来自女人的威胁与破坏，最终是情感意义上的，男人对此的反应，最终也是情感意义上的，即使彼此之间真的发生了什么。凯尔希纳的画则几乎排除了情感因素。那些女人仿佛戴着面具，多半没有表情，即便有表情也是浮泛的，虚伪的，她们只是以她们的模样、姿势、所处的位置以及周围的气氛——一言以蔽之，以她们的存在，使我们受到了与其说是情感上的，不如说是感觉上的，与其说施加于某一个人，不如说施加于我们整体的严重的威胁。

在比尔兹利和蒙克的画中，女人的威胁是自古如此、易地皆然的现象，而凯尔希纳的女人却是我们时代的产物，这尤其体现在他的“柏林街景”系列作品之中。比尔兹利的女人是故事里的，凯尔希纳的女人则是现实中的；蒙克的女人是乡村或边远地方的，凯尔希纳的女人则出现在大都市的中心。她们本是这个世界的异数，现在却成了它的主人。她们所出现的背景是柏林大街——象征着财富、权力，容纳了现代社会之为现代社会的所有因素，而她们不仅出现在那里，而且占领了那里。

这些打扮奢华、带着现代都市的动感和节奏感的女人，或许身为贵妇，或许只是妓女——与鲁奥的女人身份相当，但现在她们不再挣扎于社会的底层了。这些女人令人厌恶，更令人畏惧。凯尔希纳“柏林街景”系列之外的作品，如《正在屋里洗澡的女人》(1908)、《戴帽子的半裸女人》(1911)、《镜前的女人》(1912)、《跪在红色屏风前的裸体女人》(1912)、《花园咖啡馆》(1914)等，同样给我们这种感觉。回过去看“柏林街景”，这些女人占据了画面的绝大部分，显然是她们而不是那条街道在起着主导作用，或者说她们来到这儿，正是得其所哉。

很难讲这样的女人到底是应运而生，还是应劫而生。“柏林街景”系列令人不安，隐约预示着有什么凶险的事情即将发生。我们看《街上的五个女人》《街头女郎》，觉得这些女人心怀叵测，就像是传递有关颠覆我们的世界的秘密行动正在进行中，这个世界及其所承载的全部文明都行将毁灭的信息的使者；再看《街道，柏林》《柏林街景》，她们却只是自顾自地在那里得意不已，就知道在这种毁灭中，这些女人肯定首当其冲。笼罩着后者的粉红色调子与笼罩着前者的青黑色调子同样是不祥的。尽管论家指出，“柏林街景”系列并非写实之作，真实的柏林大街并不像画中那样，但凯尔希纳在第一次世界大战前夕创作的这批画里所呈现的，的确是真正的、现实意义上的世纪末景象。

恩斯特·路德维希·凯尔希纳
《街道，柏林》
1913 年
布面油画
120.6cm × 91.1cm
纽约现代艺术博物馆藏
美国

恩斯特·路德维希·凯尔希纳
《一位女士的画像》
1911 年
布面油画
80.6cm x 70.5cm
圣路易斯艺术博物馆藏
美国

十五

古斯塔夫·克里姆特。我在维也纳，看见旅游商店出售的各种纪念品上都印着克里姆特的《吻》(1907—1908)。这幅画相当漂亮，意思却略嫌简单。但也许正因为那简单的意思，它才广为流传。克里姆特同样著名的《女人的三个阶段》(1905)、《生与死》(1908—1911)，以及《哲学》(1899—1907)、《医学》(1900—1907)、《法学》(1903—1907)，所蕴含的象征意义也不复杂。我在日本见过富冈永洗所作一幅浮世绘，内容即与《女人的三个阶段》近似，创作时间好像还略早一些。在我看来，克里姆特的画作另有好处。在现代美术史上，精美虽然看似与构成主流的质朴相矛盾，但是如果承认精美也可以成为标准之一，克里姆特在这一方向上无疑前无古人，而且多半也后无来者。实际上现代艺术正是在“可能发生”与“不可能发生”这样两个坐标系上展开，质朴和精美是不同的标准，两者均有无限的前景，而“形式大于内容”之类的批评其实是外行话。

依我之见，在这里所谈到的画家中，要数克里姆特最具经典性——虽然我也知道，这一看法似乎过于传统和保守。不过当初得知克里姆特包括《哲学》《医学》《法学》三幅巨制在内的不少作品毁于二战期间，我的确痛切地感到是人类文化遗产不可弥补的损失，就像多年后得知塔利班炸毁了阿富汗的巴米扬大佛，“伊斯兰国”炸毁了叙利亚的巴尔－夏明神庙古迹一样。我也是怀着一种瞻仰经典的心情去参观维也纳的分离派会馆的，这座建筑和所收藏的克里姆特长达三十四米的壁画《贝多芬横饰壁画》（1901）均在二战中遭到破坏，以后才得以重新修复。

我在维也纳的美景宫美术馆、利奥波德博物馆，以及巴黎和纽约的几处博物馆里看到不少克里姆特的画。他画的人物虽有背景，却都是装饰，并非实景；而他的风景画中则很少见到人物。克里姆特所留意的只是人的形象，而不是人本身；他不关心她们的生活环境，生存状态。美景宫中有一幅他未完成的《阿梅莉·祖克坎德尔》（1917—1918），只画了女模特儿的脸、肩和胸，背景只涂了底色，所穿的裙子也只画了一点——离完成还早着呢，而假如完成，画家也将会像画《吻》、《阿德勒·布洛赫－鲍尔Ⅰ》（1907）、《希望Ⅱ》（1907—1908）那样，在服饰和作为背景的草地上不厌其烦地花费功夫。那些留待最后画的才是画中最主要的部分。再看《贝多芬横饰壁画》，其中人物的头发和服饰也比他们的面目的分量要重。这多少有点“喧宾夺主”：人物的头发、衣饰和所处的背景都是极尽繁复的装饰性图案，占了一幅画中尽可能大的面积，人的脸和其他裸

古斯塔夫·克里姆特
《阿德勒·布洛赫-鲍尔 I》
1907 年
布面油画
138cm × 138cm
纽约新艺廊藏
美国

古斯塔夫·克里姆特
《红鱼》
1901 年—1902 年
布面油画
181cm × 66.5cm
私人收藏

露的身体部分从中凸现出来，形成一种强烈的反差，只是肉体的部分画得特别写实、传神罢了。

也正因为如此，在克里姆特的《犹滴与荷罗孚尼的头颅Ⅰ》(1901)、《红鱼》(1901—1902)、《达娜厄》(1907—1908)、《莎乐美》(1909)、《亚当和夏娃》(1917—1918)中，都有一种内在的矛盾因素：一方面，女性裸体具有最大的性的魅力，甚至给人一种切肤的丰满和温暖之感；另一方面，她们置身金碧辉煌的平面图案之中，仿佛被深深禁锢着，是如此的不可企及。这是些壁画里鲜活的女人，是色情的，又是纯洁的。这里结合了最极致的，最世俗的，同时也是最不可能实现的东西，从而有一种近乎绝望的诱惑。人世间不可能有的种种美的折磨，美的沉迷和美的太息，是这么丰富饱满地展现在克里姆特笔下。克里姆特确实非要把永恒置于毁灭的边缘才肯予以表达。除了极少数情况，克里姆特的女人似乎都回避着与观者的接触，她们或者闭起眼睛，仿佛已经睡去，或者目光空洞茫然，心不在焉，但往往摆出最勾魂摄魄的姿态。而当她们意欲有所交流，仅仅是那狡黠的眼神就足以穿透一切，毁灭一切。这是些待在天上的堕落的天使，如果降临人间，恐怕会掀起一场肉欲的风暴。她们知道美是值得炫耀的，是对这个世界的挑战，甚至是种危险因素，而她们置身于一切危险之外。

克里姆特的女人可以分为两类：一类如上所述，俗艳，淫荡；另外一类则高贵，典雅，甚至可以分别用“坏”和“好”

来形容她们。后一类多是非裸体画像，如《埃米莉·弗勒格的画像》(1902)、《玛格丽特·施滕布劳－维特根斯坦的肖像》(1905)、《弗里恰·里德勒的画像》(1906)、《阿德勒·布洛赫－鲍尔的画像Ⅱ》(1912)、《弗雷德里克·玛丽娅·贝尔的画像》(1916)等，这时他把这些高大完美的女人置于珠光宝气的氛围里，她们被不可思议地装饰着，她们本身也成了不可思议的装饰物，与观者遥遥相望，美丽而孤独，和他笔下那些裸体女人一样，仿佛都是人间缥缈的梦想。

十六

埃贡·席勒。那年到维也纳，在旅馆放下行李就赶去收藏席勒作品最多的利奥波德博物馆参观，次日又在美景宫美术馆看到他另外一些画。此前虽然也买过不错的席勒画册，但总担心印刷或多或少会阻遏画家与观者之间可能产生的微妙交流。维也纳是克里姆特与席勒的城市。对席勒来说，克里姆特亦师亦友，二人又死于同一年，但在审美观念上彼此隔了至少一个世纪。比起克里姆特的精美，席勒的画看起来有点儿“脏”。克里姆特是杰出的画师，有自己的七情六欲，但他与所画的对象之间总保持着安全的距离——他画中那些装饰性的成分足以实现这种距离感；席勒则仿佛一个劲儿地要撞死在画布上。这是一位以自己的血肉作画的人，在我看来，可与之相比的只有此前的凡·高和此后的苏丁。

席勒画作的内容都很简单，但一幅幅看下来却很累，因为这不是欣赏，而是体验——观者要一遍遍地与画中的人物特别是女人一起走过画家所安排的狂风暴雨般的情感历程。席勒在画中多半省略了女人所处的环境，即使有也很简单，无非一床一被而已；画里只有她们，而且往往连衣服也不穿。这使得观

埃贡·席勒
《仰卧的裸体女人》
1914 年
铅笔，日本皮纸
31.4cm × 48.2cm
阿尔贝蒂娜博物馆藏
奥地利

者要放下社会、人生之类参考系数，直接面对她们。没有背景，没有身份，没有相关的事件，她们只是作为自己，作为自己情感的化身而被呈现出来。说来在美术史上还不曾有过这么赤裸裸同时又是无缘由地描绘女人情感的画家。席勒画女人，有如凡·高画向日葵、画皮鞋，苏丁画牛肉一样。——女人也许只是席勒承担自己情感的载体，而他画男人，尤其是画他自己，其实都是这样。若将其仅仅视为具体的某个角色，恐怕又有些局限了。尽管我们可以感到，这是些在生活中将自己搞得一塌糊涂，也将生活搞得一塌糊涂的女人。

克里姆特对他的女人虽然也觉得不可把握，但究竟是要予以抚慰的，他爱她们；席勒则对一切都极其严厉，包括自己在内，对女人自然也不例外。在《裸体女人》(1910)、《仰卧的裸体女人》(1914)、《俯卧的裸体女人》(1914)、《躺着的女人》(1917)和《抱腿而坐的女人》(1917)等作品中，这些女人永远是激越的，紧张的，或者就像经常用以形容席勒的那样，是暴躁的。她们很消瘦，身上的少量肌肉却很结实。每每叉开双腿，暴露着私处，似乎肆无忌惮，却又异常痛苦，而且还拒绝任何抚慰。她们具有一种粗暴的、坚硬的、具有挑战性的美，美得像是一件凶器似的；我们很少见到这么本能外露、个性嚣张、要把自己和相关的一切一起毁灭的女人。然而或许这只是因为她们心底忽然刮起风暴，无法自拔罢了。汉语有些词使用得太多，以致没什么意思了，但有时又觉得恰到好处，譬如“刻骨铭心”，可以用来形容席勒的这些画。不妨将席勒的女人与凯尔希纳的女人比较一下，有的时候她们长得多少有点像，但后者只是装装样子而已，前者则真是活到这个份儿上了。

席勒有些素描如《正在镜前画裸体模特的席勒》(1910)、《舞女莫瓦》(1911)、《穿条纹裙子的埃迪特·席勒的画像》(1915)似乎是例外，所画的女人显得既娴静，又可爱。这提示我们，画家揭示情感的力度与深度可能不仅得自线条，更可能与色彩相关，而他的油画中常见的红是愤怒的红，常见的黑是绝望的黑。值得特别留意的还有席勒那几幅不再画单个女人，而画她们与一个男人——通常是画家自己——或一个女人拥抱的情景的画，如《神圣家族》(1913)、《拥抱在一起的两个姑娘》(1915)、《坐着的夫妇》(1915)、《拥抱》(1917)等。不妨将这看作继乎女人单独存在之后的一个阶段，当然也可能是在此之前。她们死死地抱住唯一的所有，就像是抱住她们自己似的，哪怕所拥抱的只是死神(《死神与少女》[1915])——这让人联想到蒙克那幅《少女与死神》，但在席勒这里，我们只是感到此刻，而无暇顾及将来；只是感到她们在自己的生命中至少要抓住一点什么，那么一种近乎绝望的强烈渴望。我由此想到了席勒本人的夭亡——“天妒英才”也是已经说得滥俗了的话，其实只有极少数人才配得上，席勒肯定是其中之一。

埃贡·席勒
《拥抱》
1917 年
布面油画
100cm × 170cm
美景宫美术馆藏
奥地利

十七

阿梅代奥·莫迪里阿尼。我在法国和美国的博物馆里见过莫迪里阿尼的几件雕塑，也看到他的一些油画，觉得对比一下也许更能理解他。他的雕塑多为女性头像，油画里的女人之形体与线条美俱已有了，只是没有色彩而已。脸部及颈部也是故意被拉长了的，这显然出自莫迪里阿尼对于人体美的独特理解。莫迪里阿尼那些肖像画，特别是女人的裸体画，也总有一种雕塑才具有的表面或者说是最初接触时的冷漠，模特儿的精神、心情、性格和欲望都被这种冷漠所隐蔽，所束缚，需要进一步体会才能流露出来，而迟缓流露可能就使它们变得更生动，也更强烈。回过头再看那些浑然、静默的雕塑，就像是女人那沉睡在画的深部的灵魂。

莫迪里阿尼的肖像画很少有背景，即使有也很简单，无从引发任何关于人物社会身份与生存环境的联想。这仿佛类似席勒那种集中揭示人物内心世界的画法。然而莫迪里阿尼的女人显然没有席勒的女人那种痛苦，她们其实没有什么情感问题，甚至根本没有情感。席勒所画的是女人的人性，而莫迪里阿尼画的是她们的非人性。

莫迪里阿尼笔下裸体的女人，或侧卧，或直立，总是正面对着观者，充分展现她丰满的双乳和长满乌黑阴毛的部位，为此甚至要把身体扭转一下。但只画到她的大腿的一部分，以下的肢体则用画框截掉了。这使观者与女模特儿的距离变得更近。画家也是截去了他感觉多余的东西。他是最纯粹的，只保留对自己来说最重要的，打算着意强调的部分。

莫迪里阿尼画的女人，要么在双眼的部位只涂了单一的白色或黑色——这给我们的感觉就像他的那些雕塑；要么闭着双眼；要么虽然睁开眼睛，但却毫无神情。在《坐着的裸体女人》（约 1916）、《红色的裸体女人》（1917）、《斜倚的裸体女人》（1917）、《戴项链的裸体女人》（1917）、《双臂交叉在脑后躺着的裸体女人》（1917）等作品中，她们久久地迷惘着，消歇着，欲望睡在她们美丽的肉体里，仿佛期待着观者一方去主动唤醒；而在《蓝色垫子上的裸体女人》（1916）、《坐在沙发上的裸体女人》（1917）、《做梦的裸体女人》（1917）、《披着头发的裸体女人》（1917）、《躺着的裸体女人》（1917）等作品中，她们一旦像动物似的苏醒过来，只是用空幻的眼神看着你。观众无从借由她们的目光与之交流，能够交流的只有她们的肉体，但这种交流是单方向的，观者只是在充分地感知她们肉体的美而已。这画法约略接近克里姆特，但克里姆特毕竟暗示了——有时还表现了——女人通过目光与观者交流的可能性；在莫迪里阿尼笔下则根本没有这回事。很少有一位画家像莫迪里阿尼这样尽量屏蔽别的东西，而仅仅强调女人的肉体——严格说只是肉体的某一部分。她们的皮肤涂以均匀一致的橙红色或玫瑰色，这与其说是肉体的颜色，不如说是欲望的颜色。她们那被刻意拉长的身体，则有娴静与柔顺之感。可以说，精神的虚无和肉体的实在，和谐地统一在她们身上。莫迪里阿尼的画是对通常所谓“灵肉一致”的一种否定。

却说美与善分离之后，就常被安排与恶相结合，所以总是予人“美得可怕”“美得凶险”之感。然而“恶之华”与“善之华”虽然方向是相反的，但毕竟还是在同一价值体系里，在这一点上比尔兹利和波德莱尔的作品都只是特定时期的产物；我对进一步的或者说是真正的唯美更感兴趣。当审美摆脱道德而成为独立的价值取向，从道德的立场看，这个审美的态度就是“颓废”。大概汉语里与“纯洁”“健康”“积极”“向上”相反的那些词，限定在审美的范畴之内，庶几近乎这个意思，但是要除去通常人们赋予“淫荡”“病态”“消极”“堕落”这些词的道德意义。一言以蔽之，颓废，所以没有世俗方面的一应顾忌。诸如“颓废如果失去精神指向就是堕落”之类说法其实很可笑，颓废本身就是精神指向，另外再给定一个精神指向则从根本上剥夺了颓废的意义。真正达到颓废绝不容易，这是很高贵的、不容玷污的品味；换句话说，颓废是纯粹的，彻底的。颓废是美的极致。大概莫迪里阿尼和他这些恍惚的女人可以称得上是颓废的了。她们似乎有点儿忘乎所以，但只因知道自己

阿梅代奥·莫迪里阿尼
《坐着的裸体女人》
约 1916 年
布面油画
118.2cm × 86.3cm
科陶德艺术学院藏
英国

阿梅代奥·莫迪里阿尼
《躺着的裸体女人》
1917 年
布面油画
60.6cm × 92.7cm
大都会美术馆藏
美国

很美，富于魅力，绝不到炫耀和夸饰的程度，说到底还是自然而然。她们确实勾魂摄魄，但却很安全，没有那么多坏心眼儿，甚至没有那么多心眼儿。这样的女人只有美，没有善，也没有恶——她们与此无关，甚至根本不知道善恶之辨。这是些沉沦在美里的女人。

十八

朱勒·帕斯金。帕斯金画的多是单独或成对的女人，但也曾描绘她们的群像（《几个美国小姑娘》[1916]、《捉虱子》[1924]、《古巴女人》[1924]），这在他来说也许不太重要，却有助于我们理解帕斯金的女人主要属于社会上怎样一个群体。我们看到在黯淡、污秽、凌乱的画面上，那些女人只是憧憧影子，似蠢蠢欲动，又似惊慌失措，又似醉生梦死。这使人联想到鲁奥的画。帕斯金画的大多也是妓女，境遇与鲁奥的女人差不多。但我们只能感到所处环境对她们的压迫，而感觉不到她们对所处环境的占有和控制。值得留意的是《风流的女人们》（约1911），这幅可能没有完成的作品具有帕斯金笔下少有的象征意义。画中远处的几个女人还是素描画法，其中有一个肌肤着了色，另一个衣服着了色；近处的三个女人都是完全着色的，两个是裸体，一个穿着很暴露的衣服，一律形容疲惫，身材都不大像样。给我们的感觉这正是人生的序列：她们正渐渐走上一条不归之路。

然而当这样的女人单独或成对地回到个人的天地里——虽然环境同样乱七八糟，才成为真正的帕斯金的女人。这时就更

朱勒·帕斯金
《风流的女人们》
约 1911 年
布面油画
38cm x 46cm
私人收藏

与鲁奥的画不同了：无论如何，鲁奥的女人还代表着些什么，而帕斯金的女人只是她们自己——一些微小的、可怜的，然而又是确实的存在。帕斯金的女人总是笼罩在一种朦胧、柔和的氛围中，让人感到既有点冷，又有点暖，二者都不过分，但又不会相互抵消。这氛围来自人物的心境与画家对她们隐约的同情的交汇融合。帕斯金的画内容不很复杂——女人在乱七八糟的环境里，或忙些事情，或什么也不做；或着衣，或裸体；或坐，或躺，而更喜欢取的是面对观者不很安稳地坐着的姿势。她们通常在画家的俯视之下，两条腿因而显得短小。这仿佛体现了她们在这个世界上的位置，以及这个世界对待她们的态度。但这种画法丝毫也没有抹杀女人的美，帕斯金是很清楚美的分量并着意予以表现的画家，可以说一切都恰到好处。帕森的女人非常性感，画面那种氛围其实也是她们性感的外化。她们的性感与美也许只有克里姆特和莫迪里阿尼的女人才能相比，然而现在她们却并不因此而兴奋，似乎反倒成了沉重的负担。帕斯金的女人不是在生活中，而是在状态中，更多是在自己内心的状态中。这些女人是羸弱的，胆怯的，伤感的，懵懂的，好像总在自省似的，然而头脑恐怕只是一片空白。她们对个人境遇的体会似乎不无暧昧之处。她们显得有些消沉沮丧，但没准儿只是劳顿之后的小憩，偶尔甚至还流露出怡然自得之色。她们有点少不更事，但又好像已经筋疲力尽，快要被无法承受的生活给压垮了。

在《戴着头巾的女士》(1907)、《坐着的女人》(1912)、《帕斯金夫人(埃尔米娜·达维德)的画像》(1915—1916)、《戴绿帽子的裸体女人》(约1925)、《红衣女人》(1928)、《穿白衬衣的小姑娘》(1929)等作品中，她们或闭着眼睛，或目光低垂，甚至打起瞌睡，回避了与观者之间可能的交流，这是帕斯金的女人最常见的模样。在《坐着的裸体女人》(约1923)、《躺着的裸体女人》(1927)、《从背后看的维纳斯》(1925—1928)中，则干脆背过身去。这时我们发现，她们已经体态臃肿，青春一去而不复返。在《埃尔米娜·达维德和朋友》(1914)、《克拉拉与热纳维耶芙》(1925)、《两个瑞士姑娘》(1925)、《两个朋友》(1928)中，女人成对出现，但无论并排而坐，还是一立一躺，或躺在一起，只是两个各自黯然神伤的女人，甚至比独自一人时还要孤独。而在《埃尔米娜·达维德和朋友》(1909)、《坐着的小姑娘》(1911)、《漂亮的英国女孩》(1916)、《波斯公主》(1923—1924)、《来自卡西斯的小娜娜》(1925)中，她们对着观者睁大眼睛，眼神却是迷蒙的，失魂落魄的。正因为帕斯金的女人无法与人交流，她们葆有了自己完整的情感世界。她们简直是小心翼翼地守护着自己的一无所有。帕斯金的女人最具忧郁的美，而真正的忧郁是这样的：无法与人共享，以致不可能得到抚慰。她们的美是令自身与观者都感到无可奈何的美。她们摆脱不了她们的忧郁，一直沉溺到底，忧郁是她们的肉体发出的叹息。

世间没有一位画家比帕斯金更能体现人生悲伤，困苦，孤立无援，然而一直又在勉力支撑的处境，更能揭示人的内心近乎绝望与残存的微弱希望并存的状态，而这都触及人性的最深之处。帕斯金甚至连表达自己的同情与怜悯都那么谨慎而有分寸，似乎生怕使对象感到丝毫惊扰与难堪。这种同情与怜悯与他常常采用的俯视角度并无冲突，倒是相反相成。帕斯金表现情感之细腻动人，唯有莫里索可以相提并论。但莫里索多少还有点孤芳自赏，帕斯金则说得上是悲天悯人。我曾向一位朋友推荐帕斯金的画，他问这种忧郁是否嫌沾了些浪漫主义味道，我说忧郁到绝望的程度就不是浪漫主义了。虽然相对于莫迪里阿尼那种非人间性的终极画法来说，帕斯金画中所体现的人间关怀的确是非终极性的，但唯其如此，才特别值得珍惜。

我在谈论绘画作品时，向不牵涉画家的经历，但这里打算破一个例，因为不免想到帕斯金四十五岁时，正当巴黎乔治·帕蒂画廊他的个人画展开幕前夕，他却偿还了所有债务，在蒙马特自己的画室里割腕上吊而死。也许就像他笔下的那些女人，帕斯金此前一直在努力活下去，但的确已经到了承受不起任何进一步的变化——无论变好，抑或变得更糟，而后者是完全可能的——的时候了。我觉得帕斯金的女人身上还是有画家自己的影子。

朱勒·帕斯金
《从背后看的维纳斯》
1925 年—1928 年
布面油画
81cm × 65cm
巴黎市立现代美术馆藏
法国

朱勒·帕斯金
《两个瑞士姑娘》
1925 年
布面油画
92cm x 73cm
巴黎市立现代美术馆藏
法国

十九

亨利·马蒂斯。那年离开纽约的前一天，正逢MoMA举办的“马蒂斯：剪纸”特展开幕。马蒂斯油画作品的真迹，还有他的雕塑作品，我此前都曾看过一些，剪纸作品则只见到印刷品，然而与真迹对比一下就知道其间的差异了。印刷品除了颜色不无失真之外，彩纸的拼接痕迹，粘贴所形成的层次感，以及用别针和大头针固定的方式，都不太容易显示出来。马蒂斯漫长的创作历程总的方向是趋于简化，这些剪纸作品可谓臻于极境了，但越是简化的就越受不了哪怕丝毫的失真。

看罢特展，我对同去参观的F说，这回体会特别深的是马蒂斯对“形”的得心应手，至于在“色”上的别出心裁就无须多言了。譬如全套四幅《蓝色人体》（1952），方法和材料看似那么简单，描绘形体与动作却简直出神入化，可以说实现了形与色最大程度上的和谐。马蒂斯此前的油画作品能够与此相呼应的，最早大概是《生活的欢乐》（1905—1906）中近处坐着的女人，以及远处跳舞的女人。那里跳舞的女人围成一圈，以后演变为《舞蹈I》（1909—1910），不过虽然人物形象被放大了，相关细节却被简化了。《舞蹈I》充满运动感、节奏感，其中每个跳舞的女人仿佛都只是暂时的存在，似乎看得到她们上一瞬间是什么样子，下一瞬间又是什么样子，而这连续不断的运动又构成五个女人的整体运动的一部分，正如有人所形容的那样，“一直跳到死”。马蒂斯虽然尽量把立体画成平面，但却比别人画的立体还要形象、生动。举个例子，我曾在新泽西的大地雕塑公园里见到一座巨大的《舞蹈 I》雕塑仿作，虽然各个儿的模样都还算逼真，给我的感觉却是五个僵直的女人手拉着手，被禁锢在那个地方了。马蒂斯的《舞蹈 I》已经摆脱了具体的情景，趋向更丰富、更多变化的幻觉空间。《舞蹈 II》（1932—1933）则有进一步简化的趋势，如果说《舞蹈》中蓝色代表天空，绿色代表草地的话，构成《舞蹈 II》背景的黑、蓝、红三色已经没有了具体含义，而画中的背景与跳舞的女人就像贴上去的剪纸似的。到了剪纸作品如《蓝色人体》，则将背景完全简化掉了。马蒂斯晚年做剪纸作品，虽有身体衰弱、无法画画的原因，但也不妨说是顺理成章。

回过头去看野兽派时期的马蒂斯，在《戴帽子的夫人》（1905）和《绿色的条纹》（1905）中，马蒂斯夫人的脸上之所以被涂了醒目的鲜艳绿色，是要证明通过色彩能够实现什么，旨在宣示绘画的自我作主、不受限制，然而这仍不过是对作为某种意识、某种趣味而存在的社会——具体落实为将来那个站在画前的观者——的应对与挑战而已。真正的自由是非对象化的。而对象化就是社会化。画《生活的欢乐》《舞蹈 I》《舞蹈

亨利·马蒂斯
《生活的欢乐》
1905 年—1906 年
布面油画
176.5cm × 240.7cm
巴恩斯基金会藏
美国

亨利·马蒂斯
《舞蹈 I》
1909 年—1910 年
布面油画
260cm × 391cm
埃尔米塔日博物馆藏
俄罗斯

Ⅱ》等油画作品，做《蓝色人体》等剪纸作品的马蒂斯，不再挑战什么，也不应对什么，他是得大自在者，生命在其笔下纷纷呈现出本然状态。这时的马蒂斯，真正达到了随心所欲。马蒂斯永远是文明的，马蒂斯的文明永远是活泼泼的。

在剪纸作品《蓝色的裸体》和此前的多幅油画如《蓝色的裸体》(1907)、《躺在红色沙发上的裸体女人》(1918—1919)、《举手臂的摩尔人》(1923)、《蓝靠垫上的裸体女人》(1924)、《有装饰背景的人物》(1925)、《粉红色的裸体》(1935)等作品中，女人们或坐或卧，总是摆出自己最舒服的姿势，如一条腿蜷起，另一条腿伸直或稍蜷，抑或是有名的“扭位”。这也可以追溯到《生活的欢乐》，那里好几位女人，或躺或坐，也都是“扭位”。《生活的欢乐》是马蒂斯奠定风格之作，也是他的集大成之作。非对象化可以说是这里所涉及的一段美术史上的一种新的趋势。当我们谈论人物画时，非对象化具有两重意义：对于画家来说，是不针对什么而创作，无论迎合还是反对；对于画中的人物来说，则无所谓与观者之间的交流，进一步说，无所谓是否有人在观看自己。当然人物是由画家创造的，所以后一种非对象化，体现了也强化了前一种非对象化。非对象化在马蒂斯画的女人身上表现得特别明显。不管“扭位”，还是别的姿势，她们都不是摆出样子给我们看的，而是自己觉得自在，她们乐意如此。她们有时望着我们，但总好像目中无人。这种女人若用“幸福”“快乐”之类的词形容总归要隔一层，因为她们并不按照世界上的现有标准行事，她们根本不想表现她们的“幸福”“快乐”。我看有时她们或许还有些烦恼也未可知，谁知道呢，这是些自说自话的女人。马蒂斯在他的画中，实现了画家的“我”和画里的“她”的双重自在——前面提到“随心所欲”，其实是她们如此，他也如此，而观者只不过是恰好看到了这一情景而已。

二十

凯斯·凡·东根、弗朗迪塞克·库普卡和埃米尔·诺尔德。将这几位画家放在一起来谈，只是因为在我看来，他们在差不多同一时间所画的一批作品颇有相近之处。我指的是凡·东根的《歌唱的莫德加斯科》(1908）和《俄国歌剧季节的回忆》(1909)，库普卡的《舞蹈家》(1907)、《探戈》(1909）和《颜色的平面，大裸女》(1909—1910)，诺尔德的《尽情跳舞的孩子们》(1909)、《围着金牛犊跳舞》(1910）和《烛光舞会》(1912)。这些画中女人的姿势动作都那么狂野，色彩都那么强烈，情感也都得到极度宣泄。凡·东根是野兽派，但清楚地显露出表现主义的气质；诺尔德是表现主义画家，画法却颇得力于野兽派；库普卡此时则大概从两者都有获益。

他们使我联想到马蒂斯。色彩的解放是美术史上的一件大事——讲得夸张点儿，是一场叛乱或一场暴动，可能带来强大的破坏作用。但是马蒂斯与他野兽派里稍年轻的追随者意趣并不相同，与别的受野兽派影响的画家区别也很明显。他的女人和这三位画家的女人都喜欢跳舞，可她们被安排跳的不是同一场舞。马蒂斯总的来说是想通过色彩的解放为世界建立一个美

凯斯·凡·东根
《歌唱的莫德加斯科》
1908 年
布面油画
100cm × 81.3cm
纽约现代艺术博物馆藏
美国

好的秩序，虽然个别时候难免也让不习惯的人有点儿不舒服，例如《戴帽子的夫人》和《绿色的条纹》，然而其本意并不在此。而别的同样致力于色彩解放的画家则好像是抓住他这一点予以特别放大，色彩成了他们直接颠覆世界现有秩序及显示自我的手段。马蒂斯与表现主义毕竟有所区别，社会之类的东西并不是他的关注对象。

再来看凡·东根的《一位女子的身姿》(1905)、《裸体女人》(1907)、《玛丽亚》(1907—1910)、《女杂技演员》(1910)、《吉普赛人》(1910—1911)等，人物都处于静止不动的状态，但能感觉到假若她们动作起来，也会像《舞蹈家》和《颜色的平面，大裸女》中一样暴虐可怕。这个时候的凡·东根脑后肯定是有反骨的，所画的大多是那些为社会所激怒或试图激怒社会的女人。她们有点像蒙克画的"吸血鬼"，但凡·东根不像蒙克那样以承受者自居，而是站到那些女人的一边，与她们融为一体。凡·东根承袭马蒂斯的《戴帽子的夫人》和《绿色的条纹》，画出了以主动、强势姿态出现的作为主体的女性，说得上是对美术史的重要贡献。这也许可以追溯到卡萨特的《在包厢里》等，但那里她们的身份是在中产阶级以上，有种优雅高贵的气质，凡·东根的女人则一变成为粗放不羁的底层人物。

与此相类似的是库普卡的女人，她们肆无忌惮，独往独来，像是光天化日下的裸奔者。画家在《浴女》(1906)、《深红》(1908)、《口红》(1908)、《加利安女孩》(1910)中描绘的女人也有这种趋势。虽然这些作品只是在他成为抽象派画家之前一个短暂时期的产物。

诺尔德的女人则是沿着蒙克、鲁奥的路走来的。但在那两位的笔下，这些女人尚且蓄势未发，或者受到抑制，现在她们则完全为所欲为了——正是从野兽派那里借得了武器。其实鲁奥已经具有野兽派的特色，但他是节制的，内敛的，其程度比马蒂斯尤甚；马蒂斯是因快乐而节制，他则是因痛苦而内敛。相比之下，诺尔德的画更癫狂，更混乱，更污浊，稍晚的《女人们与一个小丑》(1917)、《失乐园》(1921)、《戴红色项链的T太太》(1930)同样如此。看诺尔德的画，似乎世界末日已经降临，有点像鲁奥与恩索尔的混合。也可以说是鲁奥的妓女们忽然激动了，爆发了，她们控制并破坏了一切。

凡·东根及库普卡画的是“我就是这样的人”，诺尔德画的是“我遇到这样的人”。讲得更明确些，前者画的是“我”；后者画的是“她”——是自己之外的，压迫摧残自己的人。凡·东根及库普卡的女人与环境格格不入，从环境中凸现出来；诺尔德的女人则是环境的一部分，甚至就是环境如此堕落的原因所在。凡·东根及库普卡画的是张扬；而诺尔德画的是承受，乃至不堪忍受，——这些女人并不传达画家的情绪，对她们的反应才是画家的情绪。

弗朗迪塞克·库普卡
《颜色的平面，大裸女》
1909 年—1910 年
布面油画
150.2cm x 180.7cm
古根海姆博物馆藏
美国

埃米尔·诺尔德
《围着金牛犊跳舞》
1910 年
布面油画
88cm x 105.5cm
慕尼黑现代艺术陈列馆藏
德国

二十一

巴勃罗·毕加索。我最后一次离开巴黎之前，有近两小时的富余时间，就又转到毕加索博物馆，正好离我所住的旅馆不远。以前也曾来这里参观，但正是最后这近两小时，我对毕加索比过去了解得更清楚了。一个突出的感受——虽然这对毕加索的绘画艺术来说并不重要——就是他所画的女人大多很有趣、很可爱。多年后我在纽约当代艺术博物馆和大都会博物馆等处又看到他不少画，包括一些著名的画，这点看法仍未改变。

毕加索的女人是一个群体，包括各种各样、几乎所有的女人在内。换句话说，毕加索几乎画出了此前此后所有画家画过的女人，但这并不是一种“集合”，她们都是属于他自己的。唯一可能使毕加索显得单调的只是我们片面的印象——假如对他画的某一类女人印象太深而忽视了其他女人的话。

毕加索早期在《煎饼磨坊》(1900)、《手搭在肩上的女丑角》(1901)等作品中所描绘的女人，形象在或美或丑之间——这全看观者自己的审美趣味——似乎带着一股“妖气”，显得不无得意，但又有几分也许是生活经历所导致的疲惫。到了“蓝色时期”，如《人生》(1903)、《画家塞巴斯蒂安·容耶尔》

（1903）等，在冷冷的蓝色调子里，消瘦的女人面无表情，成了困顿人生的承受者。这甚至延续至“玫瑰时期”，像《坐着的裸体女人》（1905）、《街头艺人》（1905）等，画面淡红的色调给人的感觉或许稍稍温暖了点，但她们看上去仍然显得不愉快，甚至比蓝色时期更多了一点忧伤。在画家的一生中，要数这两个并非特别重要的时期最接近于一个生活里的普通人的立场，他的人生感受都借助于所画的人物传达出来。

大约从《两个裸体女人》（1906）起，毕加索开始强调女人的“形”和体积，将她们画得像是举起前足的大象似的；《泉水边上的三个女人》（1921）、《在沙滩上奔跑的两个女人》（1922）等也是这样。画家既不再像蓝色时期和玫瑰时期那样从情感上认同女人，也不像更早时候那样从情感上抵触女人，而改为客观、深入、近乎科学地研究包括她们在内的所有对象。但毕加索并不是一个全然运用理性来绘画的画家，他的理性，他的研究方法，包容了他充沛的情感与灵动。即使是立体主义时期的女人，也明显地保持着她们“性”的一面，如《女人半身像》（1908）、《扇扇子的女人》（1908）、《三个女人》（1907—1908）等。

这以后的毕加索，对于女人的高贵（《坐在扶手椅里的奥尔加·毕加索》[1917]、《奥尔加·毕加索》[1923]）、轻盈（《坐着的女人》[1920]、《雕像》[1925]）和温柔（《母亲》[1922]、《披蓝色披纱的妇女》[1923]）颇为留心。毕加索深

巴勃罗·毕加索
《两个裸体女人》
1906 年
布面油画
151.3cm × 93cm
纽约现代艺术博物馆藏
美国

巴勃罗·毕加索
《亚维农少女》
1907 年
布面油画
243.9cm x 233.7cm
纽约现代艺术博物馆藏
美国

知女人的可爱之处，但保持着与她们的距离，基本上是在俯视着她们。甚至在对女人的脸部做了画家惯常的扭曲、断裂处理之后（《围白鼬皮领的女人的画像》[1923]、《舞蹈》[1925]、《坐着的女人》[1927]），都能画出她们的美丽与可爱。

个别时候——仅仅是个别时候，然而恰恰是最能引起轰动的时候——毕加索的女人扮演了别的角色，例如《亚维农少女》(1907)、《格尔尼卡》和《在朝鲜的屠杀》(1951) 等。她们成为毕加索与我们这个世界的关系的体现者，不过在《亚维农少女》中代表主动的一方，而在《格尔尼卡》和《在朝鲜的屠杀》中代表被动的一方而已。前者是狂暴，后者是狂暴的对象。

后期的毕加索好像更多了些情趣。他也画那种“白痴美人”，如《黄头发女人》(1932)、《镜前姑娘》(1932)、《梦》(1932)、《睡眠》(1932)、《两个姑娘读书》(1934) 等。他笔下的另外一些女人则显得调皮滑稽，如《多拉·玛尔》(1937)、《靠在椅子上的妇女》(1937)、《玛亚和布娃娃》(1938)、《扶手椅上的多拉·玛尔》(1939) 等。到了最后一个阶段，毕加索的画风变得粗厉、激烈，让人感觉他对女人的脾气不大好，甚至有点暴躁，如《小克拉纳赫身后的年轻姑娘》(1958)、《坐着的裸体女人》(1959)、《躺着的裸体女人和弹吉他的男人》(1970) 等。

要在毕加索身上找到统一的、规律性的东西不仅是徒劳的，而且是愚蠢的；好像很多论家都讲过类似的话。但我想还是有两点可以一说：第一，毕加索一生的大部分时间都在反复向观者强调立体主义这样一种不同既往、具有革命性的观察世界的方法，毕加索的女人不过是体现他这一看法的载体，虽然他并没有说这是唯一的方法；同时，女人也还作为他心目中“性”的对象而永远存在。第二，在所有画家中，毕加索既对美最具备信心，又对自己最具备信心，所以他经常要有些摧毁美的举动；他知道真正的美无可摧毁，也知道这样的美永远在他的掌握之中。

巴勃罗·毕加索
《梦》
1932 年
布面油画
130cm × 97cm
私人收藏

二十二

费尔南·莱热。一向觉得莱热的画很适合做成印刷品，他画得也有点像印刷品；但当我在几家博物馆里看到他的真迹，尤其是在纽约当代艺术博物馆面对堪称巨制的《三个女人》（1921—1922）时，仍然感到一种前所未有的震撼。尽管这震撼未必完全是正面的，——讲得更准确些，未必完全是在我所习惯的方向上的。

在本书所涉及的一段美术史上，始终存在着对立的两种趋势：画出“具有个性的人”或“没有个性的人”。但总的来说，“具有个性的人”逐步让位于“没有个性的人”，以“人”为标准来评衡一幅画的价值的方法，似嫌过于守旧了。而我历数那些绘画中的人的情感、人的心灵之类，就像是为几近消亡的价值观、审美观和艺术追求在唱挽歌。从塞尚到立体主义可谓开辟了一条通往“没有个性的人”的路，而曾经是重要的立体主义画家的莱热则在仍然是具象——讲得更明确些，就是仍然画成“人样”——的人物画中，将“没有个性的人”阐发到、也弘扬到了极致。我们看他的画，这一幅与那一幅中人的形象几乎是一样的，所强调的正是人类的一致之处。这里只有群体，没有个体，即使只画了单个的人，也是群体中的一员。画中消除的是人物形体上的个性，但进一步能够体会到，消除的也是精神上的个性。

再来看莱热画中人物的背景，以及她们在做什么，画家显然将这种变化与一个工业化与集体化的世界联系在一起了。我看这些画，每每想起赫胥黎所著《美丽新世界》，莱热所画的正是小说中那些由“中央孵化与条件设置中心”根据社会需要制造出来，因吃“唆麻”而快乐的女人。在莱热上世纪二十年代的画，包括《三个女人》及《拿着一本书的女人》(1923)、《红色背景下的两个裸体女人》(1923)、《三个人物》(1924)、《拿着花瓶的女人》(1927)、《手持花瓶的女人》(1927)等中，女人单独或结伴在一起，没有背景或背景无关紧要，仿佛是“中心”刚刚制造出来的一批人；三十到五十年代，如《三个女人的结构》(1932)、《两只鹦鹉的组合》(1935—1939)、《杂耍艺人和他的搭档》(1948)、《悠闲》(1949)、《野营者》(1954)和《乡村远足》(1954)等，女人出现在生活情景或工作场所中，仿佛已经被“中心”派送到世界各地去了。我由此又想起现实生活里我们之前的一两代人，因追求个性解放而投身于社会革命，本来想打破以为束缚自己的秩序，结果却落入一个更死板，更严苛，更多禁锢的秩序之中，个性被完全泯灭了。我看到的仿佛是她们灵魂的塑像，尽管莱热的女人并没有灵魂。

然而我讲观看莱热的画受到震撼，还有另外一层意思：他居然在这种仅仅是有关人的共性的描绘中创造出了非同寻常的人体的美，这在其二十年代的作品中表现得尤为突出。与始终给予他巨大影响的塞尚相比，虽然莱热的女人更明显地呈现为球体、圆锥体和圆柱体的组合，但却全无塞尚的女人那种枯槁孤寂之相，而是活灵活现、结结实实的一批女人。莱热对她们也有着塞尚所竭力避免的热情。她们健康，干净，大方，沉静，有如青铜雕塑一般，是二十世纪的类似亚马孙女战士那样的女英雄。莱热的女人总是端坐向前，圆睁双眼，一动不动。她们体格壮硕，心地善良，性情憨厚，情欲旺盛，——这些原本掩饰在“个性”之下，现在都充分显露出来。女性裸体在哪个画家笔下几乎都能见着，但这里好像特别出乎自身的需要，因为她们总是热血沸腾的。这样的女人理应是没有情感的，但却有一种比无论谁画的作为“具有个性的人”的女人都更充沛、更强烈的热情。似乎热情仅仅属于肉体，而并非人的情感的组成部分。她们完全符合所属的世界的逻辑，像一架机器上的齿轮或螺丝钉——请原谅我使用这老套的比喻——一样应付自如，假如那世界、那机器对组成自己的零件没有什么坏心眼的话。她们有足够的体力，但没有足够的——其实根本就没有——智力对付世界。她们比雷诺阿的女人更没头脑，但更富于体力与精力，更可以作为世间那类“白痴美人”的代表。她们渴望幸福、渴望爱情，但又仿佛坐等着被侵犯，因而隐约有种可怜之美；在这样一个险恶的世界里，似乎应该有人好好对待她们才

费尔南·莱热
《三个女人》
1921 年—1922 年
布面油画
183.5 cm x 251.5cm
纽约现代艺术博物馆藏
美国

费尔南·莱热
《三个女人的结构》
1932 年
布面油画
128cm × 230cm
蓬皮杜现代艺术中心藏
法国

是。然而她们无论什么都担待得起，不肯放弃对于人生的热情期待。我们甚至好像有这样的经验：在现实生活中遇到的某个女人，当她在最不世俗、最少算计、最纯洁无瑕的时候，就应该是莱热画的这个样子。话说至此，我隐约发觉在莱热的画中有意无意地隐藏着一副男人看女人的眼光——当她们没有了个性，也就没有了毛病，从而成为男人理想中的女人。虽然谁的嘴上也不这么讲。

二十三

马塞尔·杜尚。在费城艺术博物馆里，展出杜尚《大玻璃》（即《新娘甚至被她的单身汉们剥光了衣服》）的房间旁边有个稍小的展厅。只在一面墙上安置了一扇用旧木板钉成的门，围着红砖砌成的拱形门框。我将眼睛凑近木门上的两个小孔，看到里面是一堵有很大豁口的砖墙，露出一个仰面朝天的裸体女人，脖际绕着一缕金发，却看不见她的脸。女人体态丰腴，叉开双腿，躺在枯枝败叶上，左手将一盏煤气灯擎在空中，照亮了自己的身体以及四周。远景是仙境般的田园风光，垂着一道小小的瀑布。这个情景曾经在多本画册中出现——尽管通过木门上的小孔并不能拍摄到肉眼所见的完整情景——但事实上它却隐藏在一扇木门之后，观者不可能同时看到木门与门后的种种，所以这是一件无法通过印刷品展现，光看印刷品也无法理解的作品。如果不通过门上的小孔观看，根本就看不见这件作品，可以说它并不存在。只有在被观看时它才存在。所以还要加上一个——每次只能有一个人观看——非得凑近小孔不可的观者，才是一件完整的作品。而这个类似于偷窥者角色的人，也许正是这件叫做《已知条件：1，瀑布；2，气体照明》

马塞尔·杜尚
《已知条件：1，瀑布；2，气体照明》
1946 年—1966 年
装置作品
153cm × 111cm × 300cm
费城艺术博物馆藏
美国

（1946—1966）的作品的主体。

我们讲了那么多画中被看的女人，那么画外看画的人呢——现在杜尚让我们必须留意一下他。《已知条件：1，瀑布；2，气体照明》是一件关于观看女人的方式以及窥视者的欲望——为作品中的煤气灯与瀑布所象征，而被观看的充满色情意味的裸体女人不过是将观者这种欲望形象化而已——的作品。对于杜尚来说，女人是被看成的。在这里，偷窥者所看到的无非就是他想看到的。杜尚自己曾称这个裸体女人为“欲望的圣母”，更有论家指出，她躺在那里显得毫无生气，好像刚刚做过爱一般。女人是男人的欲望的化身。而这一切既是切实的，又是虚妄的。这不过是一场戏——杜尚既是搭台的人，也是拆台的人。

“女人”是杜尚作品中的重要母题。他在谈到自己的《走下楼梯的裸体女人，第二号》（1912）时说：“这张画中没有新鲜的肉体，只有从上到下，从头到四肢的简单不过的解剖。”我们对比看他稍早的尚有“肉体”痕迹的《杜尔西内亚的肖像》（1911）、《被撕碎的伊芙娜和玛格德莱娜》（1911），可以知道这种“解剖”的眼光是如何演变而来；再看稍后的《处女到新娘的经过》（1912）、《新娘》（1912）、《被裸体高速穿过的国王和王后》（1912）、《被飞奔的裸体围绕的国王和王后》（1912），“解剖”的过程变得更其复杂，到了《大玻璃》，那个“新娘”以及与之相关的男人们的种种欲望已经被非常彻底地“解剖”了。杜尚向我们演示了关于“女人”可以怎么看。而所有这些被杜尚“解剖”了的女人，都可以还原为《已知条件：1，瀑布；2，气体照明》中的“新鲜的肉体”。还可以提到杜尚为一九四七年超现实主义国际展目录所设计的封面《请触摸》——画的是一个饱满的有着尖挺乳头的乳房。“请触摸”正是说给窥视者听的，好比在《已知条件：1，瀑布；2，气体照明》的木门上开的小孔一样。杜尚在这里所展现的就是一向被他所破坏的，然而此时他仍然不是要重新建立什么。杜尚对有关女人的种种意识以及所发生过的一切加以嘲讽，在嘲讽的同时坦然地使用“女人”这一题目而使自己置身于嘲讽之外。如果我们把绘画史上所有其他画家以及我们自己当成是“一只眼睛”的话，他就是“另一只眼睛”，问题在于，他这一只眼睛看到了我们那一只眼睛看到的和没看到的，而且把我们那一只眼睛也看在眼里。

讲到这里，要提到杜尚在印着《蒙娜丽莎》的明信片上添加了小胡子的《L.H.O.O.Q》(1919)。对《蒙娜丽莎》而不是别的什么画动手肯定是有意义的，因为《蒙娜丽莎》曾经被赋予了太多的意义，它几乎成了美的象征；但这个“有意义”本身不是一种与前述意义相类似的意义，对于既有固定价值的破坏并不意味着一种新的固定价值的实现。《L.H.O.O.Q》一并颠覆了蒙娜丽莎这个形象，她的美，观者对她的看法，看法背后的欲望，乃至整部美术史。杜尚改变了美术史的界限和范围——在这里没有什么是不能做的。画了胡子的蒙娜丽莎与列昂纳多·达·芬奇原来所画的那个女人未必有什么区别，无非都是我们的“看法”而已。

马塞尔·杜尚
《走下楼梯的裸体女人，第二号》
1912年
布面油画
147cm x 89.2cm
费城艺术博物馆藏
美国

二十四

威廉·德·库宁。这里要谈的是抽象表现主义画家德·库宁一九五〇年代不少作品中的具象因素——女人。在《女人Ⅰ》(1950—1952)中，她长着大眼睛，大鼻子，大嘴，龇着牙，乳房膨胀，身躯壮硕，整个人又脏又烂，直面观者而坐，几乎占据竖长画面的全部，好像挡住了这世界的出路——在整个“女人系列”中，她们或坐或站，一律如此。在《女人Ⅱ》(1952)中，她抿着嘴，像在傻笑。《女人Ⅲ》(1953)及《女人Ⅴ》(1952—1953)中，表情甚至有点滑稽。这些女人的头部与全身的比例明显偏小，又以《女人Ⅵ》(1953)为甚，简直成了个干瘪的骷髅，胸部和肚子则是庞然大物。这给人的感觉是，她们虽然得意忘形，但却愚蠢无比，根本不是凭脑子，而只是凭强悍的性能力与体力取胜。《女人与自行车》(1952—1953)中的女人更加狂放不羁。而在《两个乡下女人》(1954)中，当她们结伴登场时，给人的威胁感就更严重了。六十年代以后，德·库宁还在画以“女人”为题的画(《阿卡博纳克女人》[1966]、《风景里的女人Ⅲ》[1968])，不过更为抽象，实际上我们只能凭借对他此前的作品的印象去揣测这里画的是什么了。

不止一位论家指出，德·库宁笔下女人的血统，可以追溯到蒙克画中那些集性象征与吸血鬼于一身的女人；他们还提到苏丁，德·库宁仿佛是以他特有的疯狂涂抹的画法，来画蒙克那总是显得相当克制的画；又提到凯尔希纳，他的女人那种肆意嚣张，在德·库宁的女人身上也多有体现。我觉得德·库宁的前辈的名单里不妨再添上鲁奥，两位所画的女人其实最为相似。不过鲁奥画女人的画中往往只有女人，没有男人，也就是说，并不涉及男女关系；其实德·库宁也是如此，但他画的那些女人太放肆，太猖狂，太咄咄逼人，所以才引起男女关系方面的联想，于是就与经常在一幅画中既画女人又画男人的蒙克和凯尔希纳搭上了关系。也许还可以再向前追溯到马奈的《奥林匹亚》。当初这幅画问世时，敏感的观者隐约担心某种专横的、具有破坏性的因素有可能从女模特儿身上释放出来；若真如此，后果将不堪设想。许多年后，这一近乎杞人之忧由德·库宁予以证实了。不过现在她们竟然专横到这种程度，破坏性有这么巨大，却是前人无论如何意料不到的。“奥林匹亚”已经化为一场摧折一切的风暴。蒙克与凯尔希纳笔下那场男人与女人——实际是女人对男人——之间的战争，到德·库宁这儿已经结束。此时除了自己的感受之外，作为女人的对象的男人已经不复存在。而经历了一场空前的大破坏后，大获全胜的女人仿佛是世界废墟上的一些喧嚣而凶恶的舞者。

德·库宁在这一时期还有一幅《玛丽莲·梦露》(1954)，画中梦露的样子与他所画的别的女人相去无几，只是特意渲染了她的红唇，画的颜色稍稍干净一些，也柔和一些，却描绘出一个颇具几分甜美的形象。回过头细细体会他的“女人系列”等作品，看法也不免有些改变。蒙克和鲁奥在画女人时带有强烈的情感因素，画的内容看起来相当严重，凯尔希纳已经有些讥讽的意味了，到了德·库宁，戏谑的成分就很明显。蒙克、鲁奥和凯尔希纳的女人都有些紧张，德·库宁的女人却相当轻松，仿佛只是自娱自乐，甚至不无天真可爱之处。似乎在蒙克和鲁奥的眼中是悲剧的，对德·库宁来说变成喜剧或闹剧了。也许正因为女人与男人的战争已经结束，她们的对手不复存在，所以才如此轻松欢乐。观者觉得她们“喧嚣”“凶恶”，可能主要还是不习惯——这是男人最后一次站在蒙克当年的立场上对女人做出反应，但更多已经化作无奈，只得承认他所预言的已经成为事实，对此即便不想接受也只能接受。

我曾以美来形容鲁奥和凯尔希纳的女人，而德·库宁的女人恐怕谈不上美，然而到了他这个年代，早已没有美丑之分这回事了，谁还在乎这个呢。其实说鲁奥和凯尔希纳的女人美，也不过是旧的观念的残留而已，她们未必以此自傲。

威廉·德·库宁
《女人 I》
1950 年—1952 年
布面油画
192.7cm x 147.3cm
纽约现代艺术博物馆藏
美国

威廉·德·库宁
《玛丽莲·梦露》
1954 年
布面油画
127cm × 76.2cm
纽伯格艺术博物馆藏
美国

二十五

巴尔蒂斯（克洛索夫斯基·德·罗拉）。我看巴尔蒂斯的《房间》（1952—1954），联想到了蒙克的《青春期》，——并非认定前者受了后者的影响，相反我猜想巴尔蒂斯大概根本就不喜欢蒙克；我是说他们所画的是同一件事，也差不多是同一个人——都是尚未成年的女孩，两幅画看起来也都颇有凶险之感。但对蒙克的女孩来说，或许一切只是她的妄想；而对巴尔蒂斯的女孩来说，肯定有什么即将发生。蒙克的女孩非常紧张、害怕；巴尔蒂斯的女孩虽然也在发育之中，但显然已经为体内蕴积的某种力量所苦，因此才在对着窗子的躺椅上舒展地摊开赤裸的身体，她好像是在昏睡，但更像是准备好了等待着那一刻的到来。蒙克的女孩是独自一人；巴尔蒂斯的女孩则有他人陪伴——一个侏儒似的女仆，正猛地拉开窗帘，放进照亮女孩的阴部、她的全身以及整个房间的阳光，那阳光对她简直就是一种侵犯。还有一只猫将脸扭向窗子，表情略显诡秘。女仆，猫，甚至女孩自己，好像都是帮凶似的。蒙克在描绘这一切时流露出强烈的情感，而巴尔蒂斯则显得冷酷无情。

《房间》中的女孩、女仆，与巴尔蒂斯笔下的几乎所有人物一样，呈现出一种日本人形似的僵硬感。在美术史上，画家们以不同方式表现运动中的人物，巴尔蒂斯则比修拉更进一步，将静止的那一刻尽量延长，以至永远地凝固。而且是在随机的一刻，并无什么缘由，根本不像修拉那样往往静止在安稳之处，和谐之处。观者所看到的仍是从运动中而来，但不再可能将静止了的还原为运动。人物的动作、表情，人物与人物之间的关系，都定格了。人物生命中的很大一部分因此被剥夺了，他们也都变成单个的人，彼此之间的交流都中止了。巴尔蒂斯作品中的不祥之兆，与人物的这种奇特的状态有关，亦与画的色调有关。他的几幅描绘外景中的人物、有较大景别的画，如《街道》(1933—1935)、《经过圣安德烈集市》(1952—1954)，更能显示这一点。

回到《房间》，类似的情景实际上也出现在画家的《殉难者》(1938)、《梦中泰雷兹》(1938)、《与猫玩耍的裸体女人》(1949)、《抬臂的裸体》(1951)、《小憩的裸体》(1977)、《昏睡的裸体女人》(1980)、《弹吉他的裸体女人》(1983—1986)等作品中。而与《室内》最相呼应的是《大幅乌鸦图》(1983—1986)，那个裸体的女孩对着投来的阳光，兴高采烈到得意忘形的程度，而停在高处的一只乌鸦，则充当了《室内》中猫的角色。在这些画中，女人最具性特征的部分常常被置于画面的焦点，仿佛她们都有露阴癖似的；而对观者来说，这只不过是某种暗示，但已足以使其不自觉地认同于侵犯者了，看他的画

巴尔蒂斯
《房间》
1952 年—1954 年
布面油画
270.5cm × 335cm
私人收藏

巴尔蒂斯
《客厅》
1942 年
布面油画
114.8 cm x 146.9 cm
纽约现代艺术博物馆藏
美国

甚至会产生某种奇异的犯罪感。这是巴尔蒂斯的“邪恶”之处。幽闭的房间和奇怪的光线似乎是这些未成年的女孩的内心写照：性的意识正从她们的肉体深处苏醒过来。她们也许体现了人性的普遍丧失，然而所有看似危险的征兆，又都是人物内心的萌动。别人如何不安她们不管，她们的郁闷与焦虑仅仅是针对自己的，因为忽然觉得已经孤独了无穷岁月，即将面临的凶险境遇或多或少正是她们的期许，于是纷纷做出准备慷慨献身的样子。

然而在巴尔蒂斯笔下，这总归只是某人自己的事情，只要不是像《室内》中帮凶的女仆那样，其他角色对此就显得毫不关心，甚至根本无所察觉。在《客厅》(1942)中，一个坐在椅子上，腿上搭着提琴盒的女孩仰面朝天，好像内心狂乱不已，令人感到《房间》中女孩的遭遇即将降临到她的身上；趴在一旁地上的另一个女孩，却在专心致志地读书，而一只猫也昏昏欲睡。《金色的时光》(1944—1945)中照镜子的女孩与不远处往壁炉里添柴的男人的关系，也是这样。

巴尔蒂斯彻底排除了绘画中的情感因素，——附带说一句，这一点尤其体现于他的风景画，如《戈泰罗山》(1943)、《有树的大幅风景画》(1955)、《沙西的农场》(1958)、《有牛的大幅风景画》(1960)等作品中，它们因此显得特别干净，尽管晦暗，却很澄明。然而巴尔蒂斯的人物画中蕴藏着另外一种激情——它仅仅是对激情的暗示，却充满强烈的内在张力；他的画面经常令人骇异的沉寂，在我看来，这种引而不发较之轰轰烈烈其实更具冲击心灵的力量。激情绝非只有“热烈”这样一个向度，可能还是一种隐秘的东西，一种氛围，一种心理暗示，一种穿透作用。举例来说，不尽夜色和闪电惊雷同样是天地之间的激情。

二十年前中国美术馆举办过一次“巴尔蒂斯画展”，是我第一次亲眼看到他的作品。后来我在美国的美术馆里又看到他的另一些画，然而谈论巴尔蒂斯仍然是一件不很可靠的事。他的画看来显然是有情节的——说得准确些，是即将发生的情节——但画家却坚决拒绝人们做这方面的解释。我想到他的《照镜子的猫Ⅰ》(1977—1980)、《照镜子的猫Ⅱ》(1968—1989)和《照镜子的猫Ⅲ》(1989—1994)，实际上这是三幅关于他的画的画，而且要连起来看才好。三幅画中的女孩都将手里的镜子反过来，让看她的猫照它自己；女孩穿的衣服越来越多，对猫越来越抵触；而猫则越来越露出惊呆的神色。三幅画中的猫，也许正是代表了那些看《室内》等画并做出一己解释的观者。

二十六

卢西安·弗洛伊德。观看弗洛伊德的《裸体画像与鸡蛋》(1980—1981)、《夜之肖像》(1985—1986)、《在床上的金发女孩》(1987)、《工作室的晚上》(1993)、《沉睡的救济金管理人》(1995)、《床上的爱尔兰女人》(2003—2004)、《裸体画像》(2004)等作品，我们意识到他画的女人具有女人的一切，却丝毫不给我们以女人的感觉；而完全排除了感觉的意识——只是一个判断而已——距离我们多么遥远，又是多么淡薄。画里的那些裸体，同样具有体积、质感和内在张力，但好像根本没有生命，没有功能，仅仅是包着皮肤的肌肉和脂肪，一种鼓鼓囊囊的堆积，甚至让人联想到解剖台上的陈尸，污水里飘浮的肉块，有如弗洛伊德画的那些赤裸的男人一样。然而与此同时，我们又不能不为画家将模特儿身上肌肉的感觉、脂肪的感觉等表现得如此精致与微妙而惊叹不已。

在女人几乎已经被既往的画家画得一无可画时，弗洛伊德开始画女人了。继乎其后的画家如果再画女人，只要是画成具象的，无论怎么画法，总归要倒退到他之前，被他那些已经完成的作品所超越。可以说，弗洛伊德完成了美术史上“女人”

卢西安·弗洛伊德
《沉睡的救济金管理人》
1995 年
布面油画
151.3cm × 219cm
私人收藏

这个题目。

弗洛伊德在具象绘画中的探索，几乎重新定义了人体画与肖像画。一眼就能看出，他笔下的女人与所有画家的女人都完全不同。但还是不妨来比较一下，看看弗洛伊德究竟做了什么，贡献何在。首先，弗洛伊德排斥了女人的“美”，在这方面要找一位与之相对立的画家，大概首属莫迪里阿尼。也许还要提到雷诺阿，不过我觉得弗洛伊德与他的画法倒有那么一点相近之处，虽然二人在“美”这一方向上背道而驰。可以相提并论的，也许只有鲁奥的《举手的裸体》和帕斯金的《从背后看的维纳斯》，但相比之下，那两幅画中的女人实在要算过分美了。再者，弗洛伊德排斥了女人的“性感”，这同样与莫迪里阿尼相对立，当然还有克里姆特。第三，他排斥了女人的“品位”，这不妨举克里姆特的那些高贵、典雅的女人作为对照。第四，他排斥了女人的“身份”“境遇”，这就与图卢兹-洛特雷克、鲁奥和凯尔希纳的女人完全不同，当然更谈不上她们在社会中扮演某种颠覆性的角色与否了。最后，他排斥了女人的“情感”“心境”，于是又与席勒、帕斯金的女人大相径庭。或者说，弗洛伊德画中有的女人的姿势好像也不无舒服之感（《女孩和布爹利》[1950]、《反射出来的裸体肖像》[1980]、《休息中的救济金管理人》[1994]），但在我看来，她们只是不表现为不舒服而已。若说这里有她们什么心情的流露，未免是过度诠释。在弗洛伊德看来，以上这些都是遮蔽、妨碍我们看女人的伪饰，所以应该摒弃。

弗洛伊德是一位令人震撼而不予人亲切的画家。他拒绝与任何人同谋。我最佩服的是他能有这么一副眼光，以及能把这副眼光完全彻底地表现出来。我还看过几张记录弗洛伊德创作时的情景的照片，将照片中的女模特儿与画家作品中的她加以比较，面孔原本具有的端庄，身体原本具有的圆润，都不见了。仿佛画家代表未来的人生岁月提前下手，将她们的美毫不留情地剥夺了。由此可知，对于弗洛伊德来说，“美”“性感”“品位”等不仅是此前的画家们加之于女人的，也是现实加之于女人的，而只有去除这些，才能得到真正的真实，或者说本质的真实。弗洛伊德是一位极端地、执着地、无所顾忌地关注本质的画家，在这一过程中显示出某种挑衅性，显示出与既有观念的激烈冲突，也是顺理成章的，虽然丑化女人并不是他的目的，他否定的是男人和女人关于女人所有方向上的“化”。而这一切做得如此极致，以致在我们看来，不仅“美”之于女人不存在，就连“女人”之于女人也不存在了，她们仅仅是作为“存在”而存在，或者说，仅仅作为对上述“美”和“女人”的感觉破坏的过程和结果而存在。当然，女人在弗洛伊德只不过是个范例而已。

卢西安·弗洛伊德
《女孩和布爹利》
1950 年
布面油画
76cm x 100.1cm
泰特不列颠美术馆藏
英国

第二部分　大自然

一　克劳德·莫奈
二　阿尔弗雷德·西斯莱
　　卡米耶·毕沙罗
三　保罗·塞尚
四　乔治·修拉
五　保罗·高更
六　文森特·凡·高
七　爱德华·蒙克
八　古斯塔夫·克里姆特
九　亨利·马蒂斯
十　安德烈·德兰
　　罗伯特·德劳内
十一　乔治·布拉克
　　皮埃特·蒙德里安
　　瓦西里·康定斯基
十二　弗朗茨·马克

一

克劳德·莫奈。前些时去了几个楼盘的样板间，发现客厅里悬挂的都是莫奈画作的复制品。我觉得很有意思：莫奈的某些画与“幸福生活”或至少是对此的憧憬之间好像存在着某种联系，尽管这样的“被接受”无关乎一位画家的成就。看印象派的画须得保持一定距离，据说最早那批观者就是把鼻子凑到画布上去了，结果只看见一片漫不经心的混乱笔触。但是面对莫奈这些画，观者实际上总有一种隐约的愿望，想哪怕暂时地进入他所创造的氛围之中。我指的主要是莫奈在“印象派”时期，即一八七四年第一届联合展览会至一八八六年第八届联合展览会之间的作品，虽然他并未参加印象派这最后一次展览；或者再早一点，《日出，印象》（1872）之后的作品。

莫奈以画风景画著名，但也画过为数大概不多的人物画，在画《日出，印象》之前，有几幅置身室外的人物的半身像，风景只是背景，如《坐在特鲁维尔海滩上的卡米耶》（1870）、《特鲁维尔海滩上的卡米耶》（1870）、《特鲁维尔海滩》（1870）等，对莫奈来说也许不算重要，却对我们理解其风景画不无帮助：实际上，他所有的风景画都起步于此。如果说这是“第一

克劳德·莫奈
《日出，印象》
1872 年
布面油画
48cm x 64cm
玛摩丹美术馆藏
法国

步”的话，那么下列画作就是“第二步”：《圣址帆船》(1867)、《青蛙塘》(1869)、《贝松草原》(1874)、《花园里的艺术之家》(1875)、《韦特伊附近田野里的丽春花》(1878)等，不过是将人物缩小，背景的风景扩大而已。到了“第三步”，人物越来越小，只是隐约存在，乃至完全看不见，但还是与前两步差不多的环境，也就是说，其实人物还在那里——这乃是他们所看到的景色，如《赞丹》(1872)、《阿姆斯特丹的桥》(1874)、《阿让特伊的游艇》(1875)、《蒙索花园》(1876)等，《日出，印象》亦可包括在内。这与其说是人物从自然中退隐的过程，不如说是人物更深入自然的过程。然而不管如何深入，画的都是步履所及之处，而且对画家来说，原本是不分人文景观与自然景观的。这也是莫奈的画中始终有“人气”的缘故。

值得留意的是在莫奈的画里，究竟是些什么人物去到大自然之中。我在奥塞博物馆所见他的《草地上的午餐》(1865)，虽然只是原画残留的两个片段，但与亦为该处收藏的马奈同名画作相比，除了是在外光下完成的——这对莫奈至关重要，另有一点不容忽视：这并不是一个玩笑。莫奈画的是几位绅士淑女的一次郊游，丝毫没有存在于马奈画作中的那种越轨与挑衅之意。莫奈这些风景画，都可以理解为某一特定阶层或某种特定性质的生活向着大自然——说穿了就是郊外，甚至只是室外而已——的延伸。

莫奈的画里很少具有内在冲突，而内在冲突几乎是现代绘画最重要的因素。可以举《花园里的女人》(1867)为例。画中那位穿着白色长裙、打着小白阳伞的女人，与树林、草地、树上和草地上的花完全协调一致，仿佛一切合该如此似的。莫奈绘画的安稳感和幸福感，很大程度上来自各种成分之间的协调，以及彼此共有的柔和。莫奈的人物总是那么体面，娴静，安详，幸福，仿佛都是事业有成，生活完满，无忧无虑。他们的心境与格调都带进了风景，所以风景也常常是阳光明媚，草木茂盛，即使时逢冬季(如《阿让特伊景色》[1875]、《浮冰》[1880])，景色也在人物的心境、格调所允许的变化范围之内。莫奈的诗意不是诗人那种没边际也没着落的诗意，而是中产阶级忙碌工作之余的诗意，安宁，舒适，带点儿甜丝丝的温馨。隐藏在画后面的画家似乎是一位守成而又颇具品位的人物，态度总是坦然，一切都是“已经获得”，不是“意欲获得”，所以没有垂涎、躁乱之相。说来我一直不大明白：这么个对社会绝无威胁的好人，干吗开始那些年里大家非要坚决予以抵制不可呢。

一般认为，印象派的出现与照相术有着密切关系，然而若从仿真或清晰来考虑，被替代的传统绘画好像比他们画的还要更像照片一些。与其说照相术提示印象派画家该怎么画，倒不如说提示他们不该怎么画，至少莫奈的画法大概是对照相术的某种抗衡。“印象派”因莫奈的 *Impression*, *Soleil levant*(《日出，印象》)一画而得名，这里“impression”一词，所描述的是主体与客体的一种融合。我们在莫奈的画里看到的风景，其实是一个人面对风景所感受到的风景的氛围。莫奈之前的这类画，氛围要靠观者从画面上细细感受，他则是直接把它画出来。

然而这是莫奈而不是任何别人眼中的风景——这才是最重要的；这一点莫奈坚持了一生。甚至是不是风景都无所谓，——在莫奈的头脑中，未必高悬着“风景”或“大自然”这一概念，虽然所画的大多是风景画。对莫奈来说，“方法”永远比“对象”更重要。可以比较一下《撑阳伞的女人》(1875)与《户外的女人》(1886)，二者内容颇为接近，但在后一幅中，人物的面目，她的手，裙子的皱褶，总之各种与人相关的细节，都更不清楚了。画家对人越来越少关心，而对“光-色”变化留意得更多了。

这时作为美术史上一个流派的印象派已经结束。但莫奈认为，印象派的研究尚未完成，他就独自继续做这件事，从而走上一条孤绝之路。风景更纯粹地成为他的研究对象——从具体内容更多转向“光-色”的变化，或者说，将“光-色”的变化看作具体内容。“光-色”总归是要寄托于“形”的，虽然它们常常掩盖了“形”；莫奈后来所作的试验，则有一种使“光与色”完全独立出来的倾向。画家所需要的是一些能够体现“光-色”变化的载体——最好是同一载体，于是就有了系列画《干草垛》(1890—1891)和《鲁昂大教堂》(1892—1894)。这些画有种从简单中求复杂——而且是极尽复杂——的趋势，所

克劳德·莫奈
《花园里的女人》
1867 年
布面油画
50cm x 65.2cm
埃尔米塔日博物馆藏
俄罗斯

克劳德·莫奈
《鲁昂大教堂》
1894 年
布面油画
100.1cm × 65.8cm
美国国家博物馆藏
美国

画的更都是无人之境。回过头去看，如今普通观者最重视的一点——此前那些画里的中产阶级以上的趣味和对他们的生活方式的暗示——在莫奈的美学中可能正是不够成熟、不够完美的地方，至少在他自己看来是如此。画《干草垛》和《鲁昂大教堂》的莫奈，应该是他自己心目中的更重要，甚至可以说是真正的莫奈。同时画的《白杨树》系列（1891）同样体现了这一点，只是相比之下，色彩绚丽一点，好像多一点“人气”。但也许只是我们感觉如此，觉得色彩有感情因素，或者说，有与观者感情交流的可能，但在莫奈，未必与《干草垛》和《卢昂大教堂》有多大区别。画家画的是眼光，我们感受到的也许是心境。

莫奈后来大画特画的《睡莲》与《白杨树》系列之间似乎有更多的承继关系。当在 MoMA 看到来参观的人纷纷站到高两米，总长达十二点七六米的三幅连作《睡莲》(1918）之前合影时，我想其间大概仍然不无“误读”。在《睡莲》中，“形”尽量简单，“色”尽量浓重，而对“光”的强调又要大于对“色”的强调。无论如何，《睡莲》更能让我们感觉到美，或者说，是“光－色”变化与美的最好融合；虽然在莫奈那里，“光－色”变化本身就是美。

二

阿尔弗雷德·西斯莱和卡米耶·毕沙罗。对我们这种“看着玩”的人来说，西斯莱和毕沙罗似乎已经退隐到莫奈的身后。尤其是他们与一八七四年至一八八六年印象派时期的莫奈，假如不留意画上的署名，有时还真容易搞混。这几位的画都需要多看；看得多了，大概就能体会出各自的路数。好在法国、美国等地的博物馆里，他们的作品都广有收藏。

从一方面来说，西斯莱与毕沙罗之间比各自距离莫奈更远，莫奈仿佛居于他们之间；但从另一方面来说，莫奈离他们都不近。所以最恰当的还是将三位看作各在三角形的一个角上。毕沙罗某个时期的一些画——我指的是他受点彩派影响的作品，尽管他以前的画的笔触其实已经与“点彩”很接近了，在莫奈和西斯莱笔下肯定见不到；莫奈最后四十年里的“系列连作”，毕沙罗与西斯莱也从来不曾尝试。论家谈到西斯莱和毕沙罗时往往强调他们对“形”的保留，二位从来不像莫奈那样近乎狂热地醉心于自己对“瞬间变幻的颜色和光”的独特发现，似乎有了这个就可以忽略一切；对他们来说，风景毕竟还是风景。然而正是在这里，两人明显区别开来。一个简单甚至不免草率的概括是：西斯莱的方向只是“美”，而毕沙罗的方向是“美”加“善”。然而无论西斯莱、毕沙罗，还是莫奈，他们的画中没有任何象征意味，包括色彩或色调在内，印象派的主旨就是排斥象征的；三位画家绘画的区别，或者说，他们的画给予观者的意义上的启示或感觉，都来自他们对绘画对象以及其上体现的“光－色”关系的选择。也许只能说，彼此毕竟是不同的人，有着不同的观察事物的眼光，在表现这种观察时也有所差异。

我看西斯莱的《加雷纳新城的桥》(1872)、《草地》(1875)、《布吉瓦尔的塞纳河》(1876)、《黎明时分的塞纳河》(1877)、《圣马梅斯：早晨》(1881)等画作，想到的是“远离尘嚣”，这个词似乎也只有用在他这儿才最合适。他画的并非人迹罕至之处，都是普普通通的地方，同样见于莫奈、毕沙罗等人的画中，然而这里却有一种特别的安详、和平。西斯莱的画看起来很“静”，不仅远离嘈杂纷乱的人世，而且也没有自然界本身的“嚣”，所画的是大自然最和谐、最静谧、最美好、最神秘的那一刻。记得友人 Morin 曾对我说：“你注意西斯莱的云。”我看到那是些洁净、柔软、飘拂和变化多端的云，那些云是这个相对静止的世界里变化着的背景。西斯莱所留心的是瞬间的美，简直稍纵即逝，即使还是那个景色，但不画下来就没有了那一刻恰到好处的氛围。可是从画中的笔触看，画家未必一概“字斟句酌”，好像也是随心所欲，所以只能说是机缘凑泊了。西斯莱始终以一种欣赏的、感受的眼光看着这世界。所有技法，

阿尔弗雷德·西斯莱
《黎明时分的塞纳河》
1877 年
布面油画
38.2cm x 46.2cm
安德烈·马尔罗现代艺术博物馆藏
法国

或者说方法，对他来说都在过程之中。他的世界始终是变化着的，不仅仅是“光－色”关系的变化，而且是大自然本身状态的变化，而这是比“光－色”变化更多的变化。

相比之下，西斯莱的世界比莫奈的世界更精致、更纯粹，而在毕沙罗的世界之外。西斯莱眼中的风景，就是风景。他的画中的人物，比莫奈的与背景更和谐，他们不是将自己的生活方式、生活趣味带到大自然中，而是原本属于那里，构成风景的一部分，而且是完全协调的一部分，就像画中其他部分一样。看他的画，我们联想不到比画中呈现给我们的更多的内容，譬如人的生活之类。西斯莱画中不一定都是晴朗天气，《卢韦西耶那的初雪》（约 1870—1871）、《马尔雷的雪景》（1876）画的是冬天、积雪、房屋、行人，但我们看了没有任何关于寒冷天气与人的生活之间的联想。而从他最有名的《马尔雷港的洪水》（1876）、《洪水泛滥中的小舟》（1876）中可以看出，一场洪水，对画家来说只是水面升高，天上的云与水里的投影得以显现得更充分了而已。西斯莱并不关心这世界发生了什么事件，或者直截了当地说，不关心人间疾苦；只关心它是什么样子，或者有了什么变化——当然是符合他的审美取向的变化。

在我看来，印象派画家中，就纯粹而言只有德加可以与西斯莱相比。他们之间也的确有着某种相通之处——我是说他们对待现实的态度，或他们的画与现实的关系，虽然两位所画的内容几乎没有相似之处。西斯莱从来无意吸引人、感染人，但是他的画能愉悦人，而这同样不是有意为之。西斯莱关于大自然的审美取向很接近于印象派时期的莫奈，但他的画没有那种“中产阶级以上”的味道，美而不甜。西斯莱并不排除情感，但这是一种淡淡的欣赏的情感，审美意义上的情感，他的大自然与塞尚那种冷漠的大自然距离最远。

在毕沙罗的不少风景画如《照在路上的阳光，蓬图瓦兹》（1874）、《艺术家窗外的景色》（1885）、《春天的牧场》（1889）等中，与西斯莱相仿，相对于风景，人物同样只占很小比例，但他们却似乎是画中真正的主体，或者说，我们看了画之后，对他们比对那些风景想象得更多：关于他们的劳作，关于他们的生活，关于他们的生存状态，等等。虽然画家并没有直接描绘这种生活。而在《土耳其姑娘》（1884）、《在埃拉尼收割稻谷》（1887）、《在埃拉尼晒干草》（1889）等中，在土地上的劳作的农民成为主体，已经不是风景画了。到了《农妇》（1880）、《园丁－老农与卷心菜》（1883—1895），就是纯粹的人物画了——所画的还是前面那类人物。而这一从远而近的序列，恰恰与我们谈论过莫奈的人物由近而远进入风景的方向是相反的：他们原本是属于那里的，而不是画家及其亲友到大自然中去游逛一番，欣赏一番。在两位画家之间，隐约有着一种对立的倾向。虽然毕沙罗也偶有与莫奈所画内容类似者，如《蓬图瓦兹的花园》（1877）。毕沙罗也画了不少不同时间的同一景观，如《蒙马特大街，早晨，多云》（1897）、《冬天清晨的蒙马特

卡米耶·毕沙罗
《在埃拉尼收割稻谷》
1887 年
布面油画
55cm × 66cm
凡·高博物馆藏
荷兰

大街》(1897)、《蒙马特大道，春天的早晨，旅馆窗外的街景》(1897)等，但与莫奈的“系列连作”也有明显区别：所关心的是“世相”，而不仅仅是“光－色”变化。

毕沙罗有一个社会主义者的灵魂，沉着，朴实，永远带着土地和农民的气息。但他又不像凡·高，凡·高无论画谁，其实都是他自己，而毕沙罗画的是实实在在的别人。在印象派中，他大概是唯一一位关心自己以外的人们的处境与命运，而且多少带着一点掺和了赞颂与悲悯的眼光去看待他们的画家；虽然这副眼光并不干扰或者说完全融合于他的印象主义的画法之中——毕沙罗绝不比印象派其他成员缺少纯粹，而且他的画有着别人所没有的结实之感。

我看毕沙罗的画，总有一种午后的倦怠之感，仿佛是一个人经历过漫长生活的感觉；相比之下，西斯莱的画则常给我微微的兴奋感；毕沙罗画里的云，看来也往往是浓聚的，沉重的，阴郁的，不像西斯莱的那般轻盈，飘逸。当然这都是我看了画之后自己的感觉。

三

保罗·塞尚。我在奥塞博物馆见过塞尚一幅很有名的《缢死者之家》(1872—1873)，应该还算他的早期作品，但其风景画的特点在此大略已备。我想单单这题目就有意思，虽然在他以后的画中连这点暗示都不给了。塞尚很多风景画里都画了房子，无论孤零零的，还是相连成片的，都像是“缢死者之家”，譬如我在奥塞所见的另一幅《欧韦的场院》(约1879—1880)，还有《在去黑色城堡路上的玛丽亚的房子》(1895)、《黑色城堡》(1900—1904)，尤其是大都会收藏的《墙有裂缝的房子》(1892—1894)，决不令人相信这些房子里面还会有人居住。

在印象派画家如莫奈、雷诺阿、毕沙罗的笔下，大自然是步履可及之处，人是那里的主体；而塞尚的风景画如《小桥》(1879)、《圣维克多山，加尔达尼近郊》(1885—1886)、《克列特伊的马恩河桥》(1888)、《昂希湖》(1896)、《圣维克多山》(1902—1906)等，总有一种人迹罕至之感。塞尚这类画给我们最直接的感觉就是缺乏“人气”。——所谓人气，来自画中的“人”和画家的“我”。前一方面包括画中的人物形象，或与人物有关的一些东西的形象，由此所展现或暗示的人的生活；后一方面则是画家在创作时的情感投注，往往诉诸色彩、形象以及构图。这既是画家自己的情感、情绪、心态、趣味的流露，又与其所画的对象相契合；观者以一幅画为媒介，与画中的形象，与创作者又有所交流。即使不是一幅人物画，甚至不是一幅展现或暗示人的生活的画，仅仅是风景或静物，也能实现这种传递与交流。也就是说，即使没有画中的“人”，只有画家的“我”，一幅画仍然可以有人气。但塞尚画的风景却滤去或榨干了所有情感因素，根本拒绝与所画的对象以及观者在情感上有所交流，有所共鸣。我曾用干、硬、冷、暗来形容塞尚的人物画，包括画女人的画，他的风景画这一特点就更其明显。未必是冷色调，有些乍看甚至比毕沙罗的色调还要暖一些，背景也常常是晴朗天气，但却因干，因硬，而冷，而暗。这是一片冷漠的大自然。有趣的是，如同美术史家所指出的，塞尚在其取景点画圣维克多山时，为了展示群山的结构，常常把山拉近，但在他笔下，却将自己以及观者与画中的形象的心理距离和情感距离拉远了，隔绝了。

这里，塞尚与他之前及同时那些风景画家——我们想想莫奈和雷诺阿罢——非常不同。对他们来说，风景是人类情感寄托的对象，同时也给予人类以极大慰藉。然而在塞尚看来，这种大自然其实是虚假的，是为了我们自己的需要而特地制造出来的：我们把大自然拟人化，然后这个“拟人”再反过来帮助我们。只不过是一台上演抒情戏的布景而已，更别说还要赋予

保罗·塞尚
《墙有裂缝的房子》
1892 年—1894 年
布面油画
80cm × 64.1cm
大都会艺术博物馆藏
美国

保罗·塞尚
《圣维克多山》
1902 年—1906 年
布面油画
57.2cm x 97.2cm
大都会艺术博物馆藏
美国

它种种道德寓意了。甚至连“大自然”这个词儿都被弄得变了味儿。当塞尚说“大自然除了表面以外，还有更深入的东西”时，我想他是首先去除了“拟人化”这最“表面”的一层东西，然后他才开始他的“深入”研究和种种技法上的革命。塞尚“面对自然”，才能“深入自然”，大自然在他笔下第一次变得纯粹了。而纯粹的大自然反倒让我们不大习惯。去除了大自然的这种情感因素——实际上是种伪饰——之后，无论色彩还是形状，大自然都显得结实了，塞尚所重视的重量感、体积感、稳定感、宏伟感，都有了。

面对大自然的塞尚，比面对女人——包括他的妻子——的塞尚，也许更从容，更自在，更容易直达本质。因为人物原本是存在情感交流的可能性的，他需要克服一些东西；而当画一幅风景画时，只需直接画出它的本来面目就是了。所以他不是像画人物那样去画风景、画静物，而是像画风景、画静物那样去画人物，说到底只是一视同仁，无所偏私而已。虽然这在塞尚，也要经历一个漫长的过程才能实现，因为他所要克服的还有他自己——包括他与以往画画的和历来不画画的人的所有共同之处。而且早期的塞尚是颇具浪漫主义色彩的，比起他的任何一位印象派朋友都来得多，他曾经太喜欢奇异与神秘了。印象主义对塞尚来说有如一番洗礼，汰去了他的浪漫主义，但他并不止步于此，他的目的更为高远，所要走的路更为漫长。这里不妨借用中国的一些老话：如果说印象派画的是“有我之境”，塞尚画的就是“无我之境”，不过需要强调的是，这里的“境”是实实在在的风景；也可以用“天地不仁”来形容塞尚的画，虽然《老子》作者未必有一个大自然的概念。

塞尚是用一种类似大自然自身的眼光——与印象派不同，他们太强调自己的眼光了——去看大自然的。假如有上帝的话，他看待房舍、树木、马赛湾和圣维克多山的眼光，我想与塞尚望着它们时差不多。当塞尚消除了渺小的“我”时，他化身为伟大的“我”。也许所以他才说出这样的话：“在活着的画家当中，只有一个才是真正的画家，那就是我。”在美术史上，塞尚的伟大之处可以列举出很多，我觉得最主要的是他的形象或位置伟大；相比之下，印象派或多或少还有点儿取媚这世界的意思。但我们也不能说塞尚的风景都是死的，它们只是它们自己，静的就是静的，动的就是动的，生长着的就在生长，亘古不变的就亘古不变。大自然如果美丽、和谐和富有质感，是它们本来如此。这样的大自然不是我们逃避的处所。

四

乔治·修拉。作为画家，塞尚、高更、凡·高与修拉各自都是方法论者；与此相对比，不妨将此前的印象派看作同一种方法论，尽管其成员之间不无差别。但修拉好像尤其被看作一位方法论者，甚至——话说至此不免带有贬义了——只是一位方法论者，因为他的“点彩”画法太独特了，太突出了。在我看来，修拉这一方法背后的东西，或者说诉诸这一方法的东西，更为重要。修拉的画看似不如后印象派另外几位那么恢宏，然而他却有一种更广大也更细致的野心：通过点彩的画法，要将一切——虽然经过他的精心选择——事无巨细且完美无瑕地纳入某种秩序之中。点彩是修拉认识或重建世界的方式，而完美与拘谨是截然不同的两回事。附带说一句，修拉是如此热衷于这画法，我在多家博物馆里看到他不少完成了的作品，都特意用点彩画上了边框。

我们谈论到的所有画家中，在自我克制、不肆意而为上，只有塞尚可与修拉相比。但我们能感到塞尚长期处于内心纷乱之中，他画画，是对世界，更是对自己的一种强行规定；而修拉实际上并不曾克制自我。他看似画得客观，其实更主观，更内在。修拉的秩序是一种自我表现，说是心境的，情感的，认知的，理想的，都无不可。

修拉所创造的这一秩序，体现为和谐，稳定，静谧，纯净，瞬间而至于永恒，现实而至于幻境。——末尾两项，亦即所谓“诗意”。如果以诗意作为画家笔下大自然的美的取向——在另外的场合，比如谈到塞尚，我们用的是“质感”“体积”和“结构”——那么修拉该拔得头筹了罢。虽然修拉对此予以否认，强调只是在运用自己的方法罢了。我想“诗意”这词儿虽然说得烂熟，却存在歧义，譬如不该同时用以形容莫奈或西斯莱与修拉的画。莫奈或西斯莱描绘的是现实；而修拉创造了一个现实之上的境界，它以现实为基础，但要更丰富，更广阔，更深邃，更接近于永恒的美，在空间向度和时间向度上都是无限的。这种诗意由画家所创造，而为观者所感受，最终完成于观者的头脑之中。不可思议之处在于，诗意竟实现于点彩的画法，诗意与秩序这样两个仿佛矛盾的方向竟得到了统一，而且一切看似繁复，实则特别简洁。

我们曾经讲到，修拉的画是将现实中某一瞬间固定下来，无限凸现，他的诗意也就体现于此。在修拉的风景画中，这种诗意尤其明显。在大多数情况下，大自然里原本静止的成分构成了画面的主体，但此外又或多或少存在着处于动态的成分，也就是说，现在一切是这个样子，下一刻就不完全是了，以彼此之间的关系而言，画家所把握的永远是瞬间。在《格兰康的日落》(1886)、《勒克罗图瓦河，上游》(1889)、《格拉弗林的运河》(1890)里，虽然看似恒定如常，浑然一体，但细细体会，天上的云彩，水面与地上的光影，永在变化之中。而在《桑松堡景色》(1885)、《格兰康的碇泊场》(1885)、《黄昏，翁弗勒尔》(1886)、《贝辛港的渔船》(1888)、《塞纳河与大碗岛：春天》(1888)、《贝桑港的海景，诺曼底》(1888)和《勒克罗图瓦河，下游》(1889)里，与静止的岸边景物形成明显对比的，是海上或河上缓缓移动的帆船。即使是描绘巍然屹立的埃菲尔铁塔(《埃菲尔铁塔》[1889])，整幅画面也都有光影在闪烁颤动，点彩在此说得上是"大放异彩"。在修拉笔下，所有静止的对象，动态的对象，一并达成了永恒。

修拉的秩序感中，有着他对现实世界的一种本质性的认识与表现，这与诗意并行不悖，甚至相得益彰。他的画总像是幻境，但细细体会，一切却都结结实实。这就要说到修拉最著名的《大碗岛的星期日下午》(1884—1886)了。这并不是一幅风景画，自然只是背景而已，数量繁多的人物才是画中的主体。可以对比画家此前所作《安涅尔浴场》(1883—1884)，那里也画了不少人，但一概静止不动；可以对比《库布瓦的塞纳河》(1885—1886)，那里画了一位女人，牵着小狗缓缓而行；还可以对比《大碗岛》(1884)，那是一幅纯粹的风景画，只有草地、树木、河流、船只，看上去就像后来那些人物登台前的空布景一样。最终完成的《大碗岛的星期日下午》，则将所有这一切囊括在内，不仅有许多静止的人物，还有许多动态的人物，而且重要的是，他们的运动是处于不同方向，而且可能还处于不同速度。譬如一对男女，牵着一只狗和一只猴子，位于前景，似乎打算横穿过画面；另一对母女位置较远，但处于整幅画的中央，向着观者迎面走来；她们的左后方，两位军人背向而去；她们的右后方，更远处，也有一对行走着的男女的背影。这当中，前景的女人穿黑衣、打黑伞，中央的母亲穿红衣、打红伞；军人穿灰色上衣、红色裤子，远去的女人的穿着与那位母亲相似，但打着白伞。色彩之间这种关系显然也经过了精心安排。画家要将同时存在的各种状况、各种形式的静止的与动态的对象，一并纳入他的秩序之中。而故意强调对象轮廓、突出色彩对比的画法，使得这幅画与他另外那些风景画明显不同，这里鲜艳，强烈，浓郁，却呈现为一种非现实的“静”：不仅画面被定格，声道也被关闭，不是瞬间，而是永恒。这体现了修拉有种包容整个世界，不允许存在例外的决心。《大碗岛的星期日下午》的确是一幅可以与高更的《我们从何处来？我们是谁？我们往何处去？》、恩索尔的《一八八九年基督进入布鲁塞尔》、毕加索的《格尔尼卡》、杜尚的《大玻璃》等相提并论的“大画”。

乔治·修拉
《大碗岛的星期日下午》
1884 年—1886 年
布面油画
207.6cm x 308cm
芝加哥艺术学院美术馆藏
美国

乔治·修拉
《大碗岛》
1884 年
布面油画
69.9cm × 85.7cm
私人收藏

五

保罗·高更。当高更还是印象派的一员时，画过一幅《鲁昂，蓝色的屋顶》(1884)，画面左下角很突兀地出现了一个人的半身背影，就像是面对着风景的画家自己。这仿佛是对印象派风景画作的一种自省式的隐喻：这里实际存在着一个大自然，和一个面对大自然的人——即使没有将这个人画出来。无论他是像毕沙罗那样富于情怀，还是像西斯莱那样专注欣赏，抑或介乎其间，如同莫奈那样去深入研究他所看到的一切，都是如此。而从某种意义上讲，莫奈的画法，尤其是那些“系列连作”，更凸显了这种二元性。观者所看到的实际上是这个面对大自然的人的观赏过程。这一时期的高更也不出这一樊篱，尽管较之印象派其他画家略显沉静，作品中还有着他自己笔下以后再难见到的那份安详。到了塞尚，才将风景画中这个多少具有主观性的“我”给去掉了。

高更可以说是从与塞尚相反的方向解决了这个问题。说来高更以及塞尚、修拉、凡·高，与印象派一样，所描绘的都是自己亲眼所见的世界，印象派无论哪一位展现自己的印象时都不粗糙，但后印象派所画的是迟缓的印象，深度的印象，经过更进一步分析与思考的印象，他们对于现实，或者说对于现实的“真”与“美”，有着与印象派不同的看法。具体讲到高更，明显的变化发生在他去了布列塔尼和马提尼克之后。印象派画家几乎都急于将他们此时此刻所见向观者展现，高更从此以后则拒绝仅仅使用眼睛，不管这双眼睛如何敏锐。高更所画的不是他所直接观察到的，而是他所深切感受到的大自然，所以与“眼见为实”差别很大，无论色彩、形状，还是远近，都改变了。这就涉及他的一系列独特画法，包括“综合法”，——简短截说，在对“光”与“色”乃至于“形”的处理上，高更几乎与莫奈等完全对立。在《热带植被》(1887)、《来来往往》(1887)，特别是《波浪》(1888)、《激流与牛》(1888)、《蓝色的树》(1888)、《阿利斯康》(1888)、《波杜海滨》(1889)等中，他给我们的是间接的、经过他的心灵或头脑的东西。就这样，他让大自然和面对大自然的自己融为一体。在我看来，后印象派对于印象派的这番革命，其意义绝不亚于印象派对于之前绘画的革命。

作为观者，对比高更的风景画和印象派的风景画，明显有着“远近之别”。后者每每令人生出身临其境之感；前者则让我们觉得眼前的一切都被隔离了，或过滤了，仿佛本来流动的东西渐渐凝固了，本来喧嚣的东西渐渐沉静了。这些景色好像从我们眼前退入了某个人的内心——那当然是画家高更的；但细细体会，可能也是我们自己的。不同于被愉悦，我们是被感染。

保罗·高更
《波浪》
1888 年
布面油画
60.2cm × 72.6cm
私人收藏

保罗·高更
《山脚下》
1892年
布面油画
68cm × 92cm
埃尔米塔日博物馆藏
俄罗斯

我们与高更在一个更深的地方实现了契合，达成了共鸣。

然而高更又是一个非常克制的画家。在画中隐藏着的画家自己，从来不是显豁的，而是含蓄的，不是发散的，而是内敛的，不是奔放的，而是抑郁的，这是他与凡·高最大的区别所在。高更画每幅画都似乎经历了一个漫长的、深思熟虑的心灵过程。形容高更的画，尤其是他的风景画，恰当的词大概是“厚积薄发”或“引而不发”。在我们谈论的这段美术史上的所有画家中，高更是最具内省性、也是最具深厚感的一位。——再说一遍，面对他的画，观者需要细细体会。

高更的画所揭示的其实是他与这个世界的关系。当他来到塔希提，所画的多数风景画里都有人物，主要是女人们；甚至那些就是人物画，风景只是背景而已。显然女人们在他的世界——准确地说是他的心灵世界——里占据着更重要、更不可或缺的位置。只有少数画里单纯是风景，或虽有人物但无足轻重，如《去帕皮提之路》(1891)、《山脚下》(1892)、《东方的圣地》(1892)等。画中形象色彩绚烂，对比强烈，肃穆而神秘，使我们既无限向往，又深知此景不可涉足。而这种感觉应该也属于高更自己。他的鲜艳令人寂寞，他的绿色令人心碎。回过头去看他那些有风景背景的人物画，能体会他是何等需要来自人间的安慰，哪怕她们仅仅是自己之外的一种存在；而寂寞与心碎是画家所难以独自承受的。

顺便说一下，多年前有一次我从阿姆斯特丹乘火车回巴黎，夕阳时分忽然看见车窗外的田野呈现出高更画中的那种黄色；而后来我在佛罗伦萨的乌菲齐宫，又从某个角落的一幅文艺复兴时期的绘画——我没有留意它的名字——上发现了高更的那种绿色，这都使我特别感到亲切，因而久久难忘。

六

文森特·凡·高。凡·高说得上是这里讲到的所有画家中我们最熟悉的一位。而大家更感兴趣的，可能是在画作中现身——虽然未必直接画出来——的画家本人。这与看塞尚的，甚至与看高更的画都不一样，高更离我们多少还有点远，或者说中间总隔着什么，凡·高则永远与我们直面相对。我们很容易凭借对凡·高生平或多或少的了解，为其不同画作找到不同的心理依据或精神依据，将他所有作品都看作他生命的象征，将每幅画都看作是这个人的际遇和精神状况的如实的或与之相反——那正体现了艺术家的非凡毅力——的具体反映。我们总觉得凡·高是利用疯狂难得的间歇作画，抑或是在疯狂之际通过作画来发泄自己。然而凡·高在致弟弟提奥的信中，对于很多作品的创作过程，尤其是为什么画和怎么画有着清晰而详尽的描述，这就很难使人相信，他仅仅是一位依赖本能甚至依赖精神疾病去创造的画家。然而若处处比照这些信上的说法去看他的画，恐怕也未必不被局限住了。

总的来说，画家凡·高是个根本不愿意有所保留的人，要把自己心里的一切和眼中的一切都揭示给人看。塞尚和莫奈曾说凡·高这荷兰人只不过是个灵魂；那么出现在他笔下的向日葵、星空、麦田和鸢尾花都可以说是这个灵魂的呻吟或呼喊。然而凡·高未必不是要把他的对象留在画布上，只是他画它们的同时往往也画出了自己。在大多数情况下，他是主观地表现客观，而不是把客观变成主观。凡·高对大自然里的什么都有所反应，但他的反应并不完全抹杀他对这个大自然里的什么的反映。凡·高的好作品都体现了这种秩序感，而他更好的作品则体现着对于秩序感的强力挑战——我的意思是，这里存在着一种更高的秩序，凡·高才能将所有内在冲突表现得淋漓尽致，而又不予人崩溃之感，正有如在悬崖上翩翩起舞。对凡·高——对其他的人也如此，而对他尤其如此——来说这也许太难，但他却常常是很容易地做到了。究竟在他那里是什么凌驾于所有之上，统率一切，控制一切，协调一切，使得一切都达到最好的程度呢，这正是凡·高不可思议和独步古今之处。

很难讲肖像画、静物画和风景画中哪一类最能代表凡·高，但他所画的风景似乎内容最复杂，也许更需要上述秩序感罢。正是在此我们常常极端地体会到秩序感，同时也极端地体会到对秩序感的挑战。画风景画的凡·高好像更矛盾，更具内在冲突。譬如尽管他一再强调“不真实”，但画到细部却又总是相当逼真。对此我有亲身经历为证：有一年夏天在巴黎，晚上从地铁口出来，抬头猛然看见一片奇异的深蓝，想起这不就是凡·高的天空么，原来他笔下也是那么真切的。

凡·高描绘室内环境的《夜间咖啡馆》(1888)和《阿尔的凡·高卧室》(1888),说得上是令人不安、可视为直接反映了画家精神状况的作品。除了论家一再谈到的那些,在我看来房间当中就像通过广角镜头所见似的明显过大的空旷地面,是最令人不安之处。其实他有些风景画,也许更能显示画家已经处于疯狂的边缘。如《柳林夕阳》(1888)里,剑戟般硬而长的草,扭曲的枯干的树,巨大的太阳,强烈的光,天地一色狂躁的黄,其间夹着一条仿佛沸腾了的蓝色的河;还有《星夜》(1889)里,星云和星光不可思议地席卷了整个夜空,旁边有一弯同样带着夸张的光芒的橙黄色的月亮。但这些画给人的感觉是激奋而不是不安,大概因为不像《夜间咖啡馆》《阿尔的凡·高卧室》那样被置于一个完全密闭的空间之中。而在后两幅画里,过大的空旷地面适与压抑的环境构成一种强烈的对抗。凡·高画风景画时,仿佛是将自己激荡而狂乱的灵魂释放在无限的大自然里了。他的确有不少作品显示出自己心境平和的一面,如《蒙马特的园子》(1887)、《拉克罗的丰收》(1888)、《有鸢尾花的阿尔勒近景》(1888)、《收获》(1888)、《星夜》(1888),静谧,安详,舒展,井井有条,尤其从笔触可以看出一概都控制得住。以《星夜》比较一年后的同题画作,差别实在太大。《树林内景》(1887)有如一场金色的舞蹈,难得凡·高能如此欢愉。《朗格鲁瓦桥》(1888)甚至洋溢着一种幸福感,说得上是他最接近一个正常人的时候了。

画家凡·高的心情或性格更多诉诸画中的色彩，只有内心冲突特别强烈时，形状上才有比较大的改变，这或许意味着某种失控，在他最后一年的作品中体现得尤为明显。《傍晚散步》（1890）里那一对被暮色与月光吓坏了的男女，也许正是此时面对大自然的画家自己的真实写照。这就要说到《群鸦乱飞的麦田》（1890）了。面对这幅据说是凡·高最后的作品，很难避开他行将自杀这一事实，从而得出某种带有预设前提的结论或评价。然而凡·高却说："……画的是不安的天空下面大片延伸的麦田，我不需要故意表达凄凉与极端孤独的心情。"（一八九〇年七月二十七日致提奥）这里最令我难忘的，与其说是黯淡的天空，不如说是明亮的大地，更准确地说是二者在色彩上的强烈反差与冲撞。麦田的金色浓烈得像燃烧似的，而天空黑暗得密不透风，似乎其间必须得有点什么活动一下，大群的乌鸦既像是来自天空，像是黑暗掉下的碎片，又可以解释为从麦田里升华而出，像是燃烧中飞腾的灰烬，反正它们是天空与大地的联系，像信使似的在冲突的双方之间传递着消息。对比早些时所画景色几乎相同的《麦田里的云雀》（1887），那时天空与田野还是和谐的，其间盘旋着的一只云雀像个异类，但也不太格格不入，只是显得有点失落而已。再以《群鸦乱飞的麦田》比较此前不久画的《欧韦附近的平原》（1890）、《暴风雨天的麦田》（1890），感觉画家的心境越来越压抑，画中的色彩对比越来越强烈，到最后那幅像是有什么忽然爆发了。

文森特·凡·高
《柳林夕阳》
1888 年
布面油画
31.5cm × 34.5cm
库勒－慕勒博物馆藏
荷兰

文森特 · 凡 · 高
《群鸦乱飞的麦田》
1890 年
布面油画
50.5cm × 103cm
凡 · 高博物馆藏
荷兰

七

爱德华·蒙克。在"大自然"这题目下谈论蒙克，首先就想到他最著名的《尖叫》(1893)，画中的人显然是被大自然的景象给吓坏了：诡秘，紧张，仿佛有鲜血汩汩流淌，似乎它的存在就是个坏兆头，就是要向我们展现种种令人不安乃至精神崩溃的景象，而且凶险还仅仅是些微的显露，预示的是整个世界行将毁灭。对蒙克来说，大自然作为人类生存的背景，即使不是他们内心极度恐怖的根源，至少也是整个恐怖氛围不可缺少的一部分。再来看他另外一幅《忧郁》(1894—1895)，大自然虽然未给那个郁郁寡欢的人什么刺激，但也不能予其以丝毫安慰。这可以说与《尖叫》构成了人与大自然的关系的两极。而在《林荫道上的凶手》(1919)里，大自然肃杀，寒冷，落寞，对光天化日之下发生的凶案，对遭遗弃的被害人——大概《尖叫》《忧郁》里的人物都相当于他罢——全然无动于衷，与面无表情、即将扬长而去的凶手的态度正相一致。

值得留意的是，《尖叫》《忧郁》里的人物和《林荫道上的凶手》里的死者都是男人。也就是说，这里所展现的实际上是大自然与一个男人之间的关系，或者说是一个男人对于大自然的感受。在此同样用得上曾经说过的话：所有男人无疑都代表着蒙克本人。蒙克描绘“男女之战”的作品不少是以大自然为背景，我们可以明确感受到大自然的倾向性，譬如《别离》(约1896)，那个偏于画面一隅，倚树而立，手捂胸口——他的手上像是沾满血迹，似乎捂住的是流血的伤口——的男人，与那个占据着画面中央的舒畅自在的女人相比，显然后者更属于大自然。与此类似的还有《废墟》(1894)。即使是显示男女间不无和谐之相的《生命的舞蹈》(1899—1900)，也以三个处于人生不同阶段的女性为主体。《公园里的情侣》(1904)看似更加强调这种和谐关系——虽然男女衣着强烈的黑白对比，又像是对此的一种反讽；但无论如何，前景的女人头像提示我们，这毕竟还是属于她的世界。

再来看看蒙克笔下女人与大自然的关系。在《海滩上的英格尔》(1889)、《风暴》(1893)、《夏夜的梦》(1893)、《心声》(1896)、《来自大海的女人》(1896)、《红与白》(1899—1900)、《突堤上的女孩》(1901)、《桥上的姑娘们》(1901)、《在海滩上起舞》(1900—1902)、《盛夏》(1915)、《埃克利的院子里拿着南瓜的女孩》(1942)等作品中，我们所看到的是：女人置身于大自然，无拘白天抑或黑夜，盛夏抑或严冬，不仅毫无隔绝紧张之感，甚至完全与之融为一体，这充分体现于她们所流露的情绪，所摆出的体态，她们的形象与周围其他形象的协调，她们的肌肤和衣着的色彩对于整个环境的呼应与补充

爱德华·蒙克
《黄色伐木》
1912 年
布面油画
125cm × 136cm
蒙克博物馆藏
挪威

爱德华·蒙克
《太阳》
1909 年—1916 年
布面油画
455cm x 780cm
奥斯陆大学藏
挪威

等方面。有些画里，空中悬挂的一轮月亮或太阳在水面映出一条又长又宽的倒影，被论家认为是男性的象征，但这也只能说明他们的存在，而她们对此坦然自若，毫无惧色。

然而在蒙克笔下，特别是在晚年的他笔下，还有另外一种大自然。在《星夜》(1893)、《白夜》(1910—1911)、《黄色伐木》(1912)、《克拉格勒悬崖》(1910—1914)、《太阳》(1909—1916)等作品中，景色或晦暗沉郁，或明净灿烂，但无不极具壮观，饶富魅力。可见蒙克有时也能让自己痉挛的神经稍稍松懈下来，他眼中的大自然就都变了样子；或者说，这回他暂时将自己的目光移到人世间之外，尤其移到他一向纠结的人与人之间、男与女之间的关系之外。《火车的烟雾》(1900)中虽然画了火车，《岸边的红房子》(1904)中虽然画了房子，而且都处于视觉中心位置，但都构成自然景观的一部分，画家并未暗示其中涉及什么样的人的生活。蒙克依然以其特别粗犷有力的画法来画大自然，但所有的"力"都不再是针对"人"的，或者更准确地说，不再是针对"我"的。蒙克如此描绘的北欧风光，是他在"大自然"这一题目下对于现代美术史的最大贡献。不仅是题材上的重要拓展，在美学上亦有突出建树。此前印象派画的都是步履可及之处（蒙克早期受到印象派影响时，画的也是类似之作，如《圣克劳德的塞纳河》[1890]、《雨中的卡尔·庄尼》[1891]），而如今蒙克笔下，才说得上是"真正的大自然"。

蒙克的传记中说："以前他将自己的作品标为他的'孩子'，现在他将他的风景画称为'自然之子'。"回过头去看《尖叫》《忧郁》，对于在现实生活中受苦受难的我们来说，这种有别于我们世界的另外一个世界，恐怕还是遥不可及；而画出它们的蒙克，又未免弃我们于不顾了。

八

古斯塔夫·克里姆特。克里姆特既画人物，也画风景，而且数量颇丰，只是似乎不如他的人物画那么引人注目罢了。然而如果忽视他的风景画，克里姆特的绘画艺术有可能为其人物画中某个尽管特别显眼但却未必是最重要的部分——我指的是女性形象，特别是裸体女性的形象——所掩盖。因为就像我们讲过的，在人物画中，那些装饰性的部分才是画家更花功夫画出来的。克里姆特画风景时，不再像画人物那样煞费苦心地将她们装饰起来，而是发现了风景本身所具有的装饰性，那些花草和树叶组成了生动繁复的图案，而这正是他最感兴趣的。也就是说，在形成谁都一眼就能认出来的风格之后，装饰或图案乃是克里姆特的一切。从这个意义上讲，也许相比之下，他的风景画还更纯粹些，也更充分些。

虽然克里姆特人物画中的装饰与风景画中的图案具有某种对应关系，但是其间却存在着想象与描摹的区别。克里姆特的风景画展现了画家极强的写实才能，细致入微，而且惟妙惟肖——就像他画女人尤其是裸体女人时所展现的那样。另一方面，塞尚、蒙克等人将此前印象派笔下的风景推向了遥远之处，

古斯塔夫·克里姆特
《阿特塞湖畔翁特拉赫森林中的小屋》
1916 年
布面油画
110cm x 110cm
私人收藏

更接近于真正的大自然；克里姆特却朝着相反的方向发展，从几幅带房子的画如《舵鸟农庄》（1911—1912）、《阿特塞湖畔魏森巴赫森林中的小屋》（1912）、《阿特塞湖畔翁特拉赫森林中的小屋》（1916）中可以看出，他所画的风景距离我们有多么近。相对于塞尚、蒙克等人对大自然的宏观把握，这是一种微观把握，克里姆特画的只是大自然的一角，一小块地方，为此生造一个词，可以叫做“小自然”。

克里姆特的风景画的主体多半是植物，如树木、草地、花朵、落叶之类。大致有两种画法。当着力描绘地面的植物以及树干时，如《圣阿加特有小鸡的花园，雨后》（1899）、《白桦农庄》（1900）、《白桦林Ⅰ》（1902）、《通往鸡舍的小径》（1917）等，画家往往采取俯视的角度，将地平线抬得很高，仿佛大地被竖立起来。这时他实际上是处在一个不太可能达到的高处作画。如此画法并非克里姆特首创，论家谈及凡·高有关田野的画作，即曾指出这一特点，不过克里姆特更趋极端，将地平线一直抬高到接近画面的上缘（《罂粟田》[1907]、《种植鲜花的农田》[1909]），乃至超出上缘之外（《向日葵花园》[1905—1908]），草地上那些浓密拥挤的花朵几乎是纷纷对着观者的眼睛开放。且以《白桦林Ⅰ》为例，稍稍多说几句：所有景物照例在画家的俯视之下，而远处密集的树木已将天空完全遮蔽。远近有序、粗细有别的树干，与构成背景的地面被压到一个平面上。那些树有点像他的人物画里的女人，更准确地说是其中树皮的部分像女人，是一种为图案所包围的女人的肌肤一般的裸露；而树瘤和树根像那些女人身上起装饰作用的衣服、首饰之类，铺满落叶的地面则像她们所置身的更富于装饰性的背景。

在另外一些时候，画家所要表现的是一棵或多棵树的树冠，在《苹果树 II》(1898)、《施洛斯·卡默公园小径》(1912)、《舍恩博恩公园》(1916—1917)中，他采取的是仰视的角度；而在《梨树》(1903)、《树下的玫瑰》(1905)、《公园》(1909—1910)等中，采取的则是几乎与树冠同等高度的平视角度，——这时画家实际上同样是处在一个不太可能实现的位置作画。树冠上的每片树叶都被精心描绘，而密密层层的树叶遮挡了画家及观者的视线，几乎看不到或很少能看到天空。克里姆特特别喜欢这种密不透风的感觉。

无论上述哪一种情况，克里姆特所热衷的都是繁复的、充满细节的、具有装饰意味的图案，所以一概放弃了天空，也许对他来说，比起草地、花朵、落叶、树干和树冠，天空之为图案未免显得太简单了。我曾与一位朋友谈到画家这一特点，她将克里姆特戏称为“密集恐惧症的敌人”。在我的印象中，偶有例外的是《大杨树 II》(1903)：那里地平线被压得很低，原野上有一棵顶天立地、枝叶密实的树，背景是云层满布的天空——那些云彩虽然不及树叶复杂，却也变化多端。

总的来说，克里姆特坚决拒绝来自深度的诱惑。仅仅是个平面，这就够了，他已经足以让什么都充分地活起来。画风景

古斯塔夫·克里姆特
《白桦林 I》
1902 年
布面油画
100cm × 100cm
德累斯顿现代大师画廊藏
德国

古斯塔夫·克里姆特
《树下的玫瑰》
1905 年
布面油画
110cm x 110cm
奥赛博物馆藏
法国

时，克里姆特也喜欢探讨最大限度之内的最大可能，如同他画女人一样。我们通常所理解的那种三维空间的真实——对于绘画来说，当然是感觉上的——克里姆特基本上不大喜欢，甚至不能接受。在他看来，只有美的才是真的；而他的美永远是图案的美，或者说二维空间的美。所以很多时候，画面上本来明显可能存在着空间长度和层次，他也要把这些去掉，一概压成平面。这样大自然才能被纳入他的审美系统，他表现起来才称心如意。

九

亨利·马蒂斯。在我的印象里，马蒂斯成为那位我们一眼看去就知道是他而绝非别人的画家，好像经历了比这里所涉及的一段美术史上多数画家都要漫长的过程。然而站在风格成熟的画家的位置回望过去，又会发现其种种特色早在多年前已经或多或少显现出来。与其说他是缓慢地不如说他是沉着地完成了自己，从而实现了为世人所称道的一系列美术史上的创举，包括色彩革命在内。

在《美丽的岛屿，岩石》（1896）和《荆豆垛》（1896）——画于马蒂斯及其同伴被称为“野兽派”的十年前——中，海岸与道路的轮廓是用乍一看有点奇异的红色勾勒的，这里色彩似乎已经独具意义。这一特点在两年后的《橄榄树》（1898）中更为明显。然而我们未必觉得画家画的不是大自然的本来面目，只不过某一瞬间色彩的真实变化被他捕捉到了而已。《巴黎圣母院》（1900）使人联想到莫奈的系列连作《卢昂大教堂》，马蒂斯同样把握住了阳光投射在教堂巨大的建筑上的特殊视觉效果——呈现为一种略微偏紫的玫瑰红色，但他所追求的不是繁复，而是简洁。这幅画以及《阿尔屈埃景色》（1900）都体现了画家对于“光－色”变化的敏锐感觉和丰富感受。作为主体与客体之间的联系，感觉更偏向于客体，而感受更偏向于主体，纵观马蒂斯一生的画作，正体现了由前者逐渐移向后者，乃至完全随心所欲。《巴黎圣米歇尔桥》(1900)更强调光，景物在强光照射下几乎褪去了颜色；与之形成对比的是《布洛涅树林，小径》(1902)，似乎是在表现色对于光的躲避与抵御。这幅画色调晦暗，马蒂斯在这方面一向比印象派更宽容：从亮色到暗色，甚至黑色，一概为其所用。马蒂斯成熟期的绘画，色显然比光重要得多；至于那些剪纸则只有色，没有光了。然而看画家在十九、二十世纪之交的作品，就知道他曾经对光何其留意，仔细描绘了光照之下各种色彩效果，说得上是受过一番光的洗礼。只不过他不像莫奈那样专注于色彩的改变，而更强调色彩的稳定，但光无疑仍然在其中起着不可或缺的作用。

前面提到的几幅画，对于景物轮廓的处理都显得有些粗放，但细细观察，会发现勾勒虽不复杂，却相当准确。马蒂斯对于形的把握无疑具有特别的功力。画家后来的作品，轮廓越来越简练，色彩越来越纯粹，轮廓渐渐变为仅仅是色彩的范围，而色彩本身具有了不可遏制的生命力。在强调色彩与简化轮廓的过程中，最困难的，同时也是马蒂斯做得最好的，是从来不曾把这一切变得单调乏味，相反，永远都是最隆重最饱满的。

在《圣母院与紫色的墙》(1902)中，圣母院也是前述《巴黎圣母院》画的那种颜色，不同之处在于画家是通过一扇窗口俯视，这时处于画面前景的河上的桥与两岸的道路在阳光照射下显现出强烈得多的淡黄色，与圣母院的色彩对比更为鲜明。而在《傍晚圣母院一瞥》（1902）中，河流、道路和桥都变成蓝色的了，圣母院仍然是那种略微偏紫的玫瑰红色。画家画这两幅画的视角，与画《巴黎圣米歇尔桥》时的视角大致相当，三幅画中都出现了窗户框的一部分，在《圣母院与紫色的墙》中，窗户框及相连的部分墙面还被画成与圣母院相近的颜色，因为它们同处于背光的方向。这里最值得留意的是画中窗户框的存在，以及所暗示的画家的位置。在马蒂斯成熟期的作品中，这是一个重要因素——画家常常置身室内去描绘窗外或阳台门外的景色，而那景色不一定属于所谓大自然，有时只是城市里的一幢建筑或一处街景。

在马蒂斯的《打开的窗户》（1905）、《窗外的风景》（1912）、《窗外的塔希提》（1935）等中，充满整个画面的只是一个朝向室外的窗子。在我看来，这样的视角和这样的位置，未始不是对于此前印象派热衷于画外景的反拨。我们曾经提到，印象派所画的大自然本来就是步履可及之处，那么也许在马蒂斯看来，此举未必不是多余的。虽然马蒂斯自己并不排斥画外景（《长春花》[1912]、《棕榈树》[1912]、《昂蒂布角的路》[1926]），但有时还是像《尼斯风暴》（1919—1920）那样，虽然画的是外景，却故意在画中带上了他所在的阳台的一角。无论如何，此前此后主张“返归自然”的一派哲学家在他那里显

亨利·马蒂斯
《傍晚圣母院一瞥》
1902年
布面油画
72.4cm × 54.6cm
欧布莱－诺克斯美术馆藏
美国

亨利·马蒂斯
《蓝色的窗户》
1913 年
布面油画
130.8cm × 90.5cm
纽约现代艺术博物馆藏
美国

然无法得到认同。然而对马蒂斯来说，窗或门虽然存在，却并不构成自己与包括大自然在内的外部世界的障碍，反而在其间起到一种媒介作用或联系作用。

在《蓝色的窗户》(1913)中，窗子内外都笼罩在同一的蓝色色调中，室内雕像、盘子和花瓶底座的黄色，正与室外屋墙的黄色相呼应。与此类似的还有《窗口的景色》(1912)、《室内的黑色笔记本》(1918)等，都强调了室内外主要色调的和谐一致。这些画里介乎室内外之间的窗子或阳台的门虽然显眼，给我们的感觉却是它们好像并不存在。在《打开的窗户》《窗口的景色》和《丹吉尔打开的窗户》(1913)中，窗台上摆着的花更像是放置于外面的大自然之中。《红色的和谐》(1908)看似与上述作品意趣不同，对于画家来说也许更具代表性：窗外的绿色调与室内的红色调形成强烈的反差，彼此却多有呼应之处：室内桌上和盘中的水果、酒瓶里的酒、花瓶里的花与窗外草地上的花朵都是黄色，室内女人的裙子与窗外树上的花都是白色，室内桌布和墙上画的花还与窗外的树还有着近似的曲线。室内外的景观看似冲突，其实却是互补，实现了一种更大的包容性和丰富性。这里窗外的风景就像是挂在室内墙上的一幅画似的。也可以说画家是借此将窗外的世界拉入室内。话说至此，似乎涉及到马蒂斯的自然观，甚至世界观，无论如何，他是可以达到“万物皆备于我”的。

从印象派开始，画布上出现的大自然已经不单纯是客体了，而是为特定主体所接受的客体；然而真正的革命是在这里完成的：大自然之于马蒂斯，最终仅仅是作为色彩的“借口”而存在。从这个意义上来说，无论画家置身何处，大自然对他来说都是简练的轮廓和浓艳而协调的色彩。正如我们提到过的，通过窗口描绘外景，也是稍早于马蒂斯的博纳尔所喜欢的画法，但是马蒂斯的窗外已不像博纳尔那样还是一片真正的风景，他所看见的只是色彩与图案。在《红色的和谐》中，窗外的景色实际上只是桌布与墙纸的图案之外的另一种图案而已。与此相类似的是《谈话》(1911)，图案化的窗外风景同样成了房间墙上的装饰。在较晚的作品中，这种趋势更为明显，如《窗外的塔希提》、《石榴静物画》(1947)、《室内的蓝色》(1947)、《埃及窗帘》(1948)等等。其实既然画家笔下轮廓越来越简练，色彩越来越纯粹，那么走向图案化就是理所当然的了。

亨利·马蒂斯
《红色的和谐》
1908 年
布面油画
180cm × 220cm
埃尔米塔日博物馆藏
俄罗斯

十

安德烈·德兰和罗伯特·德劳内。这两位画家原本风格迥异，却存在着一点共同之处，即都曾经对描绘城市景观有极大兴趣。虽然在印象派画家这已成为重要题材，尤其是莫奈和毕沙罗，但如此着力展现都市独有之美的，首屈一指还是野兽派时期的德兰。尽管他也画了不少自然风光，如《水面上的光影》（1906）、《埃斯塔克的防波堤》（1906）、《在黑松林》（1907）、《普罗旺斯风景》（约1908），然而当面对伦敦泰晤士河两岸的建筑物时，他所画的《大本钟》（1905）、《老滑铁卢桥》（1906）、《查令十字街桥》（1906）、《威斯敏斯特港》（1906）、《伦敦桥》（1906）等作品，壮美，宏阔，那才真是无与伦比。城市之内而非城市之外，无疑更处于德兰的世界的中心位置。如果与此前包括莫奈和毕沙罗在内的诸位画家的作品相对照，这一点就更为突出。这使我们联想到同为野兽派的马蒂斯那些通过楼上一处窗口描绘圣米歇尔桥和巴黎圣母院的作品。而画家们这种兴趣与题材的变化——对野兽派来说就是“色彩的借口”不同——在我们涉及的这段美术史上越来越具有普遍意义，所谓“真正的大自然”，实际上仅见于少数几位画家笔下，譬如塞尚、高更、蒙克和以后将要谈到的弗朗兹·马克，如果将这几位视为一极，那么与之相对的另一极正是德兰以及德劳内。

我们曾经用“感受”与“感觉”来区分主体与客体之间不同程度的侧重，换个说法，也可以用“反应”与“反映”来形容其间的区别。从印象派开始其实已经没有纯然反映外在世界的绘画了，或多或少都夹杂着画家面对世界所做出的反应。后印象派总的来说反应更胜于反映，尽管彼此间有张扬与克制的不同。而野兽派则更进了一步。所以前面讲“描绘城市景观”“展现城市独有的美”，都略嫌不够准确。同为野兽派，就反应的程度而论，德兰似乎还要强过马蒂斯。德兰笔下更具强烈的视觉冲击力，用的都是最响亮的颜色。如果马蒂斯的画可以比作音乐，那么德兰的就是号角轰鸣，或者说是现代世界的一片喧嚣。马蒂斯温暖，而德兰炽热；马蒂斯看似粗犷其实不无细致，德兰则真的就是粗犷，我觉得他好像多少缺乏一点儿马蒂斯始终保持的那种最高意义上的均衡感和秩序感。

德兰作品的粗犷有力，得益于他喜欢采用的笔触明显的画法。这也使我们联想到马蒂斯同一时期的作品，如《阳光下的街道》(1905)、《科利乌尔景色》(1905)、《科利乌尔风光》(1905)等，而在马蒂斯，此种画法大概发端于《奢华，宁静和享乐》(1904)，虽然该画尚未摆脱西涅克“镶嵌式风景”的影响，而这又可以上溯至修拉那种点彩画法。从某种意义上说，笔触就是放大的因而也显得更有力的“点”。不过德兰往往只用笔触明显的画法来描绘天空、云彩和水面，正所谓“天光云影”“波光涟滟”；画到楼房、桥梁、道路之类，例如《查令十字街桥》中的路面，笔触就没有那么突出了，而更接近于平涂的画法，以分别表现其间光的效果明显与否。但在马蒂斯几乎就没有这样的不同，往往整幅画都用笔触明显的画法，而无论所画的是什么。这似乎又可看出德兰较之马蒂斯偏于保守之处，好像在他还是不想以一己的反应彻底压过对现实的反映，那么，前面关于二人在这方面的比较可能也要做一点修正。

德劳内对于城市的兴趣几乎只集中在一个点上——巴黎的埃菲尔铁塔。据说莫泊桑因为害怕见到埃菲尔铁塔，总是躲到铁塔上去；而德劳内却希望永远都能看见铁塔。虽然去过巴黎的人会发现，德劳内有关铁塔的画并不是写实的，至少铁塔所处的环境与画家画它的视角往往出于虚拟。对画家来说，强调它，渲染它，胜过描绘它。在《树中的埃菲尔铁塔》(1909)中，铁塔仿佛正以一种钢铁才有的气势摧枯拉朽般地轰然升入天空。在《埃菲尔铁塔》(1910—1911)、《战神广场，红色的塔》(1911—1923)等作品中，画家带着近乎眩晕的感觉仰望那巨大的建筑物；而在另一幅《埃菲尔铁塔》(1910—1911)中，虽然换成近乎俯视的角度，铁塔仍然是唯一的实在，它就像是强加给我们而我们又不能不接受的一样东西。

铁塔对于德劳内来说，意味着空间的无限可能性和心灵的最大自由度。他不厌其烦地向我们提示这个事实上的同时也是

安德烈·德兰
《查令十字街桥》
1906 年
布面油画
80.3cm x 100.3cm
美国国家美术馆藏
美国

罗伯特·德劳内
《战神广场，红色的塔》
1911 年—1923 年
布面油画
160.7cm × 128.6cm
芝加哥艺术学院美术馆藏
美国

他精神境界中的存在。在《巴黎市》(1910—1912)中与三位高大的裸体女人——她们的姿态使人想到毕加索的《亚维农少女》，似乎也在显示对于现有秩序的一种新的挑战与冲击——比肩而立的正是埃菲尔铁塔。如果说感受是偏感性的发现，而理解是偏理性的发现，在德劳内这两者实际上是融为一体的，也就是说，作为主体的画家与作为客体的铁塔之间的关系明显带有一点理性的成分。作为一个即将走向抽象派的画家，他分析它，研究它；然而就在他那些以抽象研究为主的作品里（如《向布莱里奥致敬》[1914]），铁塔仍然是可以辨认的具体之物。在那以后，铁塔重新成为他的某些画作（如《埃菲尔铁塔》[1926]）的主要形象，而更强调它的轮廓之美，铁塔显得更现实也更亲切了。对德劳内来说，铁塔是这世界唯一不可改变之物，也是他与这世界唯一实在的联系；他始终把它当作自己的某种对应物，似乎这是一道门，或是一座桥，通过它，他才能够充分认知一切。这种内心深处的交流被画家保持了整整一生。

十一

乔治·布拉克、皮埃特·蒙德里安和瓦西里·康定斯基。一九〇八年秋季沙龙评委马蒂斯等人拒绝布拉克提交的新作的理由是："还是那些方块！"路易·沃塞则说，布拉克"把一切物体、风景、人物和房子，都变成了几何图形和方块"。后来有不少论家指出，"方块"或"立方体"的说法并不准确。然而此前此后布拉克画的不少风景画，如《埃斯塔克的树林》(1908)、《埃斯塔克的房子》(1908)、《埃斯塔克风光》(1908)、《居永岩上的城堡》(1909)、《居永岩》(1909)、《圣丹尼广场的教堂》(1909)和《山上的城市》(1909)，看上去的确都是类似马蒂斯等人所说的那种东西。这里我感兴趣的是，"那些方块"其实正是大自然本身呈现出来的样子，我们几乎可以把初期立体派阶段的布拉克笔下的大自然当成是真的。虽然对他来说，这只是一个相当短暂的过渡时期。此前布拉克非常接近野兽派，但那时他似乎就不太愿意让自己的心境和情绪左右自己的作品，也就是说，他不是另一个凡·高，却想成为另一个塞尚；他走向立体派显然受到塞尚的影响，乃至比塞尚走得更远。布拉克作画的埃斯塔克正是塞尚曾经作画的地方。布拉克初期立体派

乔治·布拉克
《居永岩上的城堡》
1909 年
布面油画
80cm × 59.5cm
斯德哥尔摩当代美术馆藏
瑞典

的绘画在色彩上显得相当收敛，显然是不希望“色”干扰他对“形”的把握，但好像多少也有点儿对自己曾经涉足野兽派“矫枉过正”。

回到前面讲了一半的话题，我们对于大自然以及其他一切客体的印象，与其说是印象派式的，还不如说是这种布拉克式的；因为印象本身是个过程，其间正要经历一番概括，而这种概括的确与初期立体派作品所呈现的很相似。过去的一幅画不过是一幅画，现在记录下来的反而是实际发生的事情。就其根源来说，立体派似乎比马蒂斯所属的野兽派离“真实”即“一切物体、风景、人物和房子”还要近一点儿。当布拉克所追随的塞尚看到大自然“更深入的东西”时，他已经隐隐约约看到了所谓“方块”，它们就潜藏在他的作品里；到了布拉克，它们被彻底释放出来，一切都趋于明朗了。有了塞尚，后来一定会有布拉克。从立体派绘画中看见“真实”，这当然是很可笑的说法，但是我们可以说，立体派最初正是从这儿发展变化而来的。所以布拉克笔下的大自然看起来仍然富于石头建筑物与树木的质感，具有庄重肃穆的氛围以及彼此之间那种和谐。布拉克的概括是一种简化，将所有无关紧要的细枝末节尽皆删去，简化之后所剩下的未必不能引起我们更多的遐想，而遐想所起的作用绝不只是对于简化的复原；再加上他在作品中实际上重新建立了物象之间包括前后远近在内的各种关系，所画出的大自然就不仅比他看到的更美，甚至还要更丰富。

二十多年前我在巴黎现代艺术博物馆举办的一个展览上看到蒙德里安的不少作品，当时的感觉是，这位画家毕生绘画风格的演变已经足以构成一部完整的现代美术史。不过我得承认自己的浅尝辄止：最喜欢的与其说是蒙德里安的“结果”，不如说是“过程”；也就是说，在他已经逐渐脱离所谓“现实主义”或“自然主义”然而尚未最终成为彻底的抽象派画家之间有一个短暂的过渡时期，我最喜欢他这个时期的作品。如同初期立体派的布拉克，这时的蒙德里安与大自然的关系也特别微妙，若即若离，或不即不离，在我看来他们的画甚得大自然的神髓；尽管其后这两位画家都变得更加纯粹，所取得的成就也更大。蒙德里安的《红色的磨坊》（1908）、《厄勒附近的森林》（1908），色彩之鲜艳与饱和堪比野兽派，但却显得更柔和，甚至更抒情，然而简约凝练的处理又使得这种情感因素不至于表达过度。稍后的《韦斯特卡佩勒的灯塔》（约1910）、《秋天》（1910—1911）、《栋堡的教堂钟楼》（1911）则明显看出画家所采用的“正面化”即其视线与所画对象几乎垂直的特殊画法，这对准确把握对象轮廓的线条实为必要之举。对于以后的抽象派画家蒙德里安来说，“线”无疑是最重要的因素。《红色的树》（1909）、《树》（1909—1910）、《灰色的树》（1912）和《开花的苹果树》（1912）都是这种“正面化”的结果，将这几幅画看作一个序列，真是给人奇异之感：由具象的树变成线条的树，再变成抽象的树，但却愈来愈富于诗意，一路简直花影满眼，芬芳扑面，令人遐想不已。蒙德里安的画总的来说是由繁复步步趋于简化，以我个人之见，或许太过繁复和太过简化都未免过分，最能吸引我的还是这个感受与理解相互交融的阶段。

我对康定斯基的兴趣，同样专注于实在的物体从他的画中逐步消失进而让位于造型符号的过程中的某一阶段；虽然我很清楚，整个过程及其最终抵达之地，无论对于康定斯基本人还是对于整个现代艺术，可能具有更大的意义。相对于蒙德里安，我最喜欢的康定斯基作品可能还要处于这一过程稍稍偏后的阶段。我指的是《蓝色的山》(1908—1909)、《穆尔瑙，火车与城堡》(1909)、《穆尔瑙公园》(1909)、《乘船游览》(1910)、《穆尔瑙的教堂》(1910)等作品，这里不少具象已经变得不那么确定了，有的尚可辨认轮廓，有的则在似与不似之间；同时，色彩也开始具有独立的意义。如果与此前虽受野兽派影响但仍不离写实风格的《慕尼黑－施瓦宾的厄休拉教堂》(1908)、《穆尔瑙的街道，一条乡村街道》(1908)、《慕尼黑的房子》(1908)等对比一下，就能看出康定斯基迈出这一步何等关键。而其后的《构成IV》(1911)、《即兴创作26》(1912)、《构成VII》(1913)、《即兴创作：洪水》(1913)、《即兴创作：梦境》(1913)等，作为现实的“形”已被突破，更加趋于抽象化，尤其显得充满灵动、神采飞扬。

我看这些画，觉得不妨以音乐来形容，经野兽派解放了的色彩，成为构筑复杂而又和谐的旋律的主要成分，笔笔都很瑰

皮埃特·蒙德里安
《韦斯特卡佩勒的灯塔》
约 1910 年
布面油画
39cm × 29cm
二十世纪博物馆藏
意大利

瓦西里·康定斯基
《穆尔瑙的教堂》
1910 年
木板油画
64.7cm × 50.2cm
伦巴赫之家市立美术馆藏
德国

丽，但又不见犯冲，本来对比强烈的放在一起，对立性却奇妙地让位于一致性。我又觉得它们像是梦。其实如果不是知道画中的内容曾有明确由来的话，也许不在“大自然”而在“梦”的题目下谈论更为恰当。然而至此已无须辨认尚且保留在画布上的形象是什么，或不是什么，它们与那些或多或少抽象化了的部分一样，皆为画家的神来之笔。记得亚非兄谈到康定斯基时曾说：“都是充满热情的想象。”画家是把心灵打开给我们看，可以说是纯然本能的。记得从前在一起读诗时，亚非兄喜欢饱满的，而我喜欢空灵的，康定斯基恰恰两样儿全都占着。我觉得梦与诗最是可以互相譬喻的了。而康定斯基笔下的形象在确定与不确定之间游移，又仿佛是我们从他的梦的浅层向着深层飘悠。这时画家完全是自由的，他在梦里任意翱翔，然而绝无轻浮之感。

十二

弗朗茨·马克。在我们涉及的这段美术史上，最美的大自然十分短暂地展现在马克笔下。此后他很快就转向了抽象，在艺术上这当然是新的开拓，但是说到大自然大概已经不复存在；不久之后他战死了。我看马克的《原野里的马》(1910)，每每赞叹一种强大的原始生命感体现于他笔下的天空、原野和奔跑的马群。然而话说回来，此类画法其实在马克的作品中并不多见，因为尽管他也画过《山》(1912)之类作品，但主要还是对大自然中的动物感兴趣，当然这也是大自然的一部分。他画的其实是“动物世界”，动物之外的一切不过是背景，画家并不愿意喧宾夺主。在《雪中的鹿》(1911)、《鼬鼠嬉戏》(1911)、《蓝狐》(1911)、《小猴子》(1912)等作品中，虽然动物所处的环境也得到了较多的表现，但是仍能明显看出主次之分。这里无论原野、山林还是雪地都非常漂亮，也许在画家看来，只有他所心爱的动物才配拥有这样的背景。而在《歇息的牛》(1911)、《一群蓝色的小马》(1912)、《一群黄色的小马》(1912)、《嬉戏的狗》(1912)等作品中，背景尽管仍然可观，却已经被挤压到最小的程度。

弗朗茨·马克
《原野里的马》
1910 年
布面油画
85cm x 112cm
弗柯望博物馆藏
德国

这一时期的马克好像是有所选择地将高更与凡·高结合在一起，他有高更的深邃，没有高更的阴郁；有凡·高的热烈，没有凡·高的焦躁。此外，他得力于野兽派的地方也很多，但是他的色彩饱满大胆而不张狂，更无挑衅的意味。对马克来说，和谐不是在美的某一端做到圆满，它圆满得包容了所有美的极致；不是回避什么，而是一概控制得住，是最高意义上的那种干净。所以，在他笔下，最蛮荒的与最高贵的，最华丽的与最质朴的，最跃动的与最有序的，全都融为一体。形容的话唯有"人间天堂"，但这已被用得滥俗了，不用却又遗憾，似乎要交臂失之。用以形容那些动物的背景展现得比较充分的画，此番话也许更合适，但是这里仍有些许区别：在《原野里的马》中，那匹有蓝色的鬃毛和尾巴的小红马置身于由大块的黄、绿、红色组成的原野中，特地转过头去：蓦然见到如此美景，它大概也吃了一惊。动物与背景之间，明显存在着某种交流。而在别的画中，动物只是安详地自顾自在那儿休歇或嬉戏，对周围的一切无所反应。如果说前一种和谐是对等的，后一种就是不对等的——那些只是背景，如此而已。

马克另有几幅作品，如《洗澡的女孩》(1910)、《树下的裸女》(1911)、《躺在花丛中的裸女》(1912)等，画的都是美丽的裸体女人，置身于美丽的野外。说来她们与马克别的画中的动物并无区别——这话不大好听，却是事实，因为这些女人无论神情还是姿势都处于纯然的本能状态，自在极了，也肆意极了。这有助于我们理解画家为什么要倾其几乎毕生之力去画那些动物。马克画中的大自然，是排斥一切人为因素的。以时序论，要排在前面讲到的各位画家之前，包括笔下只见“野蛮人”的高更和根本没有人烟的塞尚。人即使出现在这样的环境中，也不是作为人出现的。还可以提到他的《把羊背在身上的男孩》(1911)、《牧羊人》(1912)、《瀑布》(1912)和《梦》(1912)，都画了人与动物相处的情景，对于马克来说，可能揭示了比单独画动物或画人物的画更深层的东西。这可以说是画家理想中的世界，处于人类社会之前，比《老子》说的“虽有舟舆，无所乘之；虽有甲兵，无所陈之。使民复结绳而用之。甘其食，美其服，安其居，乐其俗。邻国相望，鸡犬之声相闻，民至老死不相往来”还要原始。马克的大自然是最后一处与人类文明完全无关的所在。这倒不是担心骚扰或玷污，它实在太圆满了，所以一准予以拒绝。如果非要与我们拉上关系，恐怕也只是在心灵上，而且是在最纯洁的那一刻。可以对比地看一下《雨中》(1912)，画中几个衣冠楚楚的男女，只不过是大自然的过客。

前面提到马克有幅画叫《梦》，对他来说这个意思或许不限于那一幅画；然而这就有了一个问题：我们在“大自然”的题目下谈论一些画家，不能回避一幅画是怎样画出来的，即是否面对或曾经面对一个真实存在的大自然作画。如果彻底排除了“反映”，那么，感觉与感受都不复存在，发挥作用的只是想象，也许就该将谈论的题目换成别的了。虽然这与一幅画的艺术水平高下毫无关系。对于前面讲到的各位画家来说，这似乎不是问题，而到了马克这里，尽管显然不同于莫奈、西斯莱、毕沙罗等人，但其间有马蒂斯、德兰等人作为过渡，似乎又不是完全连接不上。马克描摹那些动物——尤其是马——如此精确，如此传神，使得我们无法置疑他作品的真实性，但包括那些动物在内的整个大自然，又令人觉得多半还是他想象出来的，所谓“人间天堂”，其实不在人间，真正的大自然只是我们的一个梦。也许可以说，马克处于作为现实的“大自然”与“梦”的临界状态，所以我们才说他画的是大自然的极致，但到了他这儿这条路也就走到头了。马克之后那些取材于大自然的画家，不过是退回到他之前罢了。

马克所画作为大自然的主体的动物，如前所述极尽精确传神；但所画它们的背景，却往往只是一些色块，或者虽有刻画，笔意也很粗放。马克走向抽象派，正是从背景部分开始的，在《森林中的鹿Ⅱ》(1912)、《红牛》(1912)、《奶牛：黄，红，绿》(1912) 等作品中，背景由依稀可以辨认直到完全无法辨认。而画中动物的抽象过程相对要迟缓一些，例如《虎》(1912)、《红色和蓝色的马》(1912)、《神兽Ⅱ》(1913)、《羚羊》(1913) 等，而且是经过立体派，再达到抽象派，一路发展过来。观者似乎可以感到，一方面，画家为抽象所吸引，不能不走向那里；另一方面，他又舍不得那些作为主体的动物的具

弗朗茨·马克
《红色和蓝色的马》
1912 年
纸板蛋彩画，水彩，铅笔
35.7cm × 45.7cm
伦巴赫之家市立美术馆藏
德国

弗朗茨·马克
《马厩》
1913 年
布面油画
73.6cm x 157.5cm
古根海姆博物馆藏
美国

象，最终似乎不很情愿地将它们也抽象化了。马克实在太喜欢那些马了，后来在已经完全是抽象画的《动物的命运》(1913)、《有牛的画》(1913)、《马厩》(1913)里，还让它们保持着具象状态，这种情况我们见过，那是德劳内的埃菲尔铁塔；我们知道马克曾经取法于他，他们都无法舍弃自己最心爱的东西。马克的抽象画，包括几乎是最后之作的《战斗的形》(1914)、《小型作品Ⅲ》(1914)，都仍然保持着一种热情，丰富而饱满，他从来不曾过分理性——也许还没到那个时候，他已经死了。

第三部分　梦

一　古斯塔夫·莫罗

二　阿诺德·勃克林

三　奥迪隆·雷东

四　詹姆斯·恩索尔

五　保罗·高更

六　亨利·卢梭

七　马克·夏加尔

八　保罗·克利

九　乔吉奥·德·基里科

十　马克斯·恩斯特

十一　霍安·米罗

十二　伊夫·唐吉

安德烈·马松

十三　萨尔瓦多·达利

十四　勒内·马格利特

十五　保罗·德尔沃

一

古斯塔夫·莫罗。“梦”这个题目应当从莫罗谈起，特别应当从他的《幽灵》(1876)谈起。这幅画收藏在奥赛博物馆，看到的人很多，议论也很多，不少描述分析堪称精到。不过现在我写这本书，决意改改过去的惯例，尽量不引用别人的话，只讲一己的印象。《幽灵》可以对比莫罗的《在希律王面前跳舞的莎乐美》(1875)和《花园里的莎乐美》(1878)来看。那两幅还是比较“写实”的——我的意思是接近于对《圣经》里相关记载的“视觉再现”。虽然这也是一种想象，但毕竟与画出“幽灵出现”的情景有所区别。在《在希律王面前跳舞的莎乐美》里，莎乐美虽然是在跳舞，但两眼下垂，梦游一般，不过是自我陶醉而已；在《花园里的莎乐美》里，莎乐美捧着约翰的头，但那只是个死人的头，即便是她的战利品，也没有什么意思了。而在《幽灵》里，莎乐美的眼神、身姿，与高悬空中的约翰的头、尤其是他的目光有所交汇。这回她真的有了一个对象，然而意义却仍难以确定：她似乎处于惊愕之中——幽灵的出现打断了她的舞蹈；又似乎是在有意挑衅——幽灵的出现更激发她跳下去。她既像是被动地抵御着什么；又像是主动地继续她的诱惑，也就是以后王尔德在《莎乐美》中让她一再对着约翰的头说的“为什么你不看我呢”，以及最后说的“如果看看我，你准会爱上我”。这是对于约翰曾经拒绝她的宣示：如今你已经丧失拒绝或者谴责我的资格了。而约翰的表情或许可以解释为既悲愤又严厉，但更多的却是无辜；其实莎乐美的神态也未尝不显得无辜，她固然是一个完全没有道德律的肉欲的化身，忘乎所以，肆意而为，但毕竟有点迫不得已：她既是诱惑者，又是被诱惑者。但她已经厌倦了这一切，这里有种摆脱不了的死亡与美的相互纠缠，不知道孰为因，孰为果；在倏忽的交汇中，一种新的永恒——或许就是毁灭罢——笼罩着一切。

然而以上所说远非《幽灵》的全部内涵，这里的莎乐美和约翰的幽灵以及彼此之间的交汇，都构成或被纳入整幅画中那个不可思议的情景，那种极具颓废之美的氛围。画中别的人物要么昏昏欲睡，要么无动于衷，要么只对莎乐美有所反应：也许约翰幽灵的出现只是莎乐美的梦；也许她与幽灵一并是其他人的梦；也许所有这一切都是画家莫罗的梦：幽灵，跳舞的莎乐美，其他人，还有那华贵、幽暗、烟雾缭绕的宫殿。莫罗从《圣经》取材，做的却是自己的梦。附带说一句，我曾经在“女人”的题目下谈过比尔兹利画的莎乐美，她在那里始终是焦点，甚至是全部，而且一切都是确定无疑的，他的前辈莫罗所画的显然不是这个意思。

《幽灵》使我们联想到莫罗的其他作品。譬如爱与死的交汇也出现在《俄狄浦斯与斯芬克斯》(1864)里斯芬克斯与俄狄浦斯的对视之中：一个美丽纯真的少女竭力要从斯芬克斯凶残丑恶的兽身中挣脱出来，而促成这一切的正是置她于死地的俄狄浦斯;《客迈拉》(1876)里同样有种难以分辨的致命诱惑与被诱惑；根据萨福晚年因失恋而跳白岩而死的传说所绘《萨福之死》(约1873—1876)，更是关于死的惆怅而壮美的礼赞；《俄耳甫斯》(1865)中手捧俄耳甫斯的头与七弦琴的色雷斯姑娘，同样不掩饰自己的“头颅依恋”；在《梳妆》(1885—1890)和《歌之雅歌》(1893)的女主人公身上，也多少有莎乐美的影子。这些作品的画法更接近于《在希律王面前跳舞的莎乐美》和《花园里的莎乐美》，都不过是宗教故事或神话传说的“视觉再现”；所以也许更重要的还在于画家赋予这些传说或故事什么情调和意味，使之成为一种全新的、属于画家自己那个时代的想象。

值得注意的恰恰是莫罗所处的时代。他画《俄狄浦斯与斯芬克斯》《俄耳甫斯》时，正值马奈在画《草地上的午餐》和《奥林匹亚》；画《幽灵》时，莫奈已完成《日出，印象》；画《歌之雅歌》时，塞尚也画出了《暖房里的塞尚夫人》。当印象派及其继承者睁大眼睛看世界的时候，莫罗却在那里回想早已为大家所熟知的往事，但他脑海中所浮现的竟然是全新的景象。宗教与神话本来都是梦，但太熟络、太有迹可寻，也就不再是梦了。莫罗以不受束缚的想象力和多少使人不安的趣味，重新

古斯塔夫·莫罗
《幽灵》
1876 年
纸本水彩画
106cm x 72.2cm
奥赛博物馆藏
法国

古斯塔夫·莫罗
《俄狄浦斯与斯芬克斯》
1864 年
布面油画
206.4cm × 104.8cm
大都会艺术博物馆藏
美国

将它们变成梦。他的画对习惯了宗教与神话套数的人来说肆意而不知所以。说这是刻意歪曲也好，颠覆价值也好，反正从莫罗开始，绘画又找到了一条新路。从此“纯幻想”与“看得见的事实”就有了同等重要的地位。这样一条新路竟是从宗教与神话中走出来，从意义上讲却又走到了它们的对立面，未免要让我们诧异，但是细细一想，其实也只能如此。

二

阿诺德·勃克林。与莫罗相似，勃克林的绘画也多取材于神话传说，他在作品中同样添加了富有想象力的新元素；二人接近的另一点是，他们的技巧都比较老派，总的来说仍然沿袭了印象派之前的画法。神话传说一再被历代画家予以“视觉重现”，较之前人，后人总要有所变化，一己的想象力正是借此得以体现；而对内容的处理亦难免有别于既往，这也是时代的审美趣味与价值观念使然。若将莫罗的《幽灵》与此前同一题材的提香之《莎乐美与圣施洗约翰的头颅》、卡拉瓦乔之《莎乐美收到施洗约翰的人头》和鲁本斯之《希律王的盛宴》相比照，这一点自当了然于心。对勃克林那些取材于神话传说的作品，也不妨以此角度相观照。譬如他的《罗杰解救安吉莉卡》(1873)，五十多年前安格尔即有同名画作。在安格尔笔下，赤身裸体的安洁莉卡被锁在礁石上，绝望地举目向天，骑着“骏鹰”的罗杰，正将手中的长矛刺入海怪的咽喉。而在勃克林笔下，骑士打扮的罗杰策马来到山间，看见安吉莉卡被反绑在树上，周身裹着条黄纱，那棵树长在一个庞大的怪物的身体里，怪物趴在草丛中，有如竭泽之鱼。安吉莉卡的表情倒有几分淡

阿诺德·勃克林
《罗杰解救安吉莉卡》
1873 年
木板蛋彩画
46cm x 37cm
柏林旧国家美术馆藏
德国

阿诺德·勃克林
《死之岛Ⅱ》
1880年
木板油画
73.7cm x 121.9cm
大都会艺术博物馆藏
美国

然，而罗杰并未动手解救她，也没有去攻击那个怪物。两位画家都取材于阿里奥斯托所著长篇传奇叙事诗《疯狂的奥兰多》，勃克林显然削弱了原作的戏剧性和正义感，却加入了某种怪诞的意味。他的确发挥了更多的想象力，但就像所绘《美女阿纳狄奥墨涅》（1872）、《戏浪》（1883）、《女水神的游戏》（1886）和《鼠疫》（1898）等一样，虽为奇思异想——单就奇思异想的程度而言超过了莫罗——但却稍显直露，余味不多。倒是《奥德修斯和卡吕普索》（1883）境界较为深远：卡吕普索坐在画面一隅，回望背对自己在礁石上站成一个剪影的奥德修斯，满脸无奈与惆怅。然而画家在这里恰恰相对克制了想象力。

勃克林克制地运用想象力从而产生了更大的感染力与震撼性的杰作当数《死之岛》。他前后总共画了五幅。在第一幅《死之岛》（1880 年 5 月）中，沉沉的夜色，巨大的岛屿，岛上裸露的岩石、高耸的柏树，小船上直立的死神、横置的棺材，都显得很“硬”，形容起来就是“不容置疑”，使人想到此番航程正是通往人生终点的不归路，而且无人可以避免。观者只能看到那具棺材，但也许隐形其中的死者才是这幅画的主人公。我们在感受上所认同的正是这个人，但却以他之外的客观眼光去看与其相关的一切，体会降临到他身上的某种必然性。这一幅《死之岛》使我们最真切也最深切地体会到“死亡”。如果与同样描绘死亡的《鼠疫》比较，就会发现暗示的效果远远胜于直接呈现。第二幅《死之岛》（1880 年 6 月）夜色更深，岛上的景色也更阴森，而小船以及船上的一切与岛相比显得更加渺小。第三幅《死之岛》(1883）将时间改为黎明，可以清楚看到岛上柏树林中的墓地，意味不免有些减弱，虽然色调更其清冷。第四幅《死之岛》(1884）毁于二战期间。第五幅《死之岛》(1886）乌云密布，氛围险恶，岛上的柏树成了一团黑影，而死神在船上略略躬下身子，仿佛在向更加强大而自己也归属其中的什么东西致意。在我看来，以第二幅及这一幅最完美。

如果说前述包括《死之岛》在内的一类作品画的是“现实之外”，那么，《蜜月》(1878)、《神圣的林地》(1882)、《赫拉克勒斯的圣所》(1884）和《回乡》(1887）一类作品画的就是“现实”；或者说，前一类作品中“有什么”，后一类作品中“没有什么”。然而尽管什么事情也没有发生，这种现实却有某种不确定性，好像别具一番意味，隐含不测，甚至不无凶险。譬如《神圣的林地》中祭坛上的火焰，拜祭者的白色祭服，以及森林背后明亮的天光，都予人以压抑之感，不祥之感，越看越觉得扑朔迷离，毛骨悚然。画家不再给现实添加暗示的意味，而是使所画的现实本身具有这种意味。他在此类作品中所运用的同样是想象力，——确切地说，是以其想象力去启发观者的想象力。勃克林并不将自己的梦直接展现给我们，或者说只是“恍惚如梦”，但已经让我们觉得魇住了；他引导我们进入他的梦中，那是博大深远、神秘莫测之所在。

三

奥迪隆·雷东。当印象派大行其道之际，在现代美术史上真正另辟蹊径的是雷东，而稍早的莫罗和勃克林还只是对传统一路画法的变更与再造。雷东拒绝像印象派那样只是重现自己所看到的东西，他“黑色时期”的炭笔画和石版画更着力于创造世人看不到的东西，从而实现了绘画题材上的新开拓；而且在他看来，彼此间明显存在着低与高，即时与永恒的区别。如同我们在别处已经不止一次涉及的，印象派以降，尽管由描绘“所见”逐渐转变为表现“所感”，后者总归以前者为契机；纵然最终“所感”完全替代了“所见”，这一契机实际上仍然存在。也就是说，在画家们所创造的各种各样的“真”的起始处，还隐藏着一个关乎现实世界的“真”。雷东则认为想象或梦这样仅仅出诸一己头脑的产物是另一种“真”，可能还是更高级的“真”。印象派无意或有意放过了的东西，正是他要紧紧抓住的。

不妨举一些例子。雷东在《哭泣的蜘蛛》(1881)中，画的是一只长着人脸、眼睛还在流泪的大蜘蛛；《女巫的大锅》(1879)则画了一个脸若面具、手如鸟爪的人，低头注视着一口锅里的两颗人头，其中一个是骷髅，另一个皮肉完整，眼

奥迪隆·雷东
《幻象》
1879 年
石版画
27.3cm x 19.7cm
纽约现代艺术博物馆藏
美国

神淡漠。在《大卫与歌利亚》(1875)中，一个赤裸的男人在荒野里遇到一颗巨大的人头；而在《空中拿着一颗人头的魔鬼》(1876)中，一个长着翅膀和尾巴的男人举着双目圆睁的大人头飞过城市上空。在《幻象》(1879)中，走在街上的一男一女，明显受到两个廊柱之间的夜空中出现的发光的巨大眼球的惊吓；而在《眼球到处都发光》(1888)中，一只发光的巨大眼球正从天际掠过。《殉道者的头颅》(1877)画的是一颗放在盘子里的人头，看似并无异常，但那有如石头的质地，特别沉静的面容，以及几乎充满画面的体积，总归有些匪夷所思；《渡鸦》(1882)画了一只驻足窗口的鸟，《被告》(1887)画了一个蜷缩在铁窗后面的人，也都没有特别异常，然而暗淡沉重的色调还是使人感到不安。所有这些无疑都是画家想象出来的，但他总是把想到的东西画得就像亲眼看到的一样；他以一种堪称精准的画法，使得它们似乎比亲眼所见还要真实可信。雷东引领我们到另一个世界去，那里令人毛骨悚然，因为它的逻辑正是我们这个世界的逻辑的某种延伸，只不过其中某一部分超出了限度而已。雷东的梦乃是一场接连不断的噩梦。而噩梦之为噩梦，就在于我们一时无法否定它；在梦中吓我们一跳，梦醒后仍能让我们感到骇异。

话说至此，涉及比题材开拓更为重要的一点。雷东与印象派之间的区别，不仅在于梦幻与现实，而且在于怪诞与正常，恐怖与轻松，凶险与平安，黑暗与光明，乃至消极与积极，堕落与振作，颓废与崇高，可以说在审美趣味上完全背道而驰，他的作品对于体现在莫奈等人画作中的那种中产阶级以上的品位和理想，尤其具有一种破坏作用。在拓宽或改变人们对于美的认识上，雷东无疑起过相当重要的作用；这一认识长期以来基本上只有一个向度，而雷东等人给它增添了一个与之相反的新向度。雷东关于美的观念，甚至比晚于他的图卢兹-洛特雷克和比尔兹利更现代。

雷东很晚才开始大量画粉笔画及油画，这时他所展现的是无限绚烂，然而各种色彩都是从他的梦幻深处向着我们奇异的升华。雷东不少画作都取材于神话传说或文学作品，但比起莫罗和勃克林来，他显得更其自由。以往取材于神话传说或文学作品的绘画，以想象而论总的来说仍然是因袭性的，纵有变化，亦不无规矩可寻，或者说，不会出规矩太远。这是因为大家只是在不同程度或不同方向上讲同一个故事。而雷东最大限度地放弃了讲故事，从而真正做到无所依傍。在他的《独眼巨人》(1898)、《奥菲丽娅》(1900—1905)、《罗杰和安吉莉卡》(约1910)、《阿波罗的金马车》(约1910)、《圣塞巴斯蒂安》(1910—1912)、《维纳斯的诞生》(1912)和《潘多拉》(约1914)等作品中，叙事成分都被减弱到最低限度，他甚至不像莫罗和勃克林那样在内容上予以更动，这只需将雷东的《罗杰和安吉莉卡》与勃克林的《罗杰解救安吉莉卡》对比一下就明了了；画家所关注的是那些故事进程中的某一瞬间，所有成分

奥迪隆·雷东
《罗杰和安吉莉卡》
约 1910 年
粉彩，布面贴纸
92.7cm × 73cm
纽约现代艺术博物馆藏
美国

都展现为某种境界，这与其说来自原本的故事，不如说来自画家的头脑，而这是通过他笔下瑰丽奇异的色与形实现的。雷东不是再现或改编，而是创造。他的另一类画作，如《女孩与菊花》(约1905)、《贝壳》(1912)等，好像是写实的，其实所画的仍然不是现实世界而是某种境界，这与他画神话传说或文学作品题材是一样的。

四

詹姆斯·恩索尔。一方面，我们可以把恩索尔看成是一位噩梦的爱好者，一个对死亡和地狱情景着迷的人，一个几乎永远沉浸在自己的幻觉之中的人；另一方面，也可以认为他只是对历史、时代和社会的实质比较敏感，而所谓幻觉其实是最清醒不过的认识而已。我曾想过或许在另一个题目下谈论恩索尔更为合适，因为梦无论如何也是梦，而他那些仿佛经过夸张和渲染的画作，对于生活在现实里的我们来说才是最真实的。

取材于以基督为中心的佛兰德斯集市和狂欢节游行的《一八八九年基督进入布鲁塞尔》(1888)，是一幅几乎可以概括恩索尔毕生创作的总的作品。这是一场有关人间的非人间噩梦。我们看到，迎面而来的游行队伍浩浩荡荡，人们摇旗呐喊，手舞足蹈，脸上洋溢着得意的笑容；彼此交头接耳，报告着令自己兴奋的理由，然而所有这些其实都与他们毫无关系。每个人都显得自以为是，每个人也都显得居心叵测。至于谁是参与者，谁是看热闹的，已经无从分辨。这支队伍唯一的秩序是大家主动或被动行走的方向。最远处是一个个小黑点，近了才看清面目，但只是一些戴着面具的人、丑角、魔鬼和骷髅，就像是被匆忙、粗糙地赋予了一点所谓人性的低级生物，好歹在人间走一遭罢了；而他们无不急于在这一过程中完成自己，实现自己，争相挤到观者面前显示出其重要性来。他们似乎源源不断地走出画面加入观者之中。——这提示我们，置身画外的观者与画中人或许并无多大差异，都是一些同类角色。而观者将与走出画面的人一起回到队伍的远处，变成那些小黑点，如此循环往复，络绎不绝。为队伍所簇拥的基督面部庄重，仿佛正在竭力演好自己的角色。他虽置身画面中央却遥不可及，被本来是其追随者现在反成其引导者的群众给推远了，淹没了，成了一个偶像，一个旗号，一个借口。走在他前面的几排乐手，面无表情，看似忠于职守，且为自己身负重任感到骄傲；而站在一边看台上的那些长着又尖又长红鼻子的官员模样的检阅者，大概是被如此宏大的场面惊呆了，当然更像是在欢欣鼓舞。走在队伍前列的主教仰面而笑，其实他才是真正的主角，他那臃肿的身躯里不知装了多少狂妄自大，然而他就要被他的拥护者挤出这个舞台了，他的路已经走到了头，却还毫无察觉继续陶醉于自己的成功；但他身后的几个人兴许看到了这种危险，个个流露出错愕的表情。恩索尔这幅画看似夸张滑稽，色彩好像也不大协调，却是现代美术史上最伟大的作品之一。值得留意的是画家创作的时间，与画的标题所强调的时间。他面向的是未来，而不是或不仅仅是盯着现在。或者说，在恩索尔眼中，未来与现在并无区别，而历史根本不会“进步”。《一八八九年基督进

詹姆斯·恩索尔
《一八八九年基督进入布鲁塞尔》
1888 年
布面油画
252.7cm x 430.5cm
保罗·盖蒂博物馆藏
美国

詹姆斯·恩索尔
《面具围绕着艺术家的肖像》
1899 年
布面油画
117cm x 82cm
梅纳德艺术博物馆藏
日本

入布鲁塞尔》被论家称为恩索尔"个人的'末日审判'"，是关于我们这个世界——准确地说是人类文明——行将终结的预言；然而在他那里，是否真的存在过这种文明或许都是一个问题。

恩索尔的其他作品，如《嘲笑死神的面具》(1888)、《试图取暖的骷髅》(1889)、《为一条咸鲱鱼打架的骷髅》(1891)、《为一个吊死鬼打架的骷髅》(1891)、《奇特的面具》(1892)、《死神和面具》(1897)等，都像是从《一八八九年基督进入布鲁塞尔》上截取的某个片段，画的也是戴面具的人、丑角、魔鬼和骷髅，然而现在他们是单个存在或少量聚集，看似丧失了安全感和荣誉感，甚至显得孤独落寞。这使我们想到，这些家伙之所以在《一八八九年基督进入布鲁塞尔》里趾高气扬，原来是获得了置身于集体中才可能拥有的力量。

在《面具围绕着艺术家的肖像》(1899)里，我们看到无数面具当中露出了画家坦然的脸，像是在昭示"众人皆醉我独醒"。也就是说，恩索尔的画存在着一个风暴眼或一个支撑点，那就是画家自己，他将世相看在眼里，记录这一切，预告这一切，而他却能置身事外。他的意思也许是，在梦中我与你们不是一样的人。整整四十年后，恩索尔在《我和我的圈子》(1939)中画了类似的内容，周围的角色依然如故，只是被围在当中的画家衰老了。时间这一次终于在他的笔下有了意义。这两幅画似乎也在提示一向被他震慑的我们：他几乎穷尽一生所画的不过是一场游戏，一次假面舞会，或者一个奇怪的梦，他只是喜欢在这样的地方流连罢了。不过生于其后的我们发觉恩索尔也许能够很容易地走出他的梦，我们却不能；因为在他的噩梦之外，还是一个混乱，污秽，挤满了戴面具的人、丑角、魔鬼和骷髅的噩梦。

五

保罗·高更。在高更最有名的画作《我们从何处来？我们是谁？我们往何处去？》（1897）里，我们可以看到一尊偶像正在众人之上缓慢而有节奏地举起双臂。这种人神共处的神秘景象也出现在他描绘塔希提岛的其他作品，如《圣山》（1892）、《爱好》（1892）、《午睡》（1894）、《敬神节》（1894）、《躲避恶灵》（1894）、《偶像》（1898）、《圣地中心》（1898）和《大佛像》（1896—1899）中。这大概是整部绘画史上的最后一批神，如果说塔希提岛是高更的神话，那么这就是神话的神话。其实早在远渡重洋之前，他就已经热衷于表现此类幻想了，比如在布列塔尼所画的《天使与雅各的格斗》（1888）、《黄色的基督》（1889）、《与黄色基督在一起的自画像》（1889—1890）等，都是如此。这提示我们，高更作品中存在着超人间的因素，或者说有着不应忽略的特殊背景，而他另外那些看似描绘现实情景的画作未必不都笼罩在这一背景之下。

我们不妨将高更看作一个多少有点装神弄鬼的人，一个蒙昧故事的传布者，而那一系列故事多半是他自己编造或拼凑的；当然也不妨相信他一直真诚地相信这一切，义无反顾地远离文

保罗·高更
《我们从何处来？我们是谁？我们往何处去？》
1897 年
布面油画
139.1cm x 374.6cm
波士顿艺术博物馆藏
美国

明，投身野蛮，并最终为此奉献了生命。在我看来，试图对二者加以区分，其实并没有多大意义。无论如何，不应将象征主义者高更完全视同于一位现实主义画家。——我一般不大在意给画家贴上的各种标签，觉得这对欣赏画作并没有多大帮助，但到了高更这儿却不能不厘清一下界限。从某种意义上讲，象征就是梦，不过这是经过刻意安排，而且可以得到诠释的梦；但象征意义其实只是关于这个梦的一种诠释，而所有的安排未尝不可以忽略不计，只不过我们在欣赏时或许会受些损失罢了。高更的艺术从根本上讲不是写实的艺术，他的象征世界大于现实世界，神的安排可能并非多此一举，至少不宜轻率地作出因此而削弱或破坏了画面效果的评说。即如高更自己曾经指出的，假如《精灵在注视》中没有那个鬼魂，就仅仅是一幅裸体女人的速写而已。而且重要的是，那个女孩惊恐的神态，乃至整幅画阴郁恐怖的气氛，也就没有缘由。这是一幅因为有关信仰所以才有关现实的作品。

再来看《我们从何处来？我们是谁？我们往何处去？》。这幅画中的很多人物形象，特别是处于人生中间阶段——如果以画面右下角的婴儿和左下角的老人分别代表人生的两端的话——的那些人物，我们已经在高更其他画于塔希提的作品中见过，现在画家打算将他们聚拢一处，给予一个总的说明。他们围绕着画面上方偏左的那尊偶像，偶像呈现出一种与天空、树木和部分大地相同的幽幽的蓝色，仿佛是在显灵，隐约散发着光芒。几乎同样形状、同样姿势的偶像，也在《敬神节》和

《圣地中心》中出现。而在高更的“神学”里，这偶像的地位显然高于《精灵在注视》中的鬼魂和《总不再》中的乌鸦，——它们大概相当于《我们从何处来？我们是谁？我们往何处去？》左下角老人脚边的白鸽，那是人死之后灵魂的象征，这也出现在《薇玛蒂》(1897)中。对于“我们从何处来？我们是谁？我们往何处去？”这一提问，神谕只是缄默不语，如果一定要它回答，大概也只会说：我们从来处来，我们只是我们，我们往去处去；一切本来如此，只能如此，合该如此。只有画面左上方的两个女人在喋喋不休地讨论，提出“我们从何处来？我们是谁？我们往何处去？”的大概正是她们，甚至妄图给出答案，所以面对她们坐着的男人才会吃惊地将手臂搭在自己头上。除了这两个胆大妄为的女人打破了寂静之外，所有的人似乎都在沉思，他们是受启发于那尊偶像。两个女人与偶像的对比，以及人们对于彼此的不同反应，最值得留意。偶像的视点类似于大自然，它默认一切，印证一切。这里神显然不是能动者，身为主宰，但却无为。画家其他作品里的偶像同样如此，在《敬神节》中，人与神的交流也只是彼此保持沉默而已。《我们从何处来？我们是谁？我们往何处去？》描述了人类与世界的自然流程，高更曾自许“完成了一幅哲学作品，可以比拟福音书”，其实除了“神秘”——不是因为偶然，而是因为必然——之外，这幅画别无启示，它的深刻之处就在于此。

六

亨利·卢梭。卢梭看起来是个童心未泯的画家，又仿佛只是假装如此；然而他所难免暴露的，正是他所着力展现的。反正他将这一点坚持了整整一生，也发挥到了极致，最终他的一切可疑之处都成了他的优点。现代绘画史上所有在画布上做梦的人其实都清醒地知道自己是在做梦，只有卢梭似乎是个例外。人们往往相信他真的是在做梦，而且做的是个憨痴的梦，卢梭自己好像也相信。梦是另外一个世界，大家却希望卢梭的梦能够成为我们这世界的华饰或反讽。卢梭的质朴是一种不无矫饰的质朴，反过来说，他的矫饰是一种不无质朴的矫饰，要想在他这儿确定质朴与矫饰如何不同几乎是不可能的。也许与现代社会的种种矫饰相对立的所谓质朴，本身就是另外一种矫饰罢。

我有幸在法国和美国东海岸的几家博物馆里看到不少卢梭的原作，大凡常见于各种画册的均在其列，特别是最出名的几幅“热带丛林风景画”，如《睡着的吉普赛人》(1897)、《耍蛇人》(1907)、《狮子的食物》(约1907)、《赤道丛林》(1909)、《梦》(1910)，以及《狂欢节之夜》(1886)、《足球运动员》(1908)等，这才让我感到它们原来如此壮观，甚至不无身临其

亨利·卢梭
《梦》
1910 年
布面油画
204.5cm × 298.5cm
纽约现代艺术博物馆藏
美国

境之感，虽然我也知道画家画的只是自己的梦。卢梭本是一个自娱自乐的人，但或许自娱自乐反而更能娱乐别人——而且绝不仅仅是娱乐，包括吸引、共鸣、感染等等在内，都有了。卢梭奇异地满足了人们的某种愿望：回到童年，回到过去，回到文明之前或之外。高更辛辛苦苦所未能实现的，卢梭轻而易举就实现了。我想也许是因为高更心事太重，有太多的个人情绪流露；而卢梭与高更相比，几乎可以说是“零度情感”，就连处理《战争》（1894）这样的题材也是如此。卢梭只有专注与任性，这反而更容易地将观者送到其所期待偶尔涉足的地方。卢梭始终保持了一个人涉世之初甚至之前的心态、兴趣、爱好、想象，乃至观察世界的方式。在这方面，他可以说相当纯粹。这种纯粹是卢梭最大的特色，也是最大的魅力之所在。无论是描绘现实还是描绘自己的想象——对他来说，二者区别并不大——一概如此；以致即使偶尔超出了纯粹的限度，譬如《战争》未免稍稍失于肤浅，《梦》未免稍稍失于做作，《耍蛇人》和《睡着的吉普赛人》未免稍稍失于猎奇，但观者可能仍然觉得他纯粹，甚至觉得他在创作这些画时更纯粹。以《梦》为例，卢梭是将正在做梦的人和她所做的梦一并画了出来，而这就是画家自己半睡半醒的梦。但既然是梦，那么做作一点也无妨，而且看起来比那些只是动物在原始森林里相互撕咬的梦还更有意思呢。

卢梭有儿童的眼，儿童的心，画画的手却是成人的。他的画很像空中楼阁，总体设计荒诞无稽，不过一砖一石却实实在在，而最后那楼阁竟然建成了。卢梭以细致、准确，堪比植物科学画的技法来描绘他在巴黎植物园里看到的东西，并将它们放大到遮天蔽日的程度，作为他的“热带丛林风景画”的背景；又画了他在巴黎动物园里见过的东西，将它们置于那个背景之中；偶尔还添加一些自己奇异怪诞的幻想。他画的植物一枝一叶都像是活的标本，画的动物却像死的标本。卢梭表现处于动作状态之中的对象，或者说处理对象“运动－静止”的关系的方法，与此前的德加和修拉不同，而近似于后来的巴尔蒂斯，也是突然将对象固化下来，但他处理得比巴尔蒂斯还要“硬”，所固化的往往是对象运动最剧烈的那一瞬间，譬如动物正在相互撕咬之际，结果总给人以一种僵硬、笨拙、滑稽的印象，很像是经过制作处理之后的标本。无论德加、修拉还是巴尔蒂斯，他们的画法都有赖于仔细观察体会对象的运动过程，不知道卢梭是否下过类似工夫，但他似乎无须如此，他只是喜欢那个样子，他也画出了那个样子。这大概也反映了他的儿童心态。而从某种意义上说，那个样子的动物出没于原始森林，或许更具神秘之感。卢梭对现实世界中运动的人也是类似的画法，比如《足球运动员》。他画相对静止的人或动物，无论是在他的幻想中还是在现实中，其实都是那个样子，比如《睡着的吉普赛人》、《自画像》（1890）、《岩石上的男孩》、《鼓舞诗人的缪斯》（1909）、《皮埃尔·洛蒂》（1910）等。

亨利·卢梭
《圣克鲁公园林荫道》
1908 年
布面油画
46.2cm × 37.6cm
施泰德美术馆藏
德国

卢梭关于巴黎及其郊外景色的写生之作也是如此，与“热带丛林风景画”并无本质上的区别，即便其中添加了时代环境的特征，例如飞机、气球和埃菲尔铁塔等。不管是卢梭眼睛里还是他头脑中的世界，他都要赋予某种神秘、非现实和不可理喻的意味；可以说后者是他的幻想，而前者是他的幻觉。有些画就写实性而言似乎无可挑剔，如《狂欢节之夜》《磨坊》（约1896）、《埃菲尔铁塔》（1898）、《火烈鸟》（1907），但仍然让人感觉恍然若梦——奇异的是，是明晰得恍然若梦。在《椅子工厂》（约1897）、《春日》（1904）、《圣克鲁公园林荫道》（1908）等作品中，渺小的人形常常被巨大的树木所荫蔽，以致我们疑心画家莫非有关于植物的崇拜症或恐惧症。与此相反，在《我本人·肖像·风景》（1890）、《少女的画像》（约1890）、《妇人的画像》（1895—1897）这类所谓“肖像风景画”中，景物较之顶天立地的人像，又成了一些权当布景的小摆设。卢梭真是永葆童心，在前一种情况下，或许他是为大自然所慑服；而在后一种情况下，他觉得自己终于打败了它。

七

马克·夏加尔。前些时我去日本青森县美术馆，在长、宽各二十一米，高十九米的中心展厅里，四壁悬挂着夏加尔一九四二年为芭蕾舞剧《阿列科》所作的背景画。其中第一幕《月光下的阿列科和小行星》、第二幕《狂欢节》和第四幕《圣彼得堡的幻想》系本馆收藏，第三幕《一个夏日午后的麦田》则从费城艺术博物馆借来，遂合为全璧。当年《阿列科》在纽约演出时，曾被评论家称为"一次激动人心的巨幅画展"。北京也举办过夏加尔的画展。查旧日记，一九九四年三月八日，"上午陪父亲看病。下午去中国美术馆看夏加尔画展，有很多美的联想。"那次展出的是他从三十年代到逝世为止的一百多幅作品。我在欧洲和美国的博物馆里还看过夏加尔此前的一些重要画作。

夏加尔的画介乎梦与现实之间，但很难将二者截然分开，这里梦也是现实，现实也是梦。在画家们的梦里，夏加尔的梦最浅，最富人间气息，它是幻想、回忆、期望、诗意与柔情的混合体。不妨举《维捷布斯克上空的裸女》(1933)为例。这里画的是"玉体横陈"，但那个背对着我们的裸体女人却躺在天

马克·夏加尔
《维捷布斯克上空的裸女》
1933 年
布面油画
87cm x 113cm
私人收藏

上。她占去了整个画面的几乎一半，身体下方被俯视的城市的那些建筑物、街道、车马和行人，相比起来要小得多。这样看来画家的位置应该离女人近，离城市远，也就是说，他是将自己升到天上去画这一切的。但在画面左下角有个插满玫瑰的花瓶，遮挡住城市景观的一部分，仿佛摆放在某条街上的某个窗口，这又令人感觉画家就在室内，位于花瓶及花的后面。花瓶及花与女人几乎是同一比例关系，似乎处于同一环境：一间屋子，女人在床上睡觉，插了花的花瓶摆在床脚，窗外则是整个城市，这应该是画家的真实位置。所以他实际上是将自己身边情景的一部分——那个女人——安排在人间之上，正所谓"此曲只应天上有"；而将其他内容——无论是花还是城市——留在人间。假如将画面上半部的女人与下半部的城市与花调换一下位置，就成了一幅写实的作品，然而夏加尔不愿意这么画。在他心中，女人与城市，或自己与现实，并不是这样的关系。在他看来，现实之外还存在着另一个现实，或者说我们的现实只是整个世界的一角而已。虽然他无意强调二者的对立，反而将它们融为一体。这里的花瓶及花使我想到了《窗外的巴黎》（1913）中那只蹲在窗台上的猫，它们都起着将两个世界联系在一起的作用。回到《维捷布斯克上空的裸女》，裸体的女人睡在有点揉皱的床单上，看上去是那么安详，沉稳，舒展，幸福，根本不管人间事；她像一朵云一样在天空缓缓飘浮，但却是个实实在在、丰腴到略显沉重的肉体；而那座城市也是宁静的，美好的，彼此有着难得的和谐一致。城市可能是女人的一个梦，女人也可能是城市的一个梦。——附带说一下，夏加尔的《女人和玫瑰》(1929) 和《丁香花中的情人》(1930)，所画都是花瓶里插着一大束花，裸体的女人平躺在花朵之上，只是前者是平视，后者近乎垂直俯视，两幅画也许可以看作《维捷布斯克上空的裸女》的前奏。

在夏加尔的画里，屡屡见到女人、男人及动物单独或一起飘浮在半空中的情景，有时在露天，有时在室内，譬如《窗外的巴黎》、《生日》(1915)、《散步》(1918)、《小镇的上空》(1918)，等等。反正他的世界不局限于大地之上。《画雨习作》(1911) 和《着火的房子》(1913) 则展现了从现实到梦，从人间到天上——抑或反之——的转化过程，其间只有一步之遥。

前面将《窗外的巴黎》里的猫与《维捷布斯克上空的裸女》里的花相提并论，它们却有一点表面上的差别：那只猫长了一张人脸。与此更接近的应该是《仲夏夜之梦》(1938)，那里穿着婚纱的新娘与穿着西装的新郎相互拥抱，但他却是一只山羊，天空中有个长翅膀的红色天使在为他们祝福。还有《听鸡打鸣》(1944)，一头长了一男一女两个人脸的牛在天上飞翔，与之相呼应的是地上的一只正要下蛋的鸡。而在《松树旁的美人鱼》(1960) 里，长发飘舞、乳房丰满的美人鱼，手捧一束鲜花跃到空中，乃是集画家所爱的女人与动物于一身。夏加尔的世界是一个泛灵论的世界，这并不仅限于动物，甚至包括无生物，譬

马克·夏加尔
《窗外的巴黎》
1913 年
布面油画
136cm x 141.9cm
古根海姆博物馆藏
美国

马克·夏加尔
《仲夏夜之梦》
1938 年
布面油画
116.5cm × 89cm
格勒诺布尔美术馆藏
法国

如在《雪橇》(1943)里，一个男人赶着雪橇，雪橇长着一个女人的头；在《巴黎，你好》(1939—1942)里，埃菲尔铁塔有一张人脸和一只手，与之相伴的是一只站在楼顶上的巨大的鸡，铁塔和鸡的眼神都纯真极了，此外天上有个抱着孩子的母亲，地上还有两头驴子。在《乡村风光》(1944)、《夕阳下的村庄》(1950)、《女人和山羊》(1952)、《夫妇和红公鸡》(1966)中，动物都是人须臾不能离舍的伙伴。再来看《红花》(1950)和《婚礼的花束》(1975)，花瓶里的花似乎也有灵魂，是为那对男女高兴才开得那么茂盛，占据那么大空间，以致将他们挤到角落里去了。话说至此，回过去看《女人和玫瑰》《丁香花中的情人》和《维捷布斯克上空的裸女》里的花，似乎也当另眼看待。所以前面讲到泛灵论，在夏加尔可能还不仅如此，他消除了人与自己之外的一切的界限。世间万物对于画家来说，都是一种抚慰。

夏加尔的作品虽然富于幻想，却很有根基，处处体现着一种特别厚重的来自阅历与岁月的支持——不仅是内容上的，更是情感上的；这包括画家童年的生活，各种见闻，俄罗斯的民间传说，犹太人的宗教传统，宗教活动与仪式，杂耍或马戏团的演出，等等。夏加尔是一个将过去、现在和未来完全打通的画家，这些一并构成了他的梦。

女人与爱情是夏加尔持之以恒的主题。她们有的在梦中；有的看似在现实里，譬如《婚礼的花束》(1956)，《画家的妻子》(1972)、《红色背景下的两张脸》(1975)和《甜橙树》(1975)等，但如前所述，这样的现实也像是梦，只不过没有特别画出现实与梦的对照而已。女人从来就是画家倾诉情感的对象，她总是被亲吻着，拥抱着，特别是被抚摸着。他的手最喜欢放在她的乳房上。这样的女人是现实的，又是灵肉一致的；他需要这么温暖、丰满和富有质感的女人，他们互相成为爱的寄托。

夏加尔就是这样一位永远在爱着的人，然而他的爱是一种渗透了淡淡的忧伤的爱。夏加尔的画温暖，又总是隐约有些凄凉。可以将《维捷布斯克上空的裸女》与科柯施卡的《风中的新娘》作一对比，如果说后者面向人间的话，那么前者就是背向人间，夏加尔仿佛告诉我们，暂时躲避现实的唯一方式就是幻想，就是梦。正因为如此，他的作品有着更深厚的人间意味。我由此深深体会到流离失所的人对于家的向往，孤独无告的人对于爱的渴求，漂泊动荡的人对于安宁的期待。夏加尔描述的是有关故土亲人的小小的遐想，些许的温存，片刻的欢愉；在一个更大的背景下，它们是对人生的必要援助：面对如此恐怖灾难的历史和世界，我们所求甚少，夏加尔对此深有体会，他把它当成一个梦珍藏在自己的画布上。这样的梦短暂但却值得回味，是经历了太多坎坷与漂泊的人都做过的梦。而夏加尔做完了他所有的梦之后，发现它是来自人间之外的一点慰藉。我们见过各种各样的梦，有的令人沉迷，有的令人骇异，有的令人欢悦，有的令人震悚，夏加尔的梦全然没有这些，这种多少有点儿可怜巴巴的梦还能算是梦么。但是如果没有类似这种东西作为抗衡，大概我们的历史不成其为历史，世界也不成其为世界了。

八

保罗·克利。这里要涉及所谈论的这段美术史的另一个方向，姑且称之为“深度”。然而主要不是指通常所谓人类情感方面的那种深度，因为它首先不在画家的主体，而在所画的客体，尽管这个客体是经过主体观察、理解、设计甚至塑造的结果。它指的是画家所描绘的对象蕴含着什么，蕴含了多少，但又不是象征，因为首先不是意义上的，而是品质上的，或者说是容量上的。也许应该结合譬如“质量”“密度”“比重”“张力”这样一些物理学名词来理解。这一方向显然是肇始于伟大的塞尚。塞尚以毕生之力所解决的，是如何不局限于所画对象的表面，而表现出“更深入的东西”。克利正是塞尚杰出的追随者。当然走在这条路上的并非只有他一人，还可以提到立体派，但这一派的许多作品最终只是向我们昭示了一种方法论而已，譬如毕加索画的那些女人的脸——尽管这非常重要，足以打破我们一向对世界认知的局限性。而对克利来说，结果与方法同样重要，甚至可能更为重要。在他这里，也许用得上“得鱼而忘筌”这句话。

克利并没有类似修拉的《大碗岛的星期日下午》、高更的《我们从何处来？我们是谁？我们往何处去？》、恩索尔的《一八八九年基督进入布鲁塞尔》和毕加索的《格尔尼卡》之类的“大画”，但他的不少作品在前述那种深度上，并不亚于那些“大画”。譬如《宇宙结构》(1919)、《霍夫曼的故事》(1921)、《鸟鸣器》(1922)、《喜歌剧〈航海者〉中的战斗场面》(1923)、《围绕着鱼》(1926)、《英雄玫瑰》(1938)、《死亡与火》(1940)等，仿佛都是有关世界演进、人类繁殖以及万物生长的史诗，但这又不是实录，而是与发生过的一切相平行的一部历史，其中包容着太多曲折事件，太多给人在空间和时间上产生联想的契机。不过他画中空间和时间的量度，显然也不是我们根据寻常体验所能推测出来的。克利的画玄怪，幽秘，无论什么都像经历过沧海桑田似的，它们活过，或者仍旧活着，但并非人世间所具有的活法。克利是那种能够直指本质的画家，最终所面对的是无限而不是有限。克利的深度实际上就是一种广度。

克利的画多数都有明确的现实的“根”，然而他的作品与一般面对现实作画的画家的作品截然不同。也许这里存在着感觉与感觉经验，感受与感受经验，想象与想象经验，记忆与记忆经验，甚至遗忘与遗忘经验的区别。克利运用的是后者。也就是说，他的每一幅画都经过了积累，沉淀，集中，浓聚，压缩，其间蕴藏着一段漫长的“时间历程”或“经验历程”。所以与其说他是面向对象画画，不如说是背离对象画画；与其说是

“取”，不如说是“舍”。他画的不是自己能看见什么，而是自己能记住什么。这与其说是梦，不如说是对梦的记忆，或梦一样的记忆。说到梦，深邃无疑是其向度之一，我们可以感觉到这一向度的存在，却总是难以把握，只觉得为之神往，而克利画出了梦境的无限深邃。

克利画中的内容常常介乎具象与抽象之间，有些具象我们知道是什么，有些我们尚且不明意义，像是具象的遗迹与残骸，又像是具象的前身。可以说他画的也是从具象到抽象的变化过程，但与蒙德里安、康定斯基等人有所区别，不是具象在某一个方向上的抽象化，而是仿佛我们回忆自己的梦境一般，有具象，又有抽象，混杂在一起，一重重地向着不可穷尽的所在演变。画中的内容，常常不无舒放飘逸之感，甚至饶有诗意。也许是具象与抽象在演变的过程中经过拮抗，实现了和谐，而它们还要继续演变下去。克利不像塞尚那样仅限于对特定的具象通过视觉上的物理性处理探讨其客观本质，而是更多地融入了自己对于世界的主观理解；但他也不像抽象派那样，旨在证明我们对于世界可以有一种总的认识，总的把握，他画的还都是具体的，个案的，一幅画里是一个世界。

克利很喜欢儿童画，他有些画乍看也像儿童画，譬如前面提到的《霍夫曼的故事》《鸟鸣器》，还有《杂技演员》（1915）、《泽菊》（1922）、《木偶剧场》（1923）、《石头中的花朵》（1939）等，然而二者唯一的共同之处在于都把根扎在文明

保罗·克利
《霍夫曼的故事》
1921 年
水彩，石墨
纸镶金箔，轻印油墨，组装在纸板上
40.3cm × 32.1cm
大都会艺术博物馆藏
美国

保罗·克利
《木偶剧场》
1923 年
水彩，涂有底漆的纸板
52cm x 37.6cm
保罗·克利艺术中心藏
瑞士

与智慧的起始处，往往显示了一种特有的“拙”，但是其一出于无知，其一则是经过最深入的了解之后，将介乎一己与那里之间的东西省略了。

九

乔吉奥·德·基里科。德·基里科的世界受到世界之外的严重威胁。最明显的例子是他的《一条街的忧郁与神秘》(1914)，这是一幅观者看了难免不安的画，大概首先是为那个推铁环的女孩担心：天空阴沉，左侧带拱廊的建筑和中间的道路显出强烈的光照效果，右侧的建筑因背阴呈现黑褐色，它所留下的大块阴影笼罩着停在那里的后门敞开的空货车，还有前方投来的巨大黑影——横亘在女孩去往的方向上，这一切都预示着一桩有关她的凶险事件即将发生，而她又是那么孤立无援。

然而如若观者进一步设想自己身临其境，那么，画里的一切又都构成对“我”的威胁，甚至包括那个女孩在内，她的出现同样令人感到不安，几乎也是凶险的迹象。真正孤立无援的是“我”。如果把观者——单数的“我”而不是“我们”——视为一个微小的独立世界的话，也可以说他的世界受到世界之外的严重威胁。这里提到了“独立”，在我看来，德·基里科的作品首先关乎每个自我的最后一点独立性——“我”总是试图加以维持，但终究依然徒劳。

《一条街的忧郁与神秘》似乎有一种一切已经凝固的寂静被

乔吉奥·德·基里科
《一条街的忧郁与神秘》
1914 年
布面油画
74cm × 59cm
私人收藏

那个女孩打破的感觉——甚至可以想象到她的铁环所发出的与环境极不协调的清晰的声音。任何变化都使人不安，然而寂静本身也使人不安。在《意大利广场》(1913)、《占卜者的报偿》(1913)、《哲学家的征服》(1914)、《离别的痛苦》(1914)等作品中，画面远方驶过一列冒着白烟的火车——火车是德·基里科笔下的“现代因素”，它所起的作用与那个女孩相当。正好比“鸟鸣山更幽”，最终只是加深了寂静而已。

不可思议的是，这里几乎什么也没有发生，一切尽皆付诸于我们的想象，又仿佛是些无法确定的记忆。《一条街的忧郁与神秘》里那个怪异的明显高过常人的阴影，也出现在《无限的乡愁》(1911—1913)、《哲学家的征服》中，但它也许只不过是被右边建筑物挡住了的一尊普通的手持长矛的塑像，就像《红色的塔》(1913)、《都灵的春天》(1914)中那些塑像一样。但即使知道那只是正常的自然景象，我们仍然觉得不安，感到威胁。一切都是既不可能又有可能，所有征兆皆为不祥之兆。德·基里科曾经受到勃克林的影响，但“暗示”直到他才被发挥至极致，他的梦不仅使现实世界变得无法确定、可疑和丧失意义，也使别人做过的梦多少有些黯然失色。

也许应该说，世界本身就是对于“我”的威胁。或者说，这是物对于人的威胁。这里最直观的当数《无限的乡愁》、《巨塔》(1913)、《离别的痛苦》，与相距不远的塔楼或烟囱相比，人实在是过于渺小；而那些没有人出现的作品，同样甚至更会使设身处地的观者产生类似的感受。德·基里科描绘的环境总是冷漠的，隔绝的，天空阴晦，仿佛厚重的铅板；建筑物造型轮廓过于明晰、强硬，有种非人性；某些东西，例如《一条街的忧郁和神秘》和《离别的痛苦》中的货车，常常莫名其妙地出现在画面前景。对“我”来说，这是一个杀机四伏却不动声色的世界。

这种威胁感，很大程度上来自于德·基里科画作中的空间。他不仅回到传统的透视法——我们还记得高更等人在这方面的革新——而且特别予以强化，甚至是不无歪曲地强化。在《一条街的忧郁与神秘》、《回归的快乐》(1915)等作品中，画面空间长度被延展到很远，以至空旷得令人恐惧；《无限的乡愁》《都灵的春天》《离别的痛苦》和《伟大的形而上学者》(1917)中，空间长度又被一座建筑或一个人体模型挡住，它们的存在突兀而神秘；在《诗人的不确定性》(1913)、《爱之歌》(1914)、《王子的玩具》(1915)、《令人不安的缪斯》(1916—1918)中，某些物件被置于画面前景，故意放大到不合比例的程度；而《离别的忧郁》(1916)、《伟大的形而上学室内装置》(1917)、《工厂景观的几何构图》(1917)则一反常态，画的是封闭的空间因为放置了太多而且太大的物件显得特别逼仄，所有这些都令人感到物的侵犯与压迫，它们如此严重地挤占了人的空间。还要提到《国王的邪恶天才》(1914—1915)，前景那同样不合比例地放大了的倾斜的木板和上面摆放的各种东西，凸现了这个世界的不稳定性，而一旁的建筑物显得森然而诡异，仿佛对此乐观其成。

德·基里科画作中的威胁感可能还来自于时间，当然这仅仅出于观者的某种感觉：已经构成“我”的处境、令“我”无法忍受的一切，似乎将无止无休地延续下去。在《占卜者的报偿》、《蒙巴纳斯火车站》（1914）和《哲学家的征服》中都出现了钟表，在末一幅中钟表还被画得特别大，但这与其说是在提示时间存在，不如说是提示时间不存在。德·基里科的作品有种神秘而恐怖的永恒性。前面提到的寂静、空旷、冷漠和凶险，都意味着时间不存在；反过来说，时间不存在，才使寂静、空旷、冷漠和凶险具有意义与力量。而这些都指向一点，就是“死亡”。德·基里科的作品是有关死亡的美丽而玄妙的寓言。

然而德·基里科着力描绘的却是“最后的时光”。这不仅体现于画作中偶尔出现的人——多半是渺小的影子，更体现于为数众多的雕像、石膏头像和服装人体模型。一方面，如前所述，它们对于观者彰显着物质世界的非人性；另一方面，在它们身上似乎竟然残存着本来属于人类的些许情感或意识。它们彼此之间或与所处环境之间往往被隔离着，似乎正陷入这一基本生存状态带给它们的痛苦之中；它们甚至也正感受到来自世界之外的威胁。在《赫克托耳和安德洛玛刻》（1917）中，两个依靠支撑才得以站立的人体模型，正利用偶尔靠近的机会可怜巴巴地互相倾诉心声；而在《令人不安的缪斯》中，三个无

乔吉奥·德·基里科
《赫克托耳和安德洛玛刻》
1917 年
布面油画
90cm × 60cm
私人收藏

乔吉奥·德·基里科
《孩子的脑子》
1917 年
布面油画
80cm × 65cm
斯德哥尔摩当代美术馆藏
瑞典

论安装着还是被摘掉了假人头的塑像，则因凑在一起显露出悠然自得的神态，尽管它们根本没有面孔。再来看《孩子的脑子》(1917)，画的是一个人，不过已经物化了，如同别的物体一样具有威胁感——这体现于他那紧闭的双眼；但这一动作，可能也是在努力保守自己最后一点属于人的因素罢。

我最留意的二十世纪小说家是卡夫卡、博尔赫斯和罗伯-格里耶，读他们的作品时都会联想到德·基里科，卡夫卡对现代世界的寓意化概括、博尔赫斯的形而上学构筑和罗伯-格里耶对物的关注，一并也就是德·基里科画里的意思。而就对观者心灵的震撼程度来说，绘画史上大概也只有凡·高或苏丁可以与之相提并论，虽然其间看起来似乎距离最远。对那两位我们总感到有强烈的情感喷涌而出，德·基里科却仿佛真空地带，要以同样强烈的力量将我们吸纳进去。他们一用加法，一用减法；凡·高和苏丁有如轰鸣，德·基里科则是"静谧的轰鸣"。

看德·基里科的画，觉得画家似乎是在与"我"共同预谋一系列针对"我"的残酷事件；作为观者，却盼望着能小心翼翼地到他的梦里从事一番灵魂的冒险。是的，有谁做过这么诡异，这么精微，这么洋溢着梦的气氛的梦呢。德·基里科的画风后来突然发生变化，致力于创作所谓"古典绘画"，大家为此惋惜不已；与人人称道的短短几年的早期相比，这个"后来"在他一生中所占比例之大简直难以置信，或许是他的梦忽然醒了罢。

十

马克斯·恩斯特。二十多年前我去法国，到卢瓦尔河谷玩了几天，在安布瓦斯看了著名的城堡和达·芬奇故居。回到巴黎，蓬皮杜中心正举办恩斯特的艺术展，参观时才知道他的喷泉雕塑就在安布瓦斯城外，我竟与之擦肩而过。在我看来，超现实主义画家中要数恩斯特局面最大，——所指的不仅是内容，还包括形式。据说弗洛伊德曾对恩斯特的同行之一达利说："我在你的画中看到的不是无意识而是有意识。"恩斯特的局面大就大在真正涵盖了有意识与无意识，但涉及后者，譬如他的"拓印法"，我还是无从置喙，此外，也不能谈论我在前述展览上所看到的他的雕塑作品。我只想说说看过恩斯特不少画作之后特别感兴趣之处。

恩斯特开始介乎戏谑与暴虐、怪诞与黑暗之间；渐渐戏谑与暴虐，怪诞与黑暗此消彼长；以后种种暴虐黑暗的景象又有从个案向整体转化，成为"世界寓言"或"世界缩影"的趋势。比较一下他的《洪水淹没》（1919）、《达达－高更》（1920）等作品与《主显节》（1940）、《雨后的欧洲Ⅱ》（1940—1942）等作品，可知其大致发展轨迹。他的戏谑、怪诞、暴虐和黑暗，

马克斯·恩斯特
《达达－高更》
1920 年
布面油画
30.3cm × 40cm
芝加哥艺术学院美术馆藏
美国

马克斯·恩斯特
《雨后的欧洲Ⅱ》
1940年—1942年
布面油画
54.8cm x 147.8cm
沃兹沃思学会艺术博物馆藏
美国

常常明显根植于男人的欲望，从《普勒阿得斯》(1920)、《词汇或女人－鸟》(1921)到《新娘穿衣》(1940)无不如此，而又特别表现于总共一百八十二幅的连续拼贴画《行善的一周》(1934)中。要而言之，一些暴力事件发生了或即将发生；对象都是无辜的，她们受到莫名的恐吓或摧残，而画家对此似乎无动于衷，甚至有点幸灾乐祸，假如我们不说画外与画内施虐者的面具下面可能就隐藏着恩斯特本人的话。最终他所画的彻底成了“末世景象”，若与前辈如恩索尔等相比，真是有过之而无不及。到了恩斯特这里，“梦”与接下来要讲的“时代”实乃殊途同归。

在谈了德·基里科之后接着谈恩斯特是很有意思的。观者对前者笔下某些情景在情调、趣味、心理等方面可能产生的契合，可能借此建立的属于“我”的“小世界”——“我”虽明知前途未卜，或直截了当地说前景不妙，但犹愿作小小勾留的地方，都已经不复存在了。面对恩斯特的画作，观者避之唯恐不及，也很难从中找到像德·基里科《一条街的忧郁与神秘》里推铁环的女孩那样一位至少可以短暂认同的对象，在恩斯特的世界里已经没有个人的容身之地了。也可以说这是两路不同的画法：德·基里科是暗示法，恩斯特是呈现法。暗示的魅力我们已经领略了；呈现而得以如此具备魅力，有赖于恩斯特作品内容与形式的丰富，复杂，曲折，强烈——对他来说，“强烈”甚至不是一个形容词，而是一种特质，他的作品的视觉冲击力真正到了“惊心动魄”“骇人听闻”的程度。从《长期实践的成果》(1919)、《比重计演示》(1920)、《装饰着铃铛的自行车，熄灭的火花和寻求爱抚的脊椎弯曲的棘皮动物》(1920)、《西利伯岛的大象》(1921)等作品可以看出，画家显然对于机械、管道、剖面、线路之类很感兴趣。而这些实际上都是一个不同既往的新时代的投影；在这个时代里，物质取代了精神，科学取代了诗意，而人在看似有序实则野蛮的非人局面中，对一切都无法左右，只能承受。尽管德·基里科的作品中已经出现了火车之类现代因素，但恩斯特才是“梦”这个题目下第一位真正意义上的现代画家。

我最喜欢的恩斯特的作品当数《无题》(1920)、《成层岩，自然天成的片麻岩火山岩冰岛苔藓……》(1920)、《俄狄浦斯王》(1922)、《进口，出口》(1923)等，特别是在蓬皮杜中心看到过的《第一个清晰的词》(1923)、《两个孩子受到夜莺的惊吓》(1924)，画家所津津有味地描绘的，不再是一个场面，一处情景，而是一段多少运用了机械原理之类的过程，一个不按逻辑发展变化、每一步骤却又十分认真细致、简直一丝不苟的故事。尽管离奇荒唐，然而妙不可言。

恩斯特这种与科学不无关系的奇思怪想，还体现为他笔下出现的各种各样的怪物，譬如人与禽兽合体(《瑞士，达达的发源地》[1920])，或人与机器合体(《年轻的客迈拉》[1920])，而在《行善的一周》里，此类形象尤多。在稍晚些的作品中，如《野蛮人》(1937)、《家庭的天使或超现实主义的胜利》(1937)、《欧几里得》(1945)，勉强可辨面目者无不狰狞恐怖。这样的怪物控制了整个世界。论家谈到恩斯特具有一种“哥特式的想象力”，或许就是归结于此。

十一

霍安·米罗。与德·基里科、恩斯特、马松、唐吉、达利、马格利特和德尔沃等人比起来，米罗在超现实主义画家中要单独算作一类。就作品所体现的画家的想法、情感乃至创作动力而言，那些人画的都是“成人画”，米罗则明显有所不同。然而尽管前者成熟，却不能认为后者幼稚；尽管前者开掘的方向充满智慧或阅历，后者也只是不愿那么明显地运用这些而已，并不存在什么欠缺。这里讲的智慧是形象化的，而不是理念化的，与之对应的大概是直觉，不过直觉一词顶多只能用来形容米罗的部分作品。如果非要找个词来概括米罗不可的话，我想应该是“童趣”。米罗有些作品看上去略微近于克利，也许他曾受到克利的影响，不过克利的画却无法用童趣来形容，至少没那么明显，也没那么充分，两位的区别或许就在于此。这种童趣，在米罗早期描绘乡村场景的《蒙特洛伊，教堂和小镇》（1918）、《车辙》（1918）、《菜园和驴》（1918）、《蒙特洛伊，葡萄园和橄榄树》（1919）等作品中已有所体现。这些都是写实的，但却比一般的现实主义作品多了些兴致：画家乐而不疲、精微细密地记录下一切，仿佛一个专心致志的孩子。米罗是自成天地，自得其乐，以后他的风格多有变化，这一点却贯穿一生；所谓童趣，其实就是这个意思。米罗的画接下来有所变化，从《农场》(1921)，到《耕地》(1923)，再到《加泰罗尼亚风景》(1923—1924)和《小丑的狂欢节》(1924—1925)，多半画的还是乡村场景，有的几乎就是过去画过的场面，但所有形象都被赋予了想象的色彩，或者说变成了想象的产物，而且看着特别好玩，特别富于情趣，最后完全成了一个"幻想国"。此番变化说来也是自然的，好比对于儿童来说，眼睛里见到的与头脑中想象的本来就没有多大区别。

这里需要强调一点，童趣并不等同于简单天真，也不仅仅是轻松欢快。否则就难以理解米罗怎么会画出气氛如此凶险的《有旧鞋的静物画》(1937)，——论家认为这幅著名作品是"为反对西班牙内战的法西斯分子而做出的深刻反应"，诚如其言；但我更留意的是，它仍可被收纳于米罗总的风格之中，与此前此后的作品放在一起毫无隔阂生分之感。

前面提到的《小丑的狂欢节》画的本是封闭的室内情景，但在右上角开了一扇小小的窗户，从中可以看到星空。这预示了一个方向：米罗越来越喜欢展现空间的无限性。譬如《作画》(1925)、《世界的诞生》(1925)、《吠月之犬》(1926)、《马戏场》(1927)等，都是如此。在这样的空间中，他又强调所画对象的动感和变化：它们仿佛飘浮在天空中，或漂浮在海洋里，而下一刻就不是这个样子了。这大概也是米罗与克利的区别：

克利稳定，而米罗活跃。米罗像多数超现实主义画家一样，画中也有着一种时间向度，不过德·基里科和马格利特等人旨在预示事件的可能性，米罗则反映了生命自身的发展过程，这一过程在他的后期作品中往往指向不可穷尽的未来。一九九四年春天我在蓬皮杜中心看过他的《蓝色Ⅰ》(1961)、《蓝色Ⅱ》(1961) 和《蓝色Ⅲ》(1961)，至今回想起来还有一种心灵自由遨游的快感。附带说一句，印刷出来的这组画的视觉效果与原作根本无法比拟。

米罗一生的绘画风格可以说是在繁复与简化之间徘徊，前者如《午夜和晨雨中夜莺的歌声》(1940)、《与一个女人相爱的密码和星座》(1941)、《被一只鸟的飞翔所包围的女人》(1941)，后者如《红太阳吞噬蜘蛛》(1948)、《太阳前面的女人》(1950)、《系列Ⅰ》(1952—1953)。精细渐渐不再显得那么重要，虽然线条之美与色彩之美仍然是其擅场，而色彩之浓烈酣畅，就连当初的野兽派也未必能够比拟。米罗的某些作品乍看简单，细加体会则绝非如此，或许应归功于前面提到的动感和变化。《蓝色Ⅰ》《蓝色Ⅱ》和《蓝色Ⅲ》正是好的例子。米罗创造的一切都是活跃在它们自己世界里的生命。起初这些生命虽然自在，毕竟互相之间似乎还有牵涉；随着内容趋简，笔触变粗，真的彻底无拘无束了。

米罗开始所画都是具象，以后逐渐转向具象与抽象之间，或可辨认，或似可辨认，或不可辨认。及至晚期，随心所欲、

霍安·米罗
《小丑的狂欢节》
1924 年—1925 年
布面油画
66cm x 93cm
欧布莱－诺克斯美术馆藏
美国

霍安·米罗
《蓝色Ⅱ》
1961 年
布面油画
270cm×355cm
蓬皮杜现代艺术中心藏
法国

自成一体者愈来愈多。他的《鸟在月光中飞》(1967)、《金蓝色环绕的云雀翅膀与在钻石装点的草地上沉睡的罂粟花芯再相聚》(1967)、《蔚蓝的金色》(1967)、《月光下的加泰罗尼亚农民》(1968)等作品，都更像是“儿童画”。——我们以此来形容米罗这样一位画家的风格，实际上说的是自由。德·基里科等人的智慧是否定固有智慧的智慧，但既然是智慧，就总归有着智慧的规范；米罗则完全不要规范，美术史上找不到像他那么自由自在的画家。超现实主义无一不具破坏性，米罗虽然看起来最安静温和，似乎只顾自个儿好玩，可是实际上要数他的破坏性最大，因为他不像别人先确定好对象去破坏，他不是理性地反对理性，而根本就是反理性的。如果说梦本身也有理想的话，米罗的梦大概算是理想的梦。

十二

伊夫·唐吉和安德烈·马松。对于大部分超现实主义者或旨在表现梦与想象的画家来说，洛特雷阿蒙所著《马尔多罗之歌》中的句子“美得像一架缝纫机和一把雨伞在解剖台上的偶然相遇”无疑有如天启。这里最重要的当然是“奇异”，即如布勒东所说：“奇异的东西总是美丽的，任何奇异的东西都是美丽的，事实上只有奇异的东西才是美丽的。”然而缝纫机、雨伞或解剖台还都是些可能的事物，奇异在于它们不可能的“偶然相遇”；也就是说，构成梦或想象的元素或材质毕竟还是真实。即使是达利的“偏执狂批评方法”，亦仍以真实为出发点。只有唐吉是个例外。对他来说，首先事物本身就是不可能的，“奇异的东西”并不是“东西”，所以它才真的奇异。唐吉画的是具象画，但其中无一是观者可以辨认的具象。话说至此，涉及超现实主义画家处理具象的两种不同的方法：一是逼真，一是造假，在后者，要数唐吉走得最远。他是超现实到非现实。

出现在唐吉的《风暴》(1926)、《他为所欲为》(1927)、《妈妈，爸爸被伤害了！》(1927)、《外界》(1929)、《极端的行列》(1932)、《无形之物》(1951)和《时间的幻景》(1954)等作品

伊夫·唐吉
《妈妈，爸爸被伤害了！》
1927 年
布面油画
92.1cm × 73cm
纽约现代艺术博物馆藏
美国

中的一切，都与当时乃至以后我们的经验、记忆甚至想象毫无关系。论家所谓“对海底或天外的回忆”“不毛之地”，以及“诞生之前或毁灭之后的世界”，其实都是不大可靠的臆测。不知是什么地方，不知是什么东西，一切却都安排妥当，自成秩序，好像可以归作一类，但各自又显得特别孤单，或许已经死灭，或许仍有活力，然而丝毫不受外界影响，外界对其亦无所干预。只有在最后的《弧线的增殖》(1954)中，它们变得种类繁多、拥挤异常，似乎行将威胁到它们的世界之外——不知那是不是我们的世界。唐吉梦里的经验永远超出我们实际或想象——无论是以真实作为起点还是终点——的经验，这是一个梦外之梦，他拒绝任何人与他哪怕有一点点的“同步想象”。而他还将种种“非现实”描绘到极其微妙甚至有些抒情的程度，这就更加令人惊愕。如果可以用“疯狂”来形容唐吉所属的一派人，他在这方面是真正没有限度的，而这才是“疯狂”一语的真正含义。唐吉不是歪曲、改造或重新组合已知世界，他对已知世界完全无所借助，这也不是已知世界的譬喻，我们甚至不能说他是在预言什么。从这个意义上讲唐吉画的的确是“未知世界”，而且它们的确自成一个世界，甚至比米罗有过之而无不及。但是除了“未知”，对此仍然无法做出任何假定。

对于二十世纪的绘画，我最留心的是表现主义和超现实主义，这两个流派似乎在马松身上实现了交汇。马松在他的梦里总是睁大眼睛看着越来越沉重地笼罩在我们头上的黑暗。这使我想起恩索尔，但马松刻画得更入骨一些，仅仅被恩索尔感觉到的东西对马松来说已经历历在目了；而从另一方面讲，恩索尔尚且能超然度外，马松则全是心灵景象。马松更接近的应该是恩斯特。当然将恩斯特和马松的作品一概指为关于现实世界的象征未免嫌过于拘泥坐实，但其间确实多少存在着若隐若现的对应关系。马松的《鱼之战》(1926)中有最残暴的过程和事件，但是并不针对个别或具体，他不试图再现什么，更像是有关人类以及整个生物界彻底疯狂的寓言：在近乎密闭的小小秩序里，这些往往有条不紊地发生了。而另一方面，又不得不表示极大的容忍，直到熟视无睹的程度。这里刻画越细致，笔触越冷静，反而越表现出画家激剧的情感反应。在《草地上》(1934)、《安达鲁西亚的收割者》(1935)、《托莱多的传统景观》(1936)、《情人的变形》(1938)、《画家与时间》(1938)等作品中，同样呈现了异常险恶的氛围。在他转向“自动画”之后，这种感觉仍时时存在，例如《迷宫》(1938)、《印第安人的墓地》(1944)和《林中》(1944)等都是如此，而且更直接，更强烈。他像是在讲述远古的神话，又像是描摹我们此刻的噩梦。

马松的梦里赤裸裸地展现着人类的本性和欲望。他的很多画都使我联想到达利的《内战的预兆》，说到底他们绝不是闲极无聊而做梦的人；但是对马松以及达利来说，时代又仅仅是个诱因，他们所涉及的内容要深刻得多，也广泛得多。他们永远不只是被动的观察者和记录者，除非观察记录的是自己的内心，那里有发生过的和尚未发生的一切，而事实不过是它的表象罢了。

在超现实主义画家中，唐吉和马松差不多是距离最远的两位——从某种意义上讲，他们各自标志着超现实主义绘画在一个方向上的边界，虽然这一运动根本拒绝承认任何边界的存在。马松是粗放的，唐吉是精细的；马松是喧嚣而躁动的，唐吉是静寂的——通常讲“静寂”，是说“静”到一定程度就是“寂”了，然而“静”与“寂”也许是相互关联的两件事。唐吉画中那些不知名的物体留下的清晰而深重的投影，就既凸显了“静”，又凸显了“寂”，这里“静”是静止，“寂”是寂灭；马松具有爆发的张力，唐吉具有收敛的压抑；马松令人感到痛苦，唐吉令人感到虚无；马松画的是生命——尽管可能是对生命的戕害，或生命呈现为暴力，唐吉画的是死亡；马松画的是过程，而唐吉画的是结局。

安德烈·马松
《鱼之战》
沙子，石膏，油，铅笔和木炭在画布上
1926 年
36.2cm × 73cm
纽约现代艺术博物馆藏
美国

十三

萨尔瓦多·达利。达利的绘画，特别是其最辉煌时期的绘画，可以说是出于这一目的创作出来：他不甘心世界是人人眼中看到的本来的那个样子。达利的每幅画里都有一段从正常到荒诞的过程，有一个纯属无稽之谈的故事：一些我们并不陌生的东西，仿佛突然发了疯似的不再按照自己本来的逻辑存在、发展、变化，于是一切陷入了混乱，然而却又依从着并体现着一个更高的秩序，尽管处处都肆无忌惮，处处又在绝对掌控之中——这个秩序就是达利自己。世界上本来存在的形象都演变成为达利头脑中和画笔下的意象。

达利是一位精心篡改世界的大师。其间隐约可寻的动力或轨迹，大概是疯狂，戏谑，色情，以及实现画家自己心目中的美——虽然他未必接受这个词：必须足够精微，足够复杂，特别是足够出人意料，再就是——这一点不容忽略——必须足以发挥他的绘画才能，可以最准确、最充分地表现想要表现的一切。在成为我们所熟知的那位画家之前，达利经历过严格的技巧训练，也尝试过当时几乎所有绘画流派的画法，——也就是说，他在画过别人所画的世界之后，才开始画自己想要画的世界。达利最真实地表现了最不真实的物体和情景——这里两个“最”字用得毫无保留，因为他在这两方面都达到了极致。所以他的作品如《启发性的愉悦》(1929)、《愿望的调节》(1929)、《记忆的延续性》(1931)、《患有色情受虐狂的乐器》(1933—1934)、《内战的预兆》(1936)、《那喀索斯的变形》(1936—1937)、《怪物的发明》(1937)和《醒来前一秒一只蜜蜂绕着一个石榴飞引起的梦》(1944)等，尽管为大家所烂熟于心，但严格地讲却不可能被模仿。无论技术还是艺术，达利都有着别人很少具备的巨大才华作为依靠。他的“偏执狂批评方法”既是一种竭力把自己逼疯的方式，又是一种最大限度地启发、利用自己的想象力的方式；在对既有形象无穷无尽的变异方面，达利的确无与伦比。

面对一幅画，我们可能受到眼睛和心灵两重震撼。不妨把达利的梦理解为德·基里科的梦所启示的诸多结局中的一种；德·基里科式的神秘在此转变为达利式的刺激，后者常常具有更强烈的视觉效果，若论心灵震撼力却反而不如前者。如果说超现实主义者在二十世纪画家中以富于想象见长，达利差不多可以算得第一；但是达利的想象未免不够含蓄，或者说不够克制。总的来说，他的想象的魅力在于其自身，而不在进一步的意味。不过想象本身就是人类的最重要的创造，就足以赋予艺术以不容置疑的价值；达利画作中的想象是那么奇特，那么无拘无束，要说伟大，达利也够伟大的了。

《记忆的延续性》里首次出现的软塌变形的钟表却是一个例外。在达利创造的众多意象中，这大概也是最著名的。这一意象原本可能与他所画的腐烂的驴子、燃烧的长颈鹿、聚集的蚂蚁和带抽屉的女人相去不远，只是不想让它还是寻常那个样子，也就是说，变化本身具有意义，而变化并不产生意义。然而我们细细体会，那些已经变软的钟表似乎还在挣扎着保持自己的运转，自己的功能，但是实在力所不逮，没有了支撑，它们抵御不了地心引力。这一意象深刻地揭示了丧失时间的感觉：不是时间不复存在，而是我们失去了对它的把握，它也不再构成对我们的支持，甚至根本不再是世界和我们的生命的一种向度。

《记忆的延续性》里一共画了四块钟表，其中三块带有金属边框和蓝色表面，或垂在橄榄树枝上，或覆在像是一匹马的胚胎似的白色软体怪物身上，或搭在台基边缘，都已经软塌变形；第四块表是红色的，放在台基上，仍保持着本来的形状，表盘上的指针却变成一群黑亮的蚂蚁。这是钟表的另外一种演变方式；也就是说，在画家心目中软塌变形并不是钟表唯一的演变方向。所以即使画家自己后来在《达利的秘密生活》中讲述了他创造这一意象的缘由，我仍然认为，钟表变软的巨大意义可能还是出乎他的意料。《记忆的延续性》也因此在美术史具有绝不亚于我在别处提到的那些“大画”的重要地位。附带说一句，从前看画册时，这幅作品常常被印得很大，甚至比那些“大画”还要大；尽管我早知道它的实际尺寸，但当我在 MoMA 第一次

萨尔瓦多·达利
《启发性的愉悦》
1929 年
复合板上油画、拼贴画
23.8cm × 34.7cm
纽约现代艺术博物馆藏
美国

萨尔瓦多·达利
《记忆的延续性》
1931 年
布面油画
24.1cm × 33cm
纽约现代艺术博物馆藏
美国

看到原作时，还是没想到居然只有这般大小。

达利创造的软塌变形的钟表是现代绘画史上最震撼人心的意象，可以与之相比的，我只想到了蒙克《呼喊》里的那张脸和那个姿势。我问亚非兄的想法，他说如果扩大到现代艺术史，这样深刻地揭示了新的存在意义的新的视觉形象，也许还可以举出贾科梅蒂塑造的“行走的人”，苏丁画的牛肉，毕加索《格尔尼卡》里的场面，以及安迪·沃霍尔消解了形象的所有意义的《玛丽莲·梦露印刷肖像》。在我看来，这样的视觉形象对于我们的意义大约相当于文学史上屈指可数的几个真正的“典型”，譬如索福克勒斯笔下的俄狄浦斯、塞万提斯笔下的堂吉诃德、陀思妥耶夫斯基笔下的拉斯柯尼科夫和卡夫卡笔下的K。

作为行为艺术家的达利在公众面前成就了画家达利，但是在画家和美术评论家心中损毁了画家达利。后者或许对他拒绝太多，有如前者对他接受太多。达利的画显然有夸饰或者表演的成分，以“做梦”论自是无可厚非；但当夸饰或者表演超过一定的限度，就为他的超现实主义同道所不容，其实关键还在于是否出人意料。达利后期的不少作品，或多或少要嫌不够出人意料，那么就仅仅是夸饰或表演了。无论如何，“将自己逼疯”与“装疯”只有一步之遥。达利某些以加拉为模特儿的尺幅很大的画，尤其显得如此。譬如在《〈里加特港的圣母〉的第二幅习作》（1950）、《磔刑》（1954）、《被克里斯托芬·哥伦布发现的美洲》（1958—1959）、《瓜德罗普的圣母》（1959）、《基督教全体会议》(1960)中，达利对加拉的赞美被夸张到无以复加的程度，天上光辉灿烂的加拉总是俯瞰着膜拜者达利以及几乎是被他强迫拉来的众生。而同样以加拉为模特儿但并不将其神圣化的《加拉和朱勒的“奉告祈祷”变形的圆锥画面即将来临之前》(1933)、《加拉的奉告祈祷》(1935)和《背向的达利画背向的加拉，因六面真实的镜子暂时映出六个虚角膜而永恒》(1972—1973)，相比之下意蕴要更丰富得多。

关于加拉不妨再多说两句。达利是超现实的，然而他的加拉却是一个现实。现实的加拉不断出现在达利种种怪诞的想象里；一切都在变异中，只有加拉是不变的。加拉成为达利世界的一处死角，或者说，一个轴心。达利永远拒绝别人加给他的任何逻辑，这是他的智慧之处，但加拉成了他的逻辑，而且贯穿他的一生。对此也许只能从更高的层面上去理解，即“加拉成了达利的逻辑”是作为“达利永远拒绝逻辑”的一部分，并且是作为其最高程度而存在的。画家达利与模特儿加拉的关系从来就不是人与人之间的关系。达利的女人只有一个，就是加拉；这个女人是神。换句话说，把这个女人当成神的那个人是演员。对于达利来说，显然一切都是戏剧性的，只不过“加拉的崇拜者”是他永远扮演着的角色。他喜欢这种戏剧性的对应关系。

十四

勒内·马格利特。马格利特仿佛始终站在我们的世界之外观察这个世界。他的观察异常冷静，作为观察者的他也异常冷静。论家喜欢提及一再出现在马格利特画中的戴圆顶硬礼帽、穿黑色外套的“平常人”，称之为画家自己的化身；然而这个人在《受威胁的凶手》(1927)里却成了凶手，而且一反常态地显得轻松自在，大概这才是画家的真实面目，虽然画中两位依旧戴圆顶硬礼帽、穿黑色外套的侦探，以及三位在窗外看热闹的人，也都是他。

在《受威胁的凶手》里被这个人杀死的女时装模特儿，可以说代表了我们眼中那个习以为常的“现实世界”。在几乎是马格利特最著名的作品《形象的背离》(1928—1929)中，也许更显豁地揭示了这一譬喻。那里精确地画了一支烟斗，下面有一行明确的字：“Ceci n’est pas une pipe.”(这不是一支烟斗。)《形象的背离》虽不足以概括马格利特的绘画风格，却差不多能够概括其绘画的主要方向；在他一生的作品中，《形象的背离》似乎居于起始或者终结的位置——尽管马格利特的艺术并不存在一个终点，他毕生所致力的是打破一切有限性，而说到

勒内·马格利特
《受威胁的凶手》
1927 年
布面油画
150.4cm x 195.2cm
纽约现代艺术博物馆藏
美国

底《形象的背离》启示观者的也是一种无限性。马格利特其他作品都可以看作是对《形象的背离》的发展或繁衍。不过相比之下，它们往往理性没有这么强，显得更含蓄，更相信暗示与回味，——也正因为这一点，马格利特时常还具有别的画家所缺乏的幽默。可以将《形象的背离》看作他的一件提纲挈领的作品，却不一定指为其代表作。

谈论马格利特的画很容易引申到某些理论问题，包括中国古代的“名实论”，譬如《管子·九守》所说“循名而督实，按实而定名；名实相生，反相为情”，在《形象的背离》这儿就不大行得通了。这幅画所揭示的不仅是图像与文字的矛盾，或事实与认知的矛盾，而且是对图像与文字、事实与认知一并予以质疑。然而马格利特的画启发理性，并不意味着他总是理性地在作画。画家别的作品更富于感觉，形象更复杂，表现出更丰富的想象力，——虽然《形象的背离》无疑也是想象力的产物，而且并不简单。对马格利特来说，莫名始终大于理性，或者说他的理性归结于莫名。他的画是对观念的消解，而不是传达或图解一种新的观念。

如前所述，马格利特所质疑的是我们习以为常的“现实世界”。《形象的背离》只是一个例子而已，这里的“烟斗”可以置换为任何别的物体，下面那句话也可以相应改为别的否定的话。进一步说，他所有的画都不过是例子而已。“置换”在马格利特的作品中屡见不鲜：在《治疗学家》（1937）中，人的上半身被装了两只鸟的笼子所替代；在《视点：大卫作雷卡米耶夫人》（1949）和《马奈的阳台》（1950）中，原画中的所有人物被一具具棺材所替代。这里提到“物体”，其实往往也不再是原本的形象或状态，它们的性质同样受到了置疑，譬如《红色模特》（1934）里长了脚趾的皮鞋，《火的发现》（1935）里熊熊燃烧的圆号，而在《肖像》（1935）里，盘子里那片火腿瞪着一只人眼，令观者骇怪不已。物体如此，物体之间的关系也是如此。《选择性亲密》（1933）中鸟笼里的鸟蛋，《揭示现在》（1936）中从房屋破损处伸出的手指，《听力室》（1952）中房间里的苹果，《幸福的手》（1953）中环绕钢琴的戒指，都不可思议地大得不成比例。这里，马格利特显然受到德·基里科的启发。而在《光的帝国》（1954）中，白天晴朗的天空之下，竟是一幢处于夜景中的房间；在《比利牛斯的城堡》（1959）中，建了一座城堡的巨大岩石悬浮在空中，下面是一片海洋，就显得更诡异，更神秘，也更耐人寻味。

谈到与德·基里科的异同，马格利特从他那里获益更大的，大概是开头谈到的始终保持着一种克制到近乎冷酷的态度——补充说一句，德·基里科并不是谈论他的画时所讲的那个“我”，“我”与世界其实都在他的俯瞰之下。但德·基里科每幅画都是我们世界的寓言，而马格利特似乎总是首先面对“个案”，或者说面对问题，通过解决问题他把我们重新导引到对世界的重新认识上，而这种认识仅仅是对所有现有认识的否

勒内·马格利特
《形象的背离》
1928 年—1929 年
布面油画
60.3cm × 81.1cm
洛杉矶郡艺术博物馆藏
美国

定。当我们试图循着常规思维方式进入他的作品时，他巧妙地让我们迷失了方向。马格利特永远是出人意料的；所谓“意料”就是大大小小一切规范性的认识，在这类认识之下世界已经被可笑同时也是可怕地定形了。从根本上讲，马格利特是一位拒绝一切现成结论的人。

所谓“现实世界”，乃是我们感觉、认知和判断的对象，而习以为常的感觉、认知和判断未必确实，“现实世界”也就未必真的是那个样子。虽然，马格利特关心的与其说是对错，不如说是平庸与否，对他来说，习以为常就是平庸，而归根结底，平庸也就是错。在《恋人》(1928)里，面纱蒙头的一男一女在亲吻；在《不可复制》(1937)里，一个人在镜中看到的是自己的背后，这似乎都在启发我们：认识可能是误会，而误会也可能是认识。这方面最有意味的描绘是《看报的人》(1928)，四幅背景相同的画面，第一幅里有一个坐着看报纸的男人，其余三幅一模一样：那个人不见了。经过这样连续的重复，我们不禁对第一幅画面产生怀疑，他真的存在过么。

进一步说，误会与妄想也是一步之遥。这尤其体现在他那些涉及女性的作品中。譬如在《强奸》(1934)里，女人的脸被她部分躯干所置换：两个乳房替代了两只眼睛，肚脐替代了鼻子，私处替代了嘴；在《集体发明物》(1934)里，“美人鱼”的前半部是鱼，后半部则是女人的下半身；在《卧室里的哲学》(1962)里，一件垂挂的睡衣上有女人的乳房与私处，这些画特别像是在嘲讽男人的性意识。当女人的某一部分被明显夸大、歪曲、置换时，或者她整个儿人都被置换时，正是男人在“女人”这个对象中所希望看到的。

马格利特很喜欢的题材之一是绘画与被画的对象，首先要提到《尝试不可能》(1928)，女模特儿因为被画家所描绘才具有形体——似乎不能比这幅画更好地揭示“创造”的真谛了：无中生有，而这个“有”不限于一幅画，或一幅画里的某个形象，其实就是一个活生生的人，乃至相关的一段有声有色的生活；还有《洞察》(1936)，画家看着一个蛋，所画的却是一只鸟；再就是《两个秘密》(1966)，这是《形象的背离》的衍生之作，增加了一个作为描绘对象的烟斗，而画出的仍是一支烟斗和“Ceci n'est pas une pipe.”这句话。这些作品动摇了我们通常关于真实与幻觉这一与艺术创作密切关联的问题的看法。更有意思的是将另外两幅明显相关的画对比着看：在《人的状况》(1933)里，窗前画架上的画与窗外的风景完全重叠，我们不禁要想，假如它被移走，风景是否会缺少了相应的一块；但在《田野的钥匙》(1936)里，对着风景的窗户上的玻璃碎了，破洞中风景依然存在，相应的景色却也留在散落的玻璃碎片上。真实与幻觉之间的界限被混淆了，未必是指明幻觉对于真实存在着某种僭越，而是说真实本身就不像我们设想的那么可靠。

虽然马格利特名列超现实主义一派，但将这样一位异常清醒的画家放在“梦”的题目下来谈论似乎还是有些不妥，然而马格利特的画实际上最接近于梦的本质——我们所有信以为真的东西都变得不那么确定，我想没有什么比这更像梦的了。

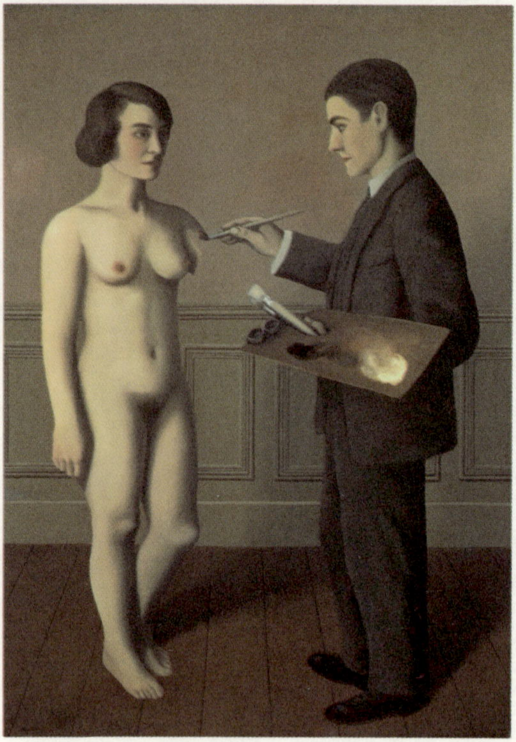

勒内·马格利特
《尝试不可能》
1928 年
布面油画
116cm × 81cm
布拉绍画廊藏
比利时

十五

保罗·德尔沃。在德尔沃的画里常看到一些美丽的裸体女人，徜徉或静卧在园林、广场、车站或古典建筑中，这很容易被说成是世间男人的白日梦。然而若看他的《照镜子的女人》(1936)，或许觉得事情并非那么简单：一间墙纸破损、天花板斑剥的旧房子里，一个穿着华美长裙的女人坐在一张制作讲究的圆凳上，面对墙上挂着的一面同样制作讲究的大镜子。女人看见镜中的自己赤身裸体——这一画法显然受了马格利特的影响，还坐在那张圆凳上，也看得见破损的墙纸和斑剥的天花板。但镜中另一侧，却是一片室外风景：正中有一棵树，左侧的一排树伸展到很遥远的地方，那里有几处建筑——这画法显然受了德·基里科的影响。固然可以理解为女人所处的房间缺少一面墙，露出了她身后的风景，但若与穿长裙的女人在镜中变成裸体结合起来看，恐怕更恰当的解释是，那处景色是她期望置身的所在，适与自己正待的地方形成对比；同样，成为裸体也是她的意愿。而这样的裸体女人处于这样的环境，正是德尔沃很多作品所表现的。可以说他所有的画都是那面镜子，而他的画与现实世界的关系，正是这面镜子与人物所在的房间的关系。

但在这里，是一个女人在做自己的白日梦。再来看他的《讲述者》（1937），与《照镜子的女人》略有类似之处，不过相当于镜子的是一幅立在画架上的画，相当于穿长裙的女人的是一个腰里围着浴巾的男人，他在那幅画里变成一个整个上身为金色长发覆盖，只露出腹部以下，性特征非常明显的女人，有点类似马格利特《强奸》里的形象。而画外远处另有一个裸体男人，与画里的男人一模一样。这提示我们，所谓白日梦在性别的意义上或许要更复杂一些。

德尔沃在画他那些最具风格的作品之前，画过不少裸体女人，如《海边的女孩》（1928）、《姑娘们》（1929）、《梦一般的女孩》（1931）、《斜躺着的裸女》（1934）等，她们有点儿像雷诺阿、高更的女人，尤其像莫迪里阿尼的女人。画家需要的是为她们安排一个背景。这就又要提到德·基里科。德尔沃受到他强化画面空间长度、造成奇异的空旷感的画法的影响，所画《捡玫瑰的女人》（1936）、《进入城市》（1940）、《黎明》（1940）、《夜间开花的花园》（1942）等都是如此。也可以说，德·基里科画的那些广场上的女性雕塑在德尔沃的笔下忽然纷纷成了活人，德尔沃的《睡着的维纳斯》（1944）、《裸女与人体模特》（1947）、《公众的声音》（1948）与德·基里科的《占卜者的报偿》尤其形成鲜明的对比。然而若说这背景是"人间乐园"就错了，那些园林、广场、车站或古典建筑，虽然常常完整如新，但却显得荒凉，黯淡，生硬，多半为夜景，即使是白天也有一种清冷之感。虽然有那么些裸体女人活动其中，却无从改变我们这一印象。德尔沃在《粉红色蝴蝶结》(1937)中画了四个女人，其中一个披着头纱，一远一近的两个围着蝴蝶结披肩，她们都遮住双乳，却暴露了下身；另外一个女人全身赤裸，蝴蝶结披肩掉在地上。画的正是一个女人由着装到裸体的过程。其他画中那些着装的女人，似乎也都像这样即将加入裸体的行列。

有意思的是，德尔沃的梦是白日梦，梦里的那些女人却仿佛也在自己的梦中，她们是些互相视而不见的梦游者。而她们的姿势和神态，赋予了“矫揉造作”以一种正面的美学意义。每个女人与其他女人、男人，与所处的背景，彼此都是漠然置之。比起那些男人，也许墙垣(《沉睡的城市》[1938])、雕塑(《皮格马利翁》[1939])和树木(《街道的人》[1940])，更能成为女人情感或性方面的对象。德尔沃的画就像是在德·基里科的布景里上演了一出略带几分浪漫气氛的戏，画家的身份由哲人变成了诗人，然而也只是哲人戴了会儿诗人的面具而已。作为某种激情的隐喻，两位的作品正有着一致之处。如果说德·基里科揭示了一个我们预感不太妙的故事的开端就止步了，德尔沃则安排了故事忽然朝着某种奇妙的方向进展，以致能做这样的梦本身已经成了我们的梦想；然而这里的一切根本就不能成其为故事，只是一些美丽的幻影而已。谈到美，我总觉得多少要有些恍惚之感，颓废之感，难得的是德尔沃两样儿全都

保罗·德尔沃
《照镜子的女人》
1936 年
布面油画
110cm × 136cm
保罗·德尔沃基金会
比利时

保罗·德尔沃
《睡着的维纳斯》
1944 年
布面油画
172.7cm × 199.1cm
泰特不列颠美术馆藏
英国

拥有。

在德尔沃的《沉睡的城市》、《皮格马利翁》、《月相Ⅰ》(1939)、《黎明》《焦虑的城市》(1941)、《向儒勒·凡尔纳致敬》(1971)等画作中，出现了一些衣冠楚楚的男人。他们要么忙于自己的事情，如看报纸或用放大镜观察着手里的什么东西，而不曾意识到身边或面前那些女人的存在；要么茫然地看着她们，对一切都不明所以。他们与画里的世界更显得格格不入，像是强行闯入梦境的现实中的人，回到《照镜子的女人》，类似于那里镜子里反映的房间中的真实物体，譬如墙壁和天花板之类。但假如德尔沃的画可以被形容为梦的话，他们应该最接近于做梦的人，或者说，最接近于看画的我们。也就是说，画家带领我们一起成为他的梦里的梦游者，但只有退到梦境之外，我们才能真正看见我们想要看见的东西。这种隔绝感使得这幅画或这个梦在令人向往的同时也令人困惑和无奈。德尔沃的裸体女人具有一种不可思议的色情意味，她们姿态僵硬，表情淡漠，很像是人体模型，但是这是一批丰满白皙的活人体模型；由此甚至产生被侵犯的可能性，但是前述隔绝感又及时起到了制止作用。德尔沃的画是对有关女神一类神话的智慧性戏弄。

德尔沃的画中还有一个重要的角色是骷髅。在《斯皮茨纳博物馆》(1943)、《月球城市》(1944)、《呼叫》(1944)、《睡着的维纳斯》中，它们与女人们一起出现；在《戴荆冠的耶稣画像》(1949)、《将耶稣从十字架上放下》(1951)、《耶稣被钉死在十字架上》(1951—1952)、《埋葬》(1957)中，它们单独出现，占据那些裸体女人曾经的位置，并做出她们曾经的样子。骷髅与女人的地位显然是相等的，或者就是女人的另外一种存在方式，假如裸体是她们的一种存在方式的话。话说至此，似乎画家无意之中演绎了“红粉骷髅”那句老话。无论如何，这有助于我们至少不误解德尔沃画中女人形象的真正含意。对于德尔沃来说，也许生命并非我们通常所理解的那种意义，或者说，生命根本没有意义。

第四部分　时代

一　文森特·凡·高
二　爱德华·蒙克
三　奥斯卡·科柯施卡
四　马克斯·贝克曼
五　乔治·鲁奥
六　卡济米尔·马列维奇
七　贾科莫·巴拉
吉诺·塞韦里尼
翁贝托·博乔尼
卡洛·卡拉
八　夏伊姆·苏丁
九　亨利·马蒂斯
十　巴勃罗·毕加索
十一　费尔南·莱热
十二　马塞尔·杜尚
十三　让·迪比费
十四　弗朗西斯·培根

一

文森特·凡·高。凡·高在一八八六年至一八八九年间创作的一系列自画像，特别打动人心。画中凡·高的眼神，或激越，或安稳；或忧郁，或深邃；或紧张，或冷峻；或倔强，或茫然。他偶尔像是一位充满内省精神的哲学家；更多的时候则显示心底燃烧着熊熊火焰，而他对此无从掌控，仿佛被驱使着行将投身于毁灭自我的行动之中。换个说法，时而他对外界反抗的意味很强，仿佛正在主动出击；时而又显现出一种退守自己内心的迹象。——话说至此，涉及一个显而易见的问题：观者对于凡·高人生经历的兴趣以及哪怕只是简略的了解，很难不影响对他的作品尤其是对这批自画像的解读。我们好像眼看着最终那个悲惨的结局正一步步接近凡·高，而他对此无论慨然抑或惶然，都只能接受。凡·高一向被视为与命运搏斗的榜样，然而他似乎并不知道自己何以一定要背负这样的命运；他的确骚动不安，但在另一些作品中，我们看到画家期待的是质朴与宁静。这应该说是凡·高的艺术最具感染力的地方。无数世人对他表示同情，未必不是同时也在为一己类似或者自以为类似的际遇所感慨。在现代美术史上，没有一位画家能够像他这么充分地给我们提供这方面的契机。凡·高未必昭示我们什么，但是我们认同于他。在很多人心中，我们都生活在凡·高不幸的年代，我们其实也是不幸以及抗拒着不幸的凡·高。

然而如果结合凡·高同一时期乃至毕生的其他作品来看这些自画像的话，我们或许会觉得，画家所关注的从来不仅仅是他自己，——更准确地说，他自己只不过是他所关注的整体中的一员而已。凡·高的其他作品同样是他的内心世界的充分写照。回过头来看他的自画像，想起有论家讲过，画中凡·高的眼神能将一个人穿透，我想不如说他所看穿的是整个世界。而我们很难断言，最终他对这世界究竟抱持的是爱意还是恨意，或者说，是期待还是绝望。

这里要再次提到曾在“女人”一辑里谈论过的《吃土豆的人》，对画家来说，这幅画也许更应该归在“穷人”或“辛苦劳作的人”的题目之下。他在《田间的两个农妇》(1883)、《织布工》(1884)、《种土豆》(1884)、《纺纱工》(1885)、《刨土豆的农民》(1885) 和临摹朱勒的《收割者》(1889) 等画作中，描绘了穷人日复一日在田间或工厂辛苦劳作的情景；而《吃土豆的人》、《夜间咖啡馆》(1888)、《阿尔勒的医院》(1889) 和临摹朱勒的《守夜》(1889) 等画作，则描绘了他们劳作之余的生活情景。在我们涉及的这段美术史上，不乏关注社会底层的画家，譬如毕沙罗就是突出的一位，更早则有奥诺雷·杜米埃、让－弗朗索瓦·朱勒等——凡·高曾临摹过后者的多幅作品；然而很少有人能够像凡·高那样感同身受地体会穷人的悲惨境况，说得上是具有与他们一样的心灵。这正是他的《吃土豆的人》之类作品难能可贵之处。

凡·高诚然是一位直面饥馑、贫困、道德沦丧等社会问题并为之痛心疾首的画家，但所有这些，在他的作品中都升华出远远超越特定题材和特定主题的深刻寓意。凡·高曾在《火炉边的老农》(1881) 中画了一个疲惫不堪的人，俯身坐在椅子上，用双手捂着自己的头。这一形象他一画再画，或是男人，或是女人，如《坐在筐子上双手捂头的女人》(1881)、《双手捂头的男人》(1882)、《破烂》(1882)、《坐在扣着的筐子上哭泣的女人》(1883)，以及根据自己的版画《在来世的入口》画的《双手捂头的老人》(1890)。前面我们提到的《吃土豆的人》等作品中所刻画的人物，还有凡·高本人，其实一并可以归摄为这个在自己生活的世界里已经走投无路的形象。人类作为个体是如此；作为整体，则被概括在临摹古斯塔夫·多雷版画的油画《转圈的囚犯》(1890) 之中：囚犯们排成一个首尾相连的圈儿，在狭小如一口深井的院子里，脚步缓慢而沉重，无目的地，无休止地，转着，转着。而久久凝视着这一切的是我们在一系列自画像里看到的那个人。凡·高是以人类的一员揭示了整个人类的处境。

凡·高的作品仿佛是给未来的世纪亦即现在我们所处的时代所书写的一篇序言。联想到他的绝笔之作《群鸦乱飞的麦

文森特·凡·高
《双手捂头的老人》
1890 年
布面油画
81cm x 65cm
库勒－慕勒博物馆藏
荷兰

文森特·凡·高
《转圈的囚犯》
1890 年
布面油画
80cm × 64cm
普希金博物馆藏
俄罗斯

田》，画家和我们一起面对如此凄绝的末世景象而痛不欲生。关于这幅画，Morin 说：“世界只剩下来自地狱的光了。”我们认同于凡·高的境况，更认同于他的感受，而这种感受终将超越某一个我和某一具体环境。我曾写文章说，或许可以说在人的种种情感之上还有着一个人类情感，它根植于前者又包容前者。凡·高正是这样一位伟大的感受者；在现代美术史上，他是一系列这样的感受者中最起始的一位。因为有了他们，我们才得以真正看见这个世界发生过，正在发生，以及即将发生什么事情。

二

爱德华·蒙克。在我看来，作为时代精神的集中体现，蒙克在《尖叫》(1893)中创造了一个能够与米开朗琪罗的《大卫》(1501—1504)相提并论的艺术形象。这个人站在一道长长的栏杆旁边，背景是血色的天空和几乎与此融为一体的海湾，他的双手捂着自己的耳朵，张着嘴，瞪着眼睛，已经变形得像木乃伊似的脸正对前方——显然他是被自己所看到的吓坏了，因而发出尖叫；尖叫声让他感到更加恐惧。但也可以解释为，有什么扼住了他的喉咙，他想喊而喊不出来，死一般的永久沉寂，不管是他还是我们都难以忍受。在画面远处，有两个人正背身而去，将他留在这里，所以“尖叫”不仅是针对他所看到的，也针对自己那种孤立无援的处境。我们曾一再谈及蒙克画中男人的感受，《尖叫》所传达的无疑具有同样的性质，但这一形象可能涵盖的意义还要更大一些，至少使我们联想到《青春期》里那个惊恐万状的女孩，还有《哭泣的裸女》里那个悲痛至极的女人。画家一生中的其他作品，都不妨看作是《尖叫》的不同变奏，那种孤独、痛苦和痉挛无所不在。

不论对于蒙克还是整部现代绘画史来说，《尖叫》诚然至关

爱德华·蒙克
《尖叫》
1893 年
纸板油画，蛋彩和蜡笔
91cm x 73.5cm
挪威国家画廊藏
挪威

爱德华·蒙克
《绝望》
1892年
布面油画
92cm × 67cm
蒂尔画廊藏
德国

重要，然而这在画家其实也是“电光石火”：在历史进程的某一瞬间，一个人突然有所发现，有所反应，——画中的形象正是以这样一位敏感者，一位时代的先知的姿态出现的。顺便说一句，鲁迅笔下的“狂人”与此或许多少有些相似。问题在于这的确不是一种幻觉，一场梦，或局限于个人经历的一番歇斯底里。在继之而来的世纪里，“尖叫”得到了几乎全人类不同程度上的心理认同。蒙克并没有画这个人到底看见了什么，但我们想象得到，那一刻他看见的是整个人类文明的崩圮，他与我们都将被抛入专制、屠戮和无尽的黑暗之中，而且彼此隔绝，相互无法施以援手。同样在这一次，他想告诉我们他的真实感受；虽然他明白什么都将不可挽回，不可避免。

蒙克在《绝望》（1892）中所画的，似乎是发生在《尖叫》之前的某一刻：二者处于同一环境，不过画中人戴了顶礼帽，我们只能看到他的侧脸，不清楚是怎样的表情；远处也有两个人离他而去。这个绅士似的人一旦转过头来，面对我们抑或别的什么，他也许就变成了《尖叫》中的那副模样。

《焦虑》（1894）则可视为《尖叫》之后的情景：仍然是那个环境，但人物增多了，有男有女，男的均作《绝望》中的打扮，所有的人一律表情木然，直瞪瞪地望着前方。也许因为不再形只影单，所以不再那么惊慌；但更有可能的是，他们只是凑在一起默认了大家不得不接受的历史进程。以上三幅画似应看作一个系列。最后一幅画里的形象，也出现蒙克的其他作品之中，譬如《卡尔·约翰街的黄昏》(1892)、《病房里的死》(1895)、《红色爬墙虎》(1898—1900)、《回家的工人》(1913—1915)等。

《弗里德里希·尼采》(1906)也不妨列入上述系列，画中环境亦相去不远。我们看到这位哲人的态度，与那三幅画中的人物均有所不同：他不像《尖叫》中那么情绪激烈，也不像《焦虑》中那么麻木不仁，他只是在沉思，但心境显然是阴郁的，痛苦的。也许他正试图遁入自己的内心，然而这却让他更加无法面对。

再将这些画与蒙克的几幅自画像做一番对比。在《夹着香烟的自画像》(1895)里，画家的脸和手被来自下面的光——或许是地狱之光——所照亮，显得特别敏感，甚至有些惶恐；但却也看得出是在自我克制着，又不无与所面对的相抗衡的意味。末了这一点，在《地狱中的自画像》(1903)、《有酒瓶的自画像》(1906)中发展成为一种横眉冷对的倔强。直到晚年的《窗边的自画像》(1940)、《钟与床之间》(1940—1942)还是如此。而在《卑尔根的自画像》(1916)中，敏感与惶恐则更显突出，已经接近于《尖叫》所表现的了。总的来说，自画像中的蒙克介乎"尖叫者"与尼采之间：有所反应，但相对能够把持得住。也可以说，画家蒙克实际上潜伏在他画中的所有人物之下。而以这副眼光去看《焦虑》等作品中那些似乎无动于衷的人物，可能就有一种新的领悟：他们未始不是处于一种迫不得

爱德华·蒙克
《焦虑》
1894 年
布面油画
94cm × 74cm
蒙克博物馆藏
挪威

已的隐忍与沉默之中。

回到《尖叫》，蒙克与此后他的所有追随者一样，并不面对具体事件，他面对整体；我们都被他看在眼里，谁也无法回避，我们所能做的，不过是一次又一次地与他同样地看到什么，同样地想喊出什么，以及同样地什么也喊不出来。多年前我在北京观看蒙克画展时，深深感到那种沉重、疯狂，第一印象以为这是为陀思妥耶夫斯基全集所画的插图。而卡夫卡所著《审判》《城堡》和《变形记》，更可看作是另一个“我”对《尖叫》做的部分文字诠释。或许无论对蒙克，对卡夫卡，还是对我们任何一个人来说，在“我”这一次尝试尖叫之后，“我”已经不复存在了；这里记录的只是最后时刻的“我”，“我”为“我”的完全丧失而在心中徒劳地尖叫不已。

提到卡夫卡，再来讲一件与他有关的事。常听人说他写得太悲观，一点希望都不留，其实更绝望的事情发生在这位作家的身后——他的三个妹妹艾丽、瓦莉和奥特拉，两位女友尤利亚、密伦娜，均死于纳粹集中营。这就像我曾与友人谈到，无论我们怎样想象黑暗，黑暗总是超出我们的想象。谈起这个未免要嫌将蒙克的《尖叫》的寓意给坐实了，反正无论现实发展到何等地步，都不会超出画中那个人所看到的。

三

奥斯卡·科柯施卡。一如蒙克，科柯施卡画的也是一些向着未来张望的人，他们所看到的也是与所谓“人类理想”截然相反的东西。如果说蒙克的《尖叫》揭示的是偶然现身的一位狂人之于这个世界的先知先觉的话，那么对于科柯施卡来说，与此类似的感受就已经具有相当的普遍性了。它笼罩着一个社会地位不算太低、本来与时代相安无事的群体，如同画家曾经指出的那样，他们正在为自己即将面临的命运而焦虑不安，痛苦难耐。——一并说是“他们”，其实是每个“自己”，无论谁都孤立无援，前景一概危在旦夕。比起蒙克，科柯施卡更加阴郁，冷峻，可以说，为蒙克所察觉到的那个东西对科柯施卡更为迫近，更其成为现实了。

这里指的是科柯施卡主要画在第一次世界大战之前的那些“黑色肖像画”，如《阿道夫·洛斯》(1909)、《玛尔塔·希尔施》(1909)、《汉斯·蒂策和埃丽卡·蒂策－康拉特》(1909)、《路德维希·里特尔·冯·雅尼科夫斯基》(1909)、《孔泰·韦罗纳》(1910)、《埃贡·韦勒斯》(1911)、《少女肖像》(1913)、《弗朗茨·豪尔》(1913)、《卡尔·莫尔的画像》(1913)、《阿尔贝特·埃伦施泰因》(1914)、《作曲家安东·冯·韦伯恩的肖像》(1914)、《埃米尔·洛温巴赫》(1914)等。而在《自画像》(1913)、《拿着小刷子的自画像》(1913)中，我们看到画家本人也在这一行列里。每一幅肖像单独看都动人心魄，但放在一起也许更具震撼性：一些灵魂躲躲闪闪或战战兢兢地从黑暗中浮现出来，大多面色凝重，眼神紧张，五官抽搐，即便表情尚且平静，骨节毕现的双手却死死绞在一起。每个人都好像立刻要从自己或站或坐的位置上跳起来，赶紧逃走似的。这使我们联想到席勒，科柯施卡与他同样神经质，同样痛苦，但却要收敛克制得多，因此也就显得更加痛苦与神经质。与席勒相比，科柯施卡不那么局限于个人情感问题，他更广大，也更具社会意义。

在这些画中，人物置身于自己家中，抑或不知什么地方，没有类似《尖叫》那样的环境，这里的一个人就是整个世界。同样是对什么做出反应，但这些人物不像“尖叫者”那么急切，这使得画家及观者得以更细致也更充分地体会他们的整个精神历程。他们的反应也没有那么强烈，好像只是一种内心恐惧或自我折磨。也就是说，与“尖叫者”相比，他们进一步丧失了主动性，哪怕这仅仅是有所反应而已。科柯施卡对于人的内心世界的深入揭示是无与伦比的。人活下去一半依靠惯性，一半依靠妄想，从来都是如此；但在科柯施卡笔下，大家忽然不再这样了，他们也就变得一无所有，并且无处藏身。恐怕科柯施

奥斯卡·科柯施卡
《埃贡·韦勒斯》
1911 年
布面油画
75.5cm × 68.9cm
赫希洪博物馆藏
美国

奥斯卡·科柯施卡
《风中的新娘》
1913 年—1914 年
布面油画
180.4 × 220.2cm
巴塞尔美术馆藏
瑞士

卡画中的这些人物比他们可能看到的东西还要令我们感到震惊。

科柯施卡最著名的《风中的新娘》（1913—1914）也创作于这一时期。这幅画里虽然有画家个人的“故事”，但仍然可以与上述作品一并看待。仿佛置身于摇篮里的一对情人被风暴席卷到了天上，但却有着片刻的安宁；他们为月光所照耀，似乎暂时与身外的世界——无论是周围的云朵，还是下方的山峰、峡谷——隔绝了。男人依然警惕地提防或者等待着什么事情发生，显得比《自画像》和《拿着小刷子的自画像》中的他还要紧张；而女人却靠在他的肩膀上睡着了，或许忘记了他们的处境——人的处境有大小之别，她是在自己的小处境里忘记了大处境。《风中的新娘》是画家在与“黑色肖像画”相同的前提下，展现出与之相反的一面；是站在个人主义的立场上对于“覆巢之下，安有完卵”的小小抗拒——鸟巢倾覆了，鸟蛋自然最终难逃被摔碎的下场，但在坠落的瞬间却不妨相互温存，那短暂的时光里，它们甚至可能是浪漫的，幸福的。《风中的新娘》是现代绘画史上少有的一幅既令人产生同感，又很感动人的作品——也就是说，观者实际上是被自己的切身境遇所感动。以画家稍早的另一幅作品《两个裸体的人》（1913）对比《风中的新娘》，那里的一对男女正拥抱在一起，他们都很紧张，但同样没有放弃片刻之间互相给予的些许享受。在这纷乱凶险的世界里，大概人们总要努力葆有属于自我的一点什么。然而以科柯施卡毕生的创作而论，这一点毕竟只是暂时的，而非终极的。

在我看来，《风中的新娘》也是如此。

后来科柯施卡又画了《异教徒》(1915)、《与猫在一起的情人》(1917)、《奥尔福伊丝和奥伊里迪克》(1917)和《与漂亮女人在一起的自画像》(1921)等，都是与《风中的新娘》题材相近的作品。然而画中的男人与女人只剩下相依为命，再也没有《风中的新娘》那种幻想色彩与浪漫意味了。也许现实正是继乎幻想与浪漫之后真正降临到我们每个人头上的东西。

四

马克斯·贝克曼。在蒙克和科柯施卡都预感到人类终将面对什么之后，贝克曼以《夜》(1918—1919)这部作品不失时机——与科柯施卡的“黑色肖像画”正好隔着第一次世界大战——地将那个“什么”的一部分展现出来。我们看到在一处狭窄、低矮的空间里，一个男人正被活活吊死，表情极其痛苦；另一个头裹绷带、双眼圆睁、口衔烟斗的男人却还拼命要折断他的一只胳膊；一个衣不遮体的女人背对着我们，双手绑缚在木柱上，两腿被迫摆成接近最大限度的劈叉姿势；另一个女人则凑过来饶有兴致地观赏着她的反应。另有一个戴工人帽、留山羊胡的男人一只手撑住房梁，另一只手拿着一卷像是旗帜似的红布，摆出一副领袖人物的姿态，看来对身边发生的事情毫不在意，抑或所有这些举动正是响应了他的号召。而在他们身后露出的几张面孔，多少有些居心叵测。施虐者与受虐者在外形上无甚区别，都是一些普通的人；不知道发生在他们之间的暴虐行径究竟出于什么目的，背后又是怎样的运作机制，也许只是一种戏谑而已，最终成了将大家都裹胁在内的一场狂欢。此外这幅画大概还提示我们：责任感与好奇心都有可能发展为

马克斯·贝克曼
《夜》
1918 年—1919 年
布面油画
133cm x 154cm
北莱茵－威斯特法伦艺术品收藏馆藏
德国

极大的恶意。

不妨结合画家稍后创作的《梦》(1921)一并来看，那里同样是令人感到幽闭的逼仄空间，同样有不少人，看样子都很欢乐，似乎与《夜》截然相反，但二者又好像是一回事：这种欢乐同样是没由来的，无节制的，仿佛很容易转变为我们曾经见过的暴虐，而所有这些其实都是人类的愚行。贝克曼的很多作品可以视为“暴虐研究”，同时也是“愚行研究”。

贝克曼的作品细部刻画鲜明精确，但人物的形象与动作却显得有些僵硬。这给观者造成一种印象：那些莫名的或者说是虐待狂式的折磨摧残之举进行得异常认真，异常繁复，既富戏剧性，又很程序化，因此特别冷酷无情。他或许只是在陈述一个事实：世上一部分人不能不这样，于是另一部分人也就不能不那样。与不无情绪化的蒙克和科柯施卡比较一下，大概不可理解的事情成为现实之后就变得可以理解了。

我在MoMA所见贝克曼的三联画《启程》(1933—1935)，高两米多，左右两幅各宽将近一米，中间的一幅有一米多。左侧一幅，在有粗大柱子的密闭空间里，一个半裸的女人，双手被绑在一起，身上缠了几道绳子，跪着，趴在一个巨大的玻璃球上；一个坐着的男人，嘴用布条封住，被捆在上方的双臂已成了残肢；另一个男人的手被铐在背后，站在一个桶里；在他们之间有个穿蓝条T恤衫的健壮的男人，挥舞着一根顶端包着条鱼的棍棒，像是行刑者。右边一幅，在一座舞台上，一个穿着半掩身体的白色睡衣的女人，与一个倒立的只穿短袖衬衫并反绑双手的男人捆在一起，她手举一盏油灯，投射在自己身上和脸上的却是阴影；一个身穿制服、蒙着双眼、手里举着条大鱼的男人护送般地跟随其后，女人的背后还露出一个裸体的小矮人；舞台前方，正走过一个敲着一面大鼓的男人。中间一幅，在大海里的一条船上，母亲抱着孩子，挨着她的丈夫，旁边站着一个穿红衣服、戴面具、双手抓着一条大鱼的人，宛若他们的守护者；另一个戴着王冠，像是基督的人左手拉着满满一网鱼，同时用右手在为他们祝福。这里左边的画显然与《夜》一脉相承，仍试图概括外部世界，我们的社会，只是那个行刑者现在更显得拥有不可一世的力量，而受虐者与之相比，更显得“彼为刀俎，我为鱼肉”。右边的画则似乎揭示了人的内心世界，人的梦魇；抑或是家庭，两性关系，——如果结合同为画了一对男女，但彼此的处境都很难堪或不妙的《男人和女人》(1932)、《兄妹》(1933)、《与鱼一起旅行》(1934)来看，后一种解释未必是穿凿附会。作为标题的“启程”则落实于中间的画。三联画里有很多隐喻，譬如每一幅都出现了鱼，等等。总的来说，这是一部试图概括人类历史进程的作品，至少将我们的境况和愿望都充分表达出来了。而在贝克曼看来，苦难虽然是历史进程最为重要的组成部分，为我们所不能不经历忍受，但历史进程将比苦难更为长久。所以他在中间的画里向我们展示了希望。不过与详加描绘的苦难比起来，这份希望未免略显

马克斯·贝克曼
《启程》
1933 年—1935 年
布面油画
215.3cm × 99.7cm（左、右）
215.3cm × 115.2cm（中）
纽约现代艺术博物馆藏
美国

虚无缥缈。或许这正是画家的困境：一方面不能绝望，另一方面又不知道希望究竟何在。

贝克曼另一组三联画《圣安东尼的诱惑》(1936—1937)，仿佛是对上述尽管小心翼翼然而仍嫌乐观的想法的订正。与《启程》不同的是，这里每一幅所表现的都是人对人的折磨摧残。《鸟的地狱》(1938)则揭示了施虐者的非人性。而三联画《珀尔修斯》(1940—1941)、《演员们》(1942)刻画的还是人的自杀与相互杀害的情景。虽然贝克曼的作品并不是写实的，但我们恐怕不能不注意创作时间——那正是人类历史上前所未有的黑暗绝望的年代。直到三联画《盲人的听众》(1945)，画家才恢复了一点乐观。但恐怖的阴影仍笼罩在《午后》(1946)中。到了《磨坊》(1947)，那种残酷与虐待再次重现，我们看到人被单独或成批地捆绑着装进铁笼投入大海。直到《阿尔戈英雄》(1949—1950)依旧有种凶杀之气，而这时画家的生命已经快到尽头，他无法再陪同历史走向下一步了。

贝克曼的作品的确具有史诗性质，但它们的指向恐怕不只是现在，而且还指向了未来——这些画可能更象征着一个新时代的来临，那时人类的恶行将总爆发，而这竟然势在必行，且永无止境。顺便谈谈与贝克曼有些渊源的绘画史上的表现主义。一些画家乍看使人不愉快，但是他们“不幸而言中”，并没有小题大做或哗众取宠。历史本身把表现主义给坐实了。甚至可以说，表现主义原本就是现实主义，不过一个从前往后看，一个从后往前看而已。当然过分与事实直接对照有可能将我们的注意力从心灵方面引开，而表现主义更主要是一门有关人类心灵的艺术，他们并不是针对某一具体事件的占卜者。

五

乔治·鲁奥。曾在“女人”题目下谈论过的只不过是鲁奥一个时期，或者说一小部分的作品。那里讲鲁奥的女人丑恶凶残，其实即使在同一时期的画作中，类似的相貌与品性也并非严格限定于这一性别。《小丑》(1907)、《法官们》(1908)、《自负》(1912—1913)和《杂技演员 VII》(1913)里的马戏团小丑和法官，也是那么一副样子。这使人联想到《红灯区的普洛夫妇》和《新娘》里的男人。在画家的心目中，他们显然与那些女人一起象征着我们这世界的一极，都是他所痛心疾首的对象。

然而也有例外。《小丑》(1907)、《白色小丑》(1911)、《悲惨的小丑》(1911)和《小丑》(1912)里的人物，身份虽然相去不远，五官看上去也有点丑陋，却呈现出另外一种生存状态或情感状态。画的都是他们的半身像，个个表情黯淡凝重，似乎正深陷于困顿生计与孤独境遇之中；而画家与他们之间也有着与画妓女和别的小丑时不大一样的情感关系，仿佛他的心变软了，更多寄予同情与理解。人物的这种生存状态，画家与人物之间的这种情感关系，在那些景别较大的画作如《冬天Ⅲ》

（1910）、《郊区的艰辛》（1911）、《逃亡者》（1911）、《有大树的景色》（1911）、《圣地风景和两棵树》（1952）中得到更充分的体现，这都是流离于荒野或城市里的人物群像，看上去也属于社会底层，我们更能感到他们的孤独无告与走投无路。画家的态度和情感似乎因自己与所画对象之间的距离不同而多少有所不同：当拉远到这些人成了巨大的背景下微不足道的成分时，他有种“天地不仁，以万物为刍狗”的感慨；当接近到彼此面对面的程度，他也得以深切体会他们的处境；唯有距离不远不近，对方显得举足轻重，却又肆意妄为，他才表现得愤恨难耐。

在此后的作品中，无论是将人物置于远景的《郊区的基督》（1920—1924）、《“……黄昏。月亮升起，”》（1930）、《基督和渔夫》（1937）、《黄昏》（1937）、《落日》（1937—1939）、《日落时的渔船》（1939）、《秋天的夜色》（1952）、《秋末Ⅲ》（1952），还是置于近景的《老小丑》（1917）、《我们都不化妆吗？》（1930后），画家都表露出更多的同情与理解。他的这种态度有时也扩展到景别介乎其间的画作，似乎距离已经不再是对所画对象另眼相看的因素了，例如《老小丑与白色的狗》（约1925）、《受伤的小丑Ⅰ》（1932）等。总的印象是人物逐渐从外表退入内心，而画家则退入自己内心的更深处。在《老国王》（1937）和《人对人是狼》（1944—1948）中，这种彼此交融的忧伤、悲痛乃至绝望达到了极致。再来看画家这一时期画的马戏团小丑的头像或半身像，如《小丑》（1937—

乔治·鲁奥
《圣地风景和两棵树》
1952 年
裱布纸面油画
67.9cm × 102.2cm
纽约现代艺术博物馆藏
美国

1938)、《梦想家》(1946)、《兄弟俩》(约1948)和《小丑》(约1948)等，甚至有种洁净光明之相。虽然对鲁奥来说，世界的另外一极始终存在，对我们构成严重的威胁与侵犯，那类代表人物仍然不时出现在他的作品之中，例如《官员》(1937)、《面对面》(1951)，尤其是组画《诗篇第五十一篇》(1917—1927)。

鲁奥不少重要作品取材于基督受难，因此被称为“现代世界少有的权威宗教画家”。在《耶稣被钉在十字架上》(约1914)、《受到士兵嘲笑的基督》(1932)、《耶稣被钉死在十字架上》(1937)和《基督受难》(1943)中，我们看到将要或已被钉在十字架上的基督身边，围绕着一些面貌凶狠、居心叵测的人，近乎他画的妓女、小丑、法官之辈，不妨看作是为基督这一悲惨结局安排了一个社会环境。而在《基督的头》(约1937)、《耶稣受难》(1937)、《十字架上的基督》(1942)和《神圣的表情》(约1946)中，基督单独出现在我们面前，就像我们看到他最后活在人世间的样子。受难的基督是痛楚的，无辜的，又是平静的，圣洁的，仿佛慨然看着早已预知要降临到自己头上的一切终于不可阻拦地降临了。这里涉及一种基本认识，即基督不仅是一位殉教者，一位历史上实在的受害者，他还是所有受害者的象征，而他的遭遇势必为以后的人类所重复。假如没有基督，我们不知道何为苦难；有了基督，苦难就不仅仅属于我们。基督昭示我们的同时也在慰藉我们。而鲁奥不止

乔治·鲁奥
《受到士兵嘲笑的基督》
1932 年
布面油画
92.1cm x 72.4cm
纽约现代艺术博物馆藏
美国

在展现，他是在感受；他将《圣经》视为一部关于历史的寓言，他看《圣经》的同时也在看这个世界，他看到太多的苦难。对他来说，现实是我们不能不接受的，而历史不过是被接受过的现实。

由五十八幅采用混合技法的蚀版画组成的《诗篇第五十一篇》，几乎概括了鲁奥一生作品的全部内容，从各种奸诈恶毒之徒直到头戴荆冠的基督，其中出现的坟墓（《信我的人，虽然死了，也必复活》）与死神（《人对人是狼》《死神在他从荨麻床上起来时将他带走》《向前，死去！》），予人恐怖之感；《晨祷，新的一天开始了》中那惨白的大太阳下空无一人的景象，尤为惊心动魄。而最令我难忘的，还数《躲在你的心里，可怜的流浪汉》《我们没有戴镣铐？》《艰难的生活使命……》《爱将如此甜蜜》《在这么不同的领域，为敌人的土地播种是高尚的职业》《死亡有她的泪水……》《战争，母亲的恐惧》《葡萄在压榨机中被碾碎》和《有时眼不见为净》画中人物活得如此艰难痛苦，对于一己命运承担、隐忍，几近于麻木不仁。也许可以用鲁迅翻译的裴多菲的话来形容："绝望之为虚妄，正与希望相同。"人类永远处于此种两难境地：尽管要活下去，还是活不下去；尽管活不下去，还是要活下去。其间唯一给予他们支持与鼓励的，大概就是鲁迅所谓"偷生在不明不暗的这'虚妄'中"罢。鲁奥塑造的这些形象，与他的油画及这组画里受难的基督一样，寄寓了画家那么多的悲愤与无奈，使得他的作品成为现代美术史上最深沉的情感表达方式。而比起他的油画作品，我觉得《诗篇第五十一篇》更质朴，更结实，更深刻，也更充分。所有内容仅仅以黑色表达，但这却是非常丰富，非常复杂，有着许多层次，因而极具力度与深度的黑色。人类不尽的苦难与对苦难永久的承受在这些黑色的画中完全融为一体，而话说至此，也就是黑暗到了极致就成了真正的光的意思罢。——附带讲一下，《诗篇第五十一篇》在一九四八年限量印刷了四百五十套，我有幸收藏了其中的一幅《他的辩护人用空洞的话语声称他完全无意识》，挂在自家书房的墙上。

六

卡济米尔·马列维奇。当蒙克和科柯施卡令人感到世上一切已经变化莫测，没有什么能够依靠的时候，我们却在马列维奇的笔下看到了一种实在，坚定，广大，深远，似乎可以视为人间基础的东西。我指的是他那些接近于立体主义风格的画作，如《浴者》（1911）、《园丁》（1911）、《乡村雨后的早晨》（1911）、《收割庄稼》（1911）、《刈割者》（1911—1912）、《农妇》（1912）、《收割者》（1912）、《挑着水桶的农妇和小孩》（1912）和《伐木者》（1912）等。虽然对马列维奇来说，这只属于一个相当短暂的创作时期；之后画家就转向真正的立体主义，不久更揭橥至上主义，因而成为现代美术史上一位划时代的人物。——我对马列维奇的兴趣，一如对蒙德里安和康定斯基，更多停留于他们的“史前史”。

很少见到如此质朴单纯，简洁干净，大气磅礴，美丽异常的作品。乍看显得有点“拙”，但却是排除了所有浮华与纤弱的“拙”。所画的皆为农民形象，多半是正在劳作的情景，他们看上去毫无功利机巧之心，淳厚，善良，安详，有如圣徒一般。人物的身体与他们收割的庄稼、劈砍的木材都被画成圆柱体，

卡济米尔·马列维奇
《伐木者》
1912 年
布面油画
94cm × 71.5cm
阿姆斯特丹市立博物馆藏
荷兰

好像是用同一种材料构成的，那么结实致密的材料也许就叫做本质罢。人物与背景——无论是田野还是柴垛——被压到一个平面上，仿佛他们与大地紧密相连，像大地一样丰富，也像大地一样沉稳。他们承载着一切重负，简直就是生活和命运本身。这里有一种雄浑，圆融，周而复始，恒久而又常新的意味，一种与人类之初相接续、相承继的气息，一种特别明亮的东西，仿佛是来自大地深处的光。每一幅都让人体味良久，并且深受感动。

假如将科柯施卡那幅《风中的新娘》与马列维奇稍早画出的这批作品做一比较，或可体会前面所言其间隐约存在的那种对立关系。虽然以此来解释马列维奇这些画未必确当，他不一定旨在抵御什么，所要表现的也不一定是某种姿态，抑或什么启示；当然也有另一种可能，就是他所要抵御的东西比这更多，包括从知识分子气味到世纪末颓废，甚至整个文明。无论如何，如前所述，对他来说画中人物有如大地，而所谓“时代”只是从大地上刮过的风而已。

马列维奇这些作品被认为与莱热晚些时候的《三个女人》之类作品的风格有些接近，二人的画中都明显体现出一种摈弃人的个性，着力表现共性的倾向。然而细细体会，彼此之间仍然有着较大差异，不能忽略马列维奇画中人物的身份，行为，以及他们的生活状态，乃至精神境界。他们是与现实世界联系在一起的，是一些实实在在活着的人。而在莱热这些都是无所谓的，他甚至干脆将人物从其中剥离了出来。马列维奇的画可以上溯至俄国民粹派的“到民间去”，或托尔斯泰所讲的类似的话：“对我而言，最好的、我最喜爱的人物类型，就是我们的俄国农民。”联想到托尔斯泰笔下塑造的众多农民形象，譬如《战争与和平》里的普拉东·卡拉塔耶夫，以及《安娜·卡列尼娜》里与列文一起劳动的农民，我甚至想说，托尔斯泰在文学中尚且力所不逮的目标，在马列维奇的这些画里完美而充分地实现了。然而也正因为如此，看画时又不免要多长一点心眼儿。歌颂农民和赞美劳动当然无可非议，后来在民粹派、托尔斯泰和马列维奇的故乡以及别的地方发生的残酷的阶级斗争和野蛮的劳动强制也不能归罪于此，但其间究竟有没有一点联系——虽然后者之于前者简直是“欺师灭祖”，在民粹派、托尔斯泰和马列维奇的作品中是否埋藏着危险的种子，说实话我对此难以断言。

对于马列维奇来说，这些画不过是一个大的发展的前奏而已。他的至上主义显然有着更大的野心：彻底排除主题、物象、内容、空间，排除客观世界，而直接表达本质。回过头来再看他的上述作品，顶多是一种有限的物象层面的本质性表述。对于抽象派绘画我们无法用语言谈论，因为语言仍属于主题、物象、内容和空间那个层面。单说一己的感觉，在这一派的几位代表人物中，我更喜欢的还是马列维奇，觉得他的《黑方块》（1915）、《黑圆圈》（1915）、《白加白》（1918）、《至上主义绘画》（1918）和《红色椭圆上的黑色十字架》（1921）等作品，似乎更接近于这一派所追求的“本质”。

马列维奇一度以为他的至上主义与革命是一回事，然而包括至上主义在内的所有现代艺术连同马列维奇自己，最终都被革命所抛弃了。马列维奇晚年的一些作品，如《木匠》（1929）、《晒干草》（1929）、《马尔法和万卡》（1929）、《收获》（1929）、《冬日风景》（1927）、《田野里的女孩们》（1932）、《男孩》（1932）和《收割者》（1932）等，又回到他一九一一至一九一二年的画法，考虑到当时他的境遇，或许只是被迫之举，但是它们仍如当年的作品一样纯净浑厚，精美绝伦。

卡济米尔·马列维奇
《冬日风景》
1927 年
布面油画
48.5cm × 54cm
路德维希博物馆藏
德国

七

贾科莫·巴拉、吉诺·塞韦里尼、翁贝托·博乔尼和卡洛·卡拉。这几位都属于未来主义，而这一派确实处在与蒙克、科柯施卡相对立的方向上，后者所担忧的，正是前者所欢呼的；虽然后者所料想的那个结果——假如将晚出的贝克曼也拉进来，这一点就非常清楚了——前者未必料想得到。不过与贝克曼的作品相对照，更能看出这一派所赞颂的战争与革命到底是怎么回事。从某种意义上讲，未来派正是“应劫而生”，这个“劫”一直延续至今；不过人们事先未必当是“劫”，反倒一再看作“运”，而像他们一样自以为“应运而生”。

无论在题材上还是在画法上，未来派绘画都很像是对马里内蒂稍早发表的《未来主义宣言》的主要内容特别是一些关键词的图解。可以说，这批画家各自凭借才华，几乎将那宣言里凡是能够诉诸视觉的东西都表现出来了。当前辈和同辈仍执着于世界是什么样子以及应该怎么看世界的时候，未来派画家展现出世界已经不是原来那个样子——甚至此时此刻它就在变化之中，不但将要呈现出新的面貌，现在也不会局限于一种固定的形式。一言以蔽之，“未来”就在“现在”之中。他们的这一发现与把握，具有超越流派自身的深远意义，所以尽管未来派为时不久即告消散，如今我们还是无法自充事后诸葛亮讲“未来主义没有未来”之类的话。

为显示物体是在动态之中，未来派采用了一系列表现方法。对他们来说，过去绘画将运动的物体画成静止的物体是不对的，至少是不够的。即使是德加那种画法，也只是揭示了对象运动的趋势，而现在他们所要表现的是运动本身。未来派似乎不再将画家作画的时刻或者说画家以及将来的观者与画中内容的关系设定为一个瞬间，而是设定为一个阶段，所以他们画出来的也就不仅仅是某一瞬间所看到的东西。以巴拉的《拴着链条的狗的动态》（1912）为例，画里所有动态的部分——小狗的前腿、后腿、尾巴，还有女人的脚及裙摆——都被画成了一连串儿，令人真切地感觉到运动的过程，整个画面像电影似的动起来了，而且微妙地传达出一种节奏感，这种节奏又有逐渐加快以致丧失自己的和谐的趋势。

美术史家曾将未来派绘画与此前艾蒂安－朱勒·马雷的多次曝光高速摄影加以对比，认为不能否认来自那一方面的影响，然而《拴着链子的狗的动态》所体现的氛围或诗意，实为摄影作品所难以企及。不过这也正显示出巴拉有别于同派其他画家之处：这幅画构图精美，笔触细腻，描绘动态的对象准确而传神，但未免稍嫌优雅恬静，并未传达出未来主义一起头就鼓吹的粗暴狂放，在这方面还不及并不以此相标榜的杜尚稍早

贾科莫·巴拉
《拴着链条的狗的动态》
1912 年
布面油画
89.8cm × 109.8cm
欧布莱－诺克斯美术馆藏
美国

吉诺·塞韦里尼
《经过村庄的红十字列车》
1915 年
布面油画
88.9cm × 116.2cm
古根海姆博物馆藏
美国

的《走下楼梯的裸女，第一号》《走下楼梯的裸女，第二号》；而且画中情景多少带点上流社会生活的韵味，这恰恰是未来主义强烈攻击并旨在推翻的东西。巴拉的多数作品，如《街灯》（1909）、《在阳台上跑的女孩》（1912）、《小提琴演奏者的手》（1912）等，同样专注于个别动态对象，不大涉及人间世态，从而缺乏战争与革命的色彩。而《雨燕：飞行路线 + 动力顺序》（1913）、《摩托车手的造型与噪音》（1913）、《运动的合成》（1914）、《旋涡，空间，形态》（1914）等，甚至显得相当纯净自在。有些作品如《景色》（1913）、《抽象速度》（1913）、《速度轨迹》（1913）、《抽象速度 + 声音》（1914），黑色或红色成分偏重，倒是略有强烈与刺激之感。总的来说，巴拉更像一位研究者，而非行动者或运动家。

未来派画家特别强调的还有两个方面：一是动态物体的“未来”属性，譬如产生于现代技术与机械的运动，所以塞韦里尼那些表现飞驰的列车穿越风景的作品，如《伤员列车》（1913）、《开动的装甲列车》（1915）、《经过村庄的红十字列车》（1915）、《抵达巴黎的郊区列车》（1915）等，也许更具代表性；一是动态物体所体现的力度与气势，这同样可以从塞韦里尼的上述作品看出来，而更简洁、更鲜明的例子，则是博乔尼的雕塑作品《空间连续性的独特形式》（1913）。

未来派所强调的力度与气势，在包含多个物体的不同方向、多种维度的综合运动中，或者说在最终构成一种动荡混乱的场面的运动中，体现得更为彻底。在博乔尼的《美术馆里的骚乱》(1910)、《城市的兴起》(1910)、《精神状态II：行人》(1911)、《街道进入房间》(1911)、《枪骑兵的冲锋》(1915)，塞韦里尼的《旅行记忆》(1911)、《巴尔塔巴兰动态的象形文字》(1912)和卡拉的《米兰车站》(1909)、《无政府主义者加利的葬礼》(1910—1911)、《颠簸的驾驶室》(1911)等作品中，所有的成分、所有的运动都被裹挟在一起，形成骚动或狂欢之势，实际上已经接近于一场战争或一场革命。

未来派有关世界是在急速变化之中的理念，在博乔尼的一系列肖像画和静物画(《抽象尺寸》[1912]、《反优雅》[1912]、《水平量》[1912]、《一个人的头脑的活力》[1913]、《人体的活力》[1913]、《酒鬼》[1914]、《费鲁乔·布索尼的画像》[1916])以及类似题材的雕塑作品(《反优雅》[1913]、《一个瓶子在太空中的运动变化》[1911])中，被强调到无以复加的程度。我们看到，即便对象原本处于静止状态，艺术家也不会静止地去看待他们，表现他们。未来派绘画是非常主观的，特别强调“我”，而“我”的感觉是在变化运动之中，所以不可能画出静止的对象。这也就是说，静止的对象其实根本就不存在。且来打个比方——假如我的理解不错的话——假如画一张桌子，就要表现出它曾经作为一棵树的内在的生命力。这里正可看出未来派与立体派的不同：彼此的画法有些相近，实则无论对待所画对象的态度，还是作品所传达的意义，都正好

翁贝托·博乔尼
《城市的兴起》
1910 年
布面油画
199.3cm × 301cm
纽约现代艺术博物馆藏
美国

卡洛·卡拉
《无政府主义者加利的葬礼》
1910 年—1911 年
布面油画
198.7cm x 259.1cm
纽约现代艺术博物馆藏
美国

相反。

大概没有多少人能够像未来派画家对运动与速度这么敏感，能够既准确把握又准确表现这个动态的世界。对于他们来说，一切都产生于自己的感觉，一切也为自己的感觉所左右。尽管这里使用“感觉”来形容未必准确，因为这个词总归有以客体为第一位、以主体为第二位的含义，而在未来派画家那儿，客体却是从属于主体，是主体创造出来的东西，这个主体又时时处于兴奋、夸张、躁动、热狂之中，所以客体不是一个实在，而是一种状态。举个例子，在博乔尼的《美术馆里的骚乱》中，本来可能只是普普通通的聚会，竟然成了一场自发的大规模暴动。然而未来派确实为现代美术史贡献了不少新的内容，包括运动，速度，时间，力量，等等。这些无疑都是时代的标志，至于其中蕴涵着什么则是另一回事。仅仅就“我”对呈现为一种状态的时代的把握与表现而言，未来派几乎是不可逾越的。

八

夏伊姆·苏丁。苏丁与这世界的关系很有意思：他本是个非常主观的人，一生的作品都体现了这一点；但所画的题材却很传统，无非是前辈及同辈画家一直在画的静物画、风景画和人物肖像画——静物是自己家里的东西，风景是自己去过的地方，人物也是自己认识的角色，然而画出来却只能是他的而不是任何别人的作品。

上述三类画，苏丁本是同时交替创作的，但彼此间仿佛隐约有着取舍、演变或发展的关系。他的静物画大多取材于动物的尸体或尸体的一部分，如《有鲱鱼的静物画》(1916)、《有鱼的静物画》(1921)、《剥了皮的兔子》(1921)、《挂着的野兔》(1923)、《牛肉》(1925)和《褪了毛的鸡》(1925)等。这里我们看到的是最后的生命形态，而它们不仅是死亡的承受者，还在经历了死亡之后表现出某种主动性。也就是说，比通常讲的“誓死不屈”“垂死挣扎”要更进一步，“死不瞑目”“虽死犹生”只能形容它们的部分状态，可以说是“挣扎”“不屈”，死而不已。《牛肉》是画家的代表作，那块腐烂发臭、鲜血淋漓——鲜血是他特意让人一遍遍浇上去的——的肉，好像正声

夏伊姆·苏丁
《牛肉》
1925 年
布面油画
116.2cm × 80.6cm
明尼阿波利斯美术馆藏
美国

夏伊姆·苏丁
《塞雷的山丘》
1921 年
布面油画
74.3cm x 54.9cm
洛杉矶郡艺术博物馆藏
美国

嘶力竭地发出生命的呐喊，如果与此前伦勃朗等人同类题材的画做比较一下，更能感受到这一点。苏丁是可以与凡·高相类比的人，虽然他自称并不喜欢凡·高；他是从"艺术反映客观"的关系中彻底解放出来因而完全不受约束的凡·高，比凡·高更痛苦，更愤怒，心中孕育着更可怕的激情。在我们所涉及的这段美术史甚至整部美术史上，以情感的强烈与狂放论，苏丁都堪称极致。而若以《挂着的野兔》来对比《牛肉》，又可看出其间略有差异：后者所体现的主要是"怒"；前者所体现的主要是"哀"，有如"死不甘心""含冤莫白"。而这两种情感，或者说两种对于自己境遇的体验，在苏丁的静物画中往往一并存在，而且相互交融。

然而画家所关心的未必是生死问题，至少不仅仅是生死问题，他只是将自己的生命感受与冲动赋予所画的对象。再来看他的风景画，譬如《塞雷坦泉的道路》(约1920)、《塞雷的梧桐树》(1920)、《尖顶的房子》(1920—1921)、《塞雷风景》(约1921—1922)、《塞雷的圣皮埃尔尖顶教堂》(约1922)、《卡涅的街道》(1923)，尤其是《塞雷的山丘》(1921)，如同他那些实际上画的是"死物"的静物画，他也这样描绘包括无生物如房屋、山丘等在内的风景，以类似那里的血液与肌肉的质感与狂乱震撼着观者的心灵，而且更侧重于"怒"那一方面，画法显得更肆意，更奔放。画风景画的苏丁，是从来不曾如此无所顾忌、一往无前的凡·高。不过可能苏丁表达情感太极端了，认同他的观者反而不如认同凡·高的那么多，虽然我们认同凡·高恰恰是以为他极端地表达了情感。比起凡·高，苏丁要个人化得多，以致到了别人只能敬畏他而无法亲近他的地步。

苏丁的人物肖像画却似乎侧重强调静物画的另一方面。在《大提琴手》(1916)、《戴着一顶小帽子的年轻人》(1916)、《疯女人》(1919)、《戴帽子的男人》(1919—1920)、《穿粉红衣服的小孩》(1937)、《母性》(1942)等作品中，那些人物，尤其是他们的面部，简直是被生活与境遇给挤压得变形了，萎缩了，他们神色哀愁，凄凉，冷漠，麻木，从来不见一丝笑意，所展现的像是各种作态、掩饰的表情都褪尽之后脸上露出的底色，这约略接近塞尚的画法，虽然他们的作品并无相似之处。兴许这是与"牛肉"的痉挛不同的另一种痉挛，是他们真实的人生感受，但这里没有挣扎，只有承受，他们只是被压迫、被摧残而已。这些画或许该归入凡·高、蒙克、科柯施卡那个系列，但苏丁的人物看起来更茫然，更无奈。也许是因为现在所画的对象本身具有——不像那些尸体与无生物，是真的具有——主观能动性，画家不免受到影响；抑或彼此在情绪和感受上有所共鸣，这些画更偏重于体现"哀"而不是"怒"。静物画画的是"虽死犹生"，人物肖像画画的是"生不如死"。

我在博物馆看苏丁的作品时曾经产生过一个想法：也许他的静物画和风景画更接近于表现主义，更多呈现画家心中的世界，或心中的自己；而人物肖像画多少有些现实主义的意味，

夏伊姆·苏丁
《大提琴手》
1916 年
布面油画
81cm × 45.1cm
麦克奈艺术博物馆藏
美国

更多呈现画家眼中的世界。但我也知道，如此划分难免有牵强附会之讥。话说至此要岔开一下：这本书所分的几个题目，“女人”“大自然”和“梦”无疑都是限定，“时代”看似宽泛，却容易成为更狭隘的一种限定。其实绘画如同其他艺术形式一样，并不打算向大家提供类似新闻报道或档案材料之类的东西。时代情绪的确构成时代最重要的一部分，它比任何历史事件、社会问题和其他舆论关注的对象都更能体现历史演进的主要方向，但它并不一定是对时代的具体反映，尽管我们有可能在其间找到某些触发点或特定动机。更准确的理解应该是，这些画家与时代并存，他们也是创造时代的人。时代情绪是若干复杂多变的情绪流的集合，而在最高程度上它正是借由画家苏丁之手体现的。仅仅因为苏丁在他的作品中投注了那么多的痛苦、愤怒和激情，而且表现得那样充分，那样极端，他也应该被视为继蒙克之后最与我们这个时代相关的人，至于这些情绪具体因何而生，恐怕没有那么重要。苏丁的艺术是启发性的，而不是归纳性的；他丰富我们的感受，或者说是把沉淀在我们内心底层的情绪搅动起来，但他并不替我们得出结论。

九

亨利·马蒂斯。关于马蒂斯已经谈了不少，现在且将其置于“时代”这个题目下重新审视一番。说来马蒂斯的作品与我们这个时代并没有什么关系，与他漫长的创作史相伴随的人类历史上那一次次战争、革命、饥馑、瘟疫，人对人的攻击、凌辱、囚禁、杀戮，在他的作品中全无体现，甚至好像对他没有丝毫影响；但也正因为如此，马蒂斯与时代之间存在着另外一重关系——在这里，彼此互相成为背景。也就是说，马蒂斯自己在画什么是一回事；世界上正发生着什么，以及别的画家在画什么，与此同时马蒂斯在画什么，是另一回事。

话说至此，涉及此前未曾谈到的马蒂斯作品中的一个因素，我指的是人物——主要是女人——所在的具体生活情景，多是房间的一部分，或庭院的一角；她们在这样的背景里，读书，弹琴，交谈，喝咖啡，充当画家的模特儿。画中不无生活气息，暗示着某种特定的人生状态。早期的马蒂斯还有些写实倾向，自然要画此类内容；在他风格成熟，也就是真正成为马蒂斯之后，仍然时常有所表现，如《画家的一家》(1911)、《咖啡》(1916)、《摩尔屏风》(1921—1922)、《钢琴师和下跳棋的人》

（1924）、《坐在黄色扶手椅上的黑衣姑娘》（1935）、《黑色背景下的舞女和洛可可式扶手椅》（1942）、《蓝色写生簿》（1945）、《房子里的寂静》（1947）等，都是如此。联想到这些作品的创作时间，不免觉得“别有天地非人间”。画家画的都是普通的日常生活情景，并不阔绰，奢华，只是轻松，惬意，平安，美好；在那样一个年代，还可以用上大家经常形容他的词：欢乐。所画基本上局限于画家的家庭环境，但他反复表现这些，仿佛是要强调超越一己的什么东西；纵观这些作品，内容、画法容有发展变化，所体现那种生活气息或人生状态则始终保持如一。乍看题材未免稍嫌狭窄，内容也有些简单，然而因为这是马蒂斯在画，而且一直在画，也就显得意味深长。这说法大概有点势利眼，但的确因为马蒂斯在现代绘画史上的崇高地位，这才成为一种我们无法忽略而且必须重视的姿态，而这又反过来加强了马蒂斯及其作品的重要性。马蒂斯画这样的内容，其实与毕加索画《格尔尼卡》有着同等重大的意义。

对马蒂斯来说，此种意义很大程度上基于这些作品所体现的恒定性。它们针对一切变化，无论是坏的变化，还是貌似好的变化；不管世界上发生了什么，马蒂斯一直坚持自己的立场，自己的方向。“无动于衷”“漠不关心”与“不为所动”“从容不迫”，评价上近于一贬一褒，其间好像也略有主动与被动之别——虽然后者最终显示出一种更为主动的姿态，然而具体到某个人、某件事，却很难区分开来。反正马蒂斯就是这样走过

亨利·马蒂斯
《画家的一家》
1911 年
布面油画
143cm x 194cm
埃尔米塔日博物馆藏
俄罗斯

法国旺斯念珠小教堂内景

了他一生的创作历程，说穿了他根本不把这个世界放在眼里。

当然如果将这些画，将画中的生活情景与生活气息都理解为是写实的，就又有胶柱鼓瑟或买椟还珠之嫌。相比之下，这些画的色彩，还有画里那些女人的神态、姿势，其实更能体现马蒂斯的“欢乐”，而生活情景与生活气息只是氛围，只是对她们的呼应。所以与其说马蒂斯是在展现自己的生活，不如说是在展现自己的心境。从这一点上讲，这些作品与将人物或多或少从背景中剥离出来的《舞蹈》系列、《音乐》(1909—1910)、《粉红色的裸体》(1935)、《蓝色背景下的裸女》(1936)以及剪纸《伊卡罗斯》(1943—1944)、《蓝色人体》(1952)等，没有太大的差别。马蒂斯并不是画了一种现实，而是马蒂斯的画本身构成一种现实，它与我们的现实之间是平行的关系。马蒂斯的最大成就来自这种超越性。时至今日，它们已经成为这个时代不算太多的美好因素之中特别有分量的一部分。马蒂斯代表了世界的一极，让我们看到对于丑，对于恶，美毕竟起着有力的抗衡作用。

这里给我们一个明确的启示：历史的确是由一系列现实构成的，但是历史还包括一些别的东西，譬如美，譬如真正的感情和真正的思想。它们在历史中独立于现实而存在，现实因而不能成为历史的全部，美、感情和思想的历史价值正在于此。我们甚至无须要求它们对现实产生什么影响，能够改变现实中的什么事情；它们存在的意义就在于它们不受现实的影响，不会被现实所改变。

马蒂斯所创造的这种现实，最终完成于旺斯的念珠小教堂(1950)。一九九四年春天我和Morin一起到法国南方，从尼斯往山里去，很偶然地来到这里。这座完全由马蒂斯设计的教堂，三幅壁画《圣多明我》《圣母子》和《耶稣受难图》都是白底黑色，我恰好看见阳光透过蓝、绿、黄三色玻璃，质朴而灿烂地投照到对面的《圣母子》上，就像赋予它一种圣洁的意味。马蒂斯的色彩，到这时真该说是伟大的了。在那特地用看上去有面包质感的石头做成的祭坛前，一位中年女人在讲解，我不懂法语，Morin为我做翻译，我只清楚记得她说话的语调，特别是每次提到“Henri Matisse”，那种崇敬、亲切、深情，只能用“爱”这个词来形容。我四下看看，设想两种情况：一种如现在一般有阳光透射进来；另一种是外面没有阳光，那时这里就只剩下白色与黑色了，那将是一个完全不同既往的马蒂斯。我感到他的世界如此之广大，可以将最朴素的与最华丽的都包括在内。

十

巴勃罗·毕加索。在我们所涉及的这一段美术史上，毕加索的《格尔尼卡》(1937)代表了另外一种倾向，即艺术对于现实——进一步讲，也是对于历史——的介入。事实证明，在诸多此类作品中，《格尔尼卡》最为成功而且具有最持久的生命力，因此也可以说它的介入是最直接和最深入的。

关于《格尔尼卡》有过不少解说，包括画家自己的在内，讲得已经很详尽了；但仍不妨略陈一己之见。看到这幅画，我首先想到的是“无辜”与“绝望”：除了制造死亡，整场屠杀别无其他目的和意义。画面上的人物都是无辜的：左侧抱着已死的孩子的母亲，右侧高举双手坠落下来的女人，拖着畸形的腿奔向画面中央的女人，还有从窗口探身进来举着一盏灯的女人，甚至下方死去的战士。战士的一只已经断了的手握着一把断剑，在断剑旁画了一朵盛开的花朵，算是对他徒劳的反抗的礼赞。这些被局限在一个狭窄封闭的空间里，令我联想到贝克曼的《夜》，但这里更强调的是置诸死地，无从逃脱。作品呈现了一场暴行的结果，暴力本身则被留在画框之外，仿佛来自各个方向，也就显得特别强大，不可抵御。值得注意的是几处光——

巴勃罗·毕加索
《格尔尼卡》
1937 年
布面油画
349.3cm × 776.6cm
索菲亚王后国家艺术中心博物馆藏
西班牙

分别位于右侧坠落的女人的上面和下面，那是从外界透进来的火光或轰炸造成的光，被画成锯齿状；而画面上方屋顶那盏灯，发出的光芒也是同样形状，我因此将其理解为暴力的体现，强烈的光芒使得一切失去了色彩，而这里黑白正是死亡的颜色。这盏灯亦可视为一个非人间的自然的视点，它冷漠无情地看着这一切发生，告诉我们只能如此。这也正是那个女人要另外送来一盏灯的缘故，这才象征光明与希望，然而这盏灯并没有光亮，而她那样子就像飞蛾扑火。画面左侧的公牛和中央的老马，为这幅本来就具有象征性的作品又增添了一重象征意味：在一场血腥的斗牛赛中，获胜的是牛，马却为长矛所刺杀，位于它们之间的那只举头张嘴的鸟则渲染了悲哀的气氛。公牛在这里显然是个异数，像是从画面之外的暴力一方派来打探消息的使者，或者是闯进来看笑话的——它与持灯的女人都作为见证者而存在，彼此却来自不同阵营，而那试图成为见证者的女人本身也成了遇难者。

同样是表达无辜，毕加索的态度可以说介于一系列基督受难像的作者鲁奥与《夜》的作者贝克曼之间，他不像前者以受害者自居，也不像后者拒绝认同于其中任何一人，而是介乎主观与客观之间。《格尔尼卡》是一幅充满同情心的作品，大概蓝色时期与玫瑰时期之后，画家就不曾这样表露过对一己生活圈子之外的人的爱了。这种同情心尤其体现于对女人、战士和马这些受害者的眼神与体态的刻画，说得上细致入微；但与此同时，有关他们的境遇的处理又是那样断然，彻底，不留余地，令人想到“天地不仁，以万物为刍狗”。在我看来，画中内容一概处于毕加索的俯视之下，而屋顶的那盏灯也代表了他的视点。这里画法的冷酷与画家的同情心正是相反相成，前面提到的“无辜”与“绝望”很大程度上由此而生。

《格尔尼卡》的意义在于，它既是实录，又是象征。从前一方面来说，当时起到了谴责法西斯暴行的作用，也因为这幅画，人们至今仍然记得那个叫做格尔尼卡的西班牙小镇和发生在那里的一幕惨剧；从后一方面来说，作品所涵盖的意义恐怕比我们通常理解的还要广大深远。我在看《格尔尼卡》时有个感觉：即使此时此刻，如果将我们整个世界压到一个平面上，或许得到的就是这幅画。

毕加索之前创作的颇具残酷意味的《十字架上受刑》（1930）、《斗牛，斗牛士之死》（1933）、《斗牛》（1934）、《带着死马的弥诺陶洛斯在一个山洞前面对一个戴面纱的女孩》（1936）等作品，通常被视为《格尔尼卡》的前奏；但我却想，也许可以从《格尔尼卡》追溯到《亚维农少女》。那里的几个女人似乎与《格尔尼卡》里那头公牛多少对得上号。《亚维农少女》曾因内容狂暴而让人大吃一惊，其中有种强烈的挑战意味，而毕加索乃是站在挑战者一方。这幅画所传达的信息绝不仅仅局限于艺术的范围。不管我们是否情愿，这个世界不再是原来的世界，旧的秩序、旧的观念都被彻底动摇了。而经验证明，

巴勃罗·毕加索
《生之欢乐》
1946 年
布面油画
120cm × 250cm
毕加索博物馆（昂蒂布）藏
法国

旧秩序固然不好，破坏旧秩序的结果往往更坏。

在毕加索的作品中，与《格尔尼卡》相对立的是《生之欢乐》(1946)，我们看到，伴随着半人半马怪的笛声，一个长发飘舞、乳房浑圆的女人，与两只山羊一起翩翩起舞。可以说《格尔尼卡》有多悲哀，这里就有多欢乐，二者都显得饱满而充实。只不过不像《格尔尼卡》那样兼具写实与象征意味，《生之欢乐》仅仅是一幅象征性作品。以后他又画了《战争》(1952)和《和平》(1952)，内容与寓意都比较简单，其间的对比，也没有《格尔尼卡》与《生之欢乐》的对比那么丰富复杂。《战争》自然是对《格尔尼卡》的呼应，这里无论屠杀也好，战争也好，特定事件都只是毕加索做出反应的借口，而所有的问题最终都是人性意义上的。只有在人性之中，《生之欢乐》与《格尔尼卡》、《和平》与《战争》才构成对立和冲突；只有在人性之中，对立冲突的双方也才成为一个整体。而所有这些可能都是由《亚维农少女》中预示过的东西引发出来的。没有比从《亚维农少女》到《格尔尼卡》之间和从《格尔尼卡》到《生之欢乐》之间，更能体现我们这个时代了。

十一

费尔南·莱热。在“女人”的题目下谈论莱热时，其实已经涉及类似内容，这里再来做些补充。在莱热早期的立体主义作品《森林中的裸女》(1910)里，大致可以辨认出的几个裸女，与周围的森林就像属于同一材料，同一性质，同一来源，一并处于可以称之为“机器化”的既混沌又癫狂的状态，形容起来就是“蠢蠢欲动”。稍后的《吸烟的人》(1911—1912)、《蓝衣女人》(1912)、《画室里的裸体模特》(1912—1913)等，多少也给我们这种感觉，不过人与物的分别更不清晰了。此时我们尚难判断莱热对此究竟是何等态度，大概就像同时代的画家们一样，只是感受到了世界正在发生某种急剧的变化。

待到莱热创作《楼梯》(1913)、《俄国芭蕾退场》(1914)、《坐着的女人》(1914)、《拿烟斗的士兵》(1916)、《马戏团的杂技演员》(1918)等作品时，一切就都变得明朗起来，各种各样具有机器性质的部分，开始呈现出一种秩序，而且予人以稳定安全之感。看来画家已经适应由机器化带来的秩序化了。或许他也明白，机器人并非异类，就是你我大家，这个事实没有办法不接受。机器作为单个的“人”，机器的系统作为“人类”，如今的世界就是这样的世界。而在《拿烟斗的人》(1918)、《城市里的人》(1919)、《城市》(1919)、《浮桥》(1920)、《三个人物》(1920)等作品中，我们看到那些由球体、圆锥体和圆柱体组成的人体，在高度机器化的环境中清晰地显露出自己的面目，自己的形象，似乎他们真的拿这儿当家园了。

这以后莱热逐渐变得乐观起来。在《蓝色背景下的工厂》(1950)、《工厂》(1950)、《建设者(建筑工和绳子)》(1950)、《有龙舌兰的工厂》(1951)、《蓝色背景下的工厂》(1951)、《伟大的行列》(1954)和《建筑工人》(1955)等作品中，画的几乎都是劳动的场面，那些外貌相同、表情一致的劳动者，彼此齐心协力，奋发图强。显然画家所强调的是人与机器、人与秩序的相得益彰。这些画很像宣传画，乃是我们所谈论的这段美术史上少有的朝气蓬勃之作。

我看莱热这些作品，不免联想到卡夫卡。在《变形记》中，也许格里高尔·萨姆沙真正的困境并不是从一个人变成了一只虫子，而是他在此过程中竟然感到难堪、痛苦与手足无措。他不知道这不仅仅是在他一个人身上发生的变化，而“萨姆沙”实际上是关于变成虫子的人的一种复数表述。现在这个处于困境的人只是其中的异己分子，是还没有习惯成为群体中的一员的个体。问题在于并不存在群体之一这回事，群体将消灭每一个体。在那个故事里，个体萨姆沙无法接受群体萨姆沙，群体萨姆沙也无法容忍个体萨姆沙。然而故事的结尾，仅仅是这个

费尔南·莱热
《森林中的裸女》
1910 年
布面油画
120cm × 170cm
库勒－慕勒博物馆藏
荷兰

费尔南·莱热
《俄国芭蕾退场》
1914 年
布面油画
136.5cm x 100.3cm
纽约现代艺术博物馆藏
美国

人自己死掉了。这是一个人性丧失殆尽的过程，而卡夫卡所写的就是人经历这一过程的最后感受。

莱热差不多是从与卡夫卡相同的出发点出发，却走到了完全相反的地方。与其说他在描述一种状况，不如说是在启示一种希望，其中就寄托了他的信仰。莱热恰恰认为人的价值、尊严乃至幸福可以在机器化和系统化中实现，换句话说，个体从集体中获得自己的位置——也就是丧失作为个体的自己——的同时，也获得了欢乐。莱热画的是"我们"的颂歌。很明显，世上大多数人并没有类似个别敏感者如卡夫卡那种痛苦，他们甚至并未意识到其间曾经发生过什么变化，可能很自然地就习惯用机器的脑子去思考所有问题了。当人已经成为机器后，莱热所表现的是置身于系统中的机器人那种自我陶醉和憧憬未来的想法。

莱热这些歌颂集体、歌颂劳动的作品，可能被视为我们这个时代的《奥德赛》，也可能被视为谎言。也许是我过于敏感，在这里我的确感受到了对基于机器化和系统化的某种社会形态和意识形态——此时画中那些机械与系统都成了象征——的赞颂。此其我又想到"反乌托邦三部曲"，谈及莱热时我曾提到赫胥黎的《美丽新世界》，与自始至终充满压制与受苦的扎米亚京著《我们》和奥威尔著《一九八四》不同，作为单个成员，莱热画中的人物形象更像赫胥黎笔下的"人类"；作为一种社会秩序，莱热所画也更接近于"美丽新世界"。我曾写道，是愿望而不是权力导致“美丽新世界”的降临，虽然这是一个非人世界，它却仿佛根植于人性之中，更像是我们发自内心对于未来的一种期待。看过莱热的画，我更加确信这一点。

费尔南·莱热
《建设者（建筑工和绳子）》
1950 年
布面油画
161.3cm x 114cm
纽约现代艺术博物馆藏
美国

十二

马塞尔·杜尚。杜尚所对应的是一个比我们所讲的“时代”更大的时代，他是唯一可以与人类最初发明绘画艺术的人——假定有那么一个人——相抗衡的人。而正因为这种抗衡，我们才得以理解“艺术是什么”。这里略说一点个人的经验：多年前我第一次参观卢浮宫，最关心的是究竟什么东西才能摆进这里，整整转了一圈之后，看出大概是“制造物”，但并不是所有由人经手加工创造的东西一概收纳于此，好像还需要别种附加值，譬如年代久远，存世稀少，制作精美，等等。

这样的疑问在杜尚那里得到了彻底解答。他的那些“现成品”——这个名目稍晚才出现——如《自行车轮子》(1913)、《瓶架》(1914)、《断臂之前》(1915)、《帽架》(1917)、《泉》(1917)等，还有《L.H.O.O.Q》，粗略一看似乎只有破坏意义，然而正如其所说：“我想揭示一种‘互惠的现成物体’：可以把一幅伦勃朗的画拿来当做烫衣板！”前面提到的两个人：人类最初发明绘画艺术的那个人和杜尚，其一假定世界上有种特别的东西叫做艺术品，其一则指出这只不过是假定。这是隔着时间长河进行对话的两个人。我们时代所有画家的光芒都聚焦在杜尚身上；

有了杜尚，其实才有现代艺术史可言，否则它只不过是以往艺术史的延续而已。杜尚的艺术是公案式的，并不针对个别，揭示的是整体。如果没有杜尚，大家就还在画地为牢，固守那种既停滞又局限的艺术观念。杜尚给我们的启示是变化和无限，这是他最大的建设性之所在。艺术家一向都是置身于艺术之中去体会艺术的意义；而杜尚是第一个真正将艺术作为对象加以理解的艺术家，所以他既是最深刻的，又是最艺术的。

或许要说，在一只普通的瓷制小便池上签了"R. Mutt"并将其送交展览，就成了作品《泉》，这未免太容易了。一方面，问题恰恰就在这里：自古以来——这里真得套用一下这句我一向觉得非常可笑的话了——艺术的前提与边界居然如此脆弱，而这唯独杜尚看出来了，于是轻而易举地将其一击粉碎。杜尚将艺术变成一个"花"招，可是杜尚以后，大多数艺术家想出来的招似乎并不够"花"。另一方面，杜尚以不算长的时间和更不算多的作品——其中包括轰动一时的《走下楼梯的裸女，第二号》——实实在在走过了几乎全部现代艺术历程之后，才有了《泉》和《L.H.O.O.Q》等作品的问世。他如此认真与如此艰难地创作了《大玻璃》(《新娘甚至被光棍们扒光了衣服》[1915—1923])，以后无论做什么或不做什么都无法被看作是取巧之举。而他有这么两类作品，再加上后来长期停止创作，这三样儿凑在一起，简直使他无懈可击。从根本说，这个人身上活着两个艺术家，一个做得最好，一个什么都不做；前者已经完成，后者永远存在。这两个杜尚处于对峙的状态：他在艺术史上占据着无可争辩的重要地位，他也终结了艺术史。

从前我只在画册里见过《大玻璃》，已经明白这也是一件根本拒绝被制成印刷品的作品。所以当有人问“最想去的地方”时，我回答说一直向往费城艺术博物馆，想去看看《大玻璃》和杜尚的其他作品。待到如愿以偿，我认定《大玻璃》是二十世纪最重要、最具代表性的艺术作品，它与现代文明的关系，堪比金字塔与古埃及文明的关系。一向我们只能从对面这一固定方向去看一幅画，无论是岩洞里人类最早的壁画，抑或出自达·芬奇或毕加索之手，即使其间绘画技法和内容方面已经发生了许多革新；而《大玻璃》可以从正反——其实它根本无所谓正反——两面去看，对于观者来说，这是有史以来的第一次。这是一场真正的革命，有关绘画艺术的一切都被打破了。而在读了包括杜尚自己在内有关《大玻璃》的详尽乃至繁琐的解说之后，我只想谈谈当下直观的印象。当我面对这件高三米、宽两米的作品，发觉其中所有细部，包括收集在七个圆锥体里的灰尘，都特别精致，至于玻璃上的那些裂纹，则真可谓“天作之合”。而在“新娘”的上半部分与“单身汉们”的下半部分之间，存在着巨大的内在张力。我透过《大玻璃》，看到展厅里一扇关闭的通往室外走廊的门，上面是个大玻璃窗，下午的阳光照射进来；及至转到另一面，又透过它看到几位观者正缓缓走过。我觉得，这真是一件本身非常坚定，而又能容纳种种变化

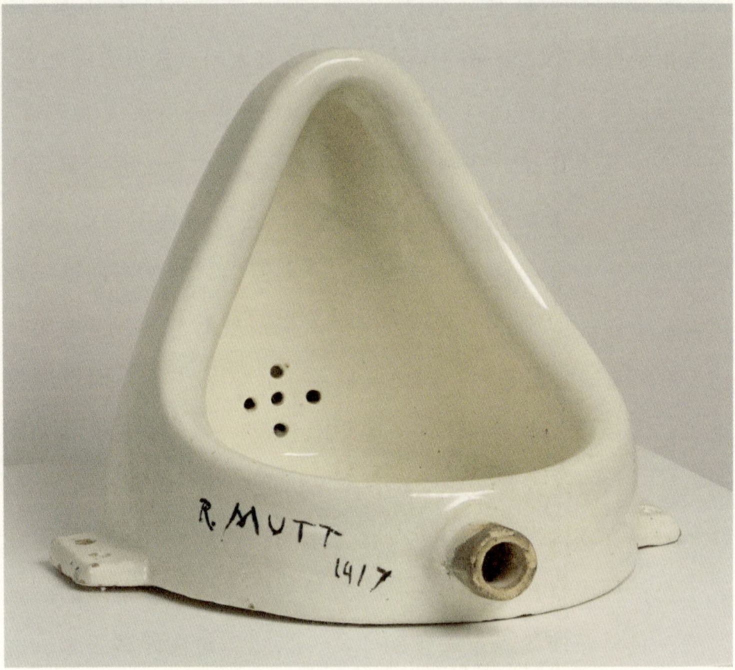

马塞尔·杜尚
《泉》
1950 年复制版
白色釉料陶瓷小便斗，颜料
30.5cm × 38.1cm × 45.7cm
费城艺术博物馆藏
美国

马塞尔·杜尚
《大玻璃》(《新娘甚至被光棍们扒光了衣服》)
1915 年—1923 年
油，清漆，铅线和两块玻璃板
277.5cm × 177.8cm × 8.6cm
费城艺术博物馆藏
美国

的作品。

我由此联想到杜尚倾注后半生精力用于下国际象棋这件事，也许可以另作解释：假如我们将每次棋子移动后的棋盘局面都视为一幅画，他实际上仍在作画，或者说仍在从事一项艺术性创造。杜尚在永不重复、不断变化、深思熟虑和无限可能中得到最大的乐趣，特别是当这种创造得以摆脱时间的限制——作为空间形式它们确实存在过，但是不可能被保留下来——他会有多么纯粹和自由的感觉。

记得波拉尼奥所著《2666》的第二部中，有个几乎贯穿始终的情节：主人公阿玛尔菲塔诺将一册名为《几何学遗嘱》的书夹在花园里的晾衣绳上，任凭风去吹动它，翻阅它，撕扯它。作者写道："当然，这主意是杜尚的。"所指的就是后者的《倒霉的现成品》(1919)。这无疑是对艺术家致敬之举，但在我看来，却是那部小说中最缺乏创意的部分。无论《泉》，还是《L.H.O.O.Q》，乃至整个杜尚的艺术，都是只可有一，不可有二的。模仿或沿袭杜尚，就走到了他的对立面。杜尚既拒绝偶像，也拒绝追随者。他不仅颠覆了所颠覆的对象，也颠覆了颠覆这一行为本身。

十三

让·迪比费。或许在"梦"的题目下讨论迪比费更合适，因为那里的克利、恩斯特、米罗和马松与他似乎是在同一方向上，他们也都对童心和蒙昧感兴趣，但迪比费在这方面走的要比他们远得多，一径到了大家望尘莫及之处。与迪比费相比，克利未免过于缜密，太有秩序；米罗未免过于精细，太漂亮了；恩斯特和马松又未免过于严肃、激动，太拿这世界当回事了。可能还是"女人"中讲到的德·库宁与他相得一点罢。迪比费真正继承的是达达。无论如何，达达是对我们时代的一次至关重要的精神洗礼，经历过它与没有经历过它总归是不一样的。不过迪比费好像比当初达达的成员找到了传达达达精神的更恰当的方式。在他的《地铁》(1943)、《爵士乐队》(1944)、《穆什太太》(1945)、《红皮巫师莱奥托》(1946)、《公寓，巴黎》(1946)、《局外大总管》(1947)、《骑着驴的贝都因人》(1948)、《人间的狂欢节》(1951)、《月出幽灵地》(1951)、《吉卜赛人》(1954)、《环形街道》(1963)、《物体居住的地点》(1965)、《时间和地点》(1979)等作品中，不是我们这样的人在做梦，而是我们之外的另一些人在说事，或者在睁大眼睛看

让·迪比费
《爵士乐队》
1944 年
布面油画
114.6cm x 146.7cm
纽约现代艺术博物馆藏
美国

让·迪比费
《物体居住的地点》
1965 年
布面丙烯酸漆
130cm × 162cm
泰特不列颠美术馆藏
英国

世界。他们包括儿童、疯子、流浪汉和迪比费所说的“任何从来没有学过画画的人”。

迪比费干的是与我们此前此后谈论的事完全不同的另一件事，尽管这是专门针对我们谈论的事而干的。他旨在清除绘画作品中所体现的文化传统的影响，那种尽管不断发展变化但毕竟还在美学范畴之内的美学。说来早就有不少画家希望通过作品表现出原始气息，不守约束的情感，人的本能，以及对文明的流弊的弃绝，等等，但他们创作的毕竟还属于迪比费讲的“博物馆艺术”，无论凡·高、高更，还是马蒂斯、毕加索，一概如此。迪比费则要彻底得多。他的“原生艺术”是在“博物馆艺术”之外，反文明，反理性，反审美，而且始终未尝止步。

然而说到这儿，也就“言语道断”了。迪比费画的虽然大多是具象，但未必具有我们通常关于这些具象所理解的意义。儿童、疯子和流浪汉，至少在画画时，与我们所面对的并不是同一个世界。彼此之间不应该存在什么共同语言，假如存在的话，要么是没疯的人疯了，要么是疯子根本没疯。试图以理性去解释一件非理性的作品，以美与不美去说明一件压根儿否认美这回事的作品，即使不是徒劳的，至少也是不智的。

不过我想，另外还有一种观看迪比费作品的方式：姑且搁置“原生艺术”与“博物馆艺术”的对立，多少拿前者也当后者来看——反正迪比费的画现在大多珍藏在博物馆里，我也是在那儿才看到的。这是一种“借用”，所看到的是接受美学意义上的迪比费。也许可以再进一步：假设迪比费在将自己变成一个儿童、疯子、流浪汉和“任何从来没有学过画画的人”时，他的身上仍然存在着一个正常人，一个“博物馆艺术”画家，后者只是戴了一副前者的面具，只是借助前者的方式来试图不同凡响地表现自己，他不是真疯而只是装疯——这一切未必是不可能的，就像我们在“梦”的项下谈论的画家大多根本没在做梦一样——那么我们也就可以说，迪比费与我们的时代密切相关，从他的画里可以看到这个世界，更重要的是，画家还揭示了面对它的一种不同既往的态度。

我们眼中的这位迪比费，一半天真一半幸灾乐祸地看着世界——包括他自己和他的这副眼光在内——颓败下去，腐烂下去，已经不可收拾，他描绘的是其间的混乱状态以及从这状态里短暂的逃逸，而这种逃逸本身也处在混乱之中。这样再来看他的《穆什太太》《红皮巫师莱奥托》《骑着驴的贝都因人》《人间的狂欢节》《吉卜赛人》等，仿佛在说：“我们完了；我们活着。”而《公寓，巴黎》《月出幽灵地》《环形街道》《时间和地点》等，则充满对世界的挖苦戏弄，——他不是想给它找条出路，而是嘲笑认为世界还有出路这种想法。这是戏谑，也是反抗。我们甚至看到他的作品中难以掩饰的矛盾之处——原本指望走向原始与美好，抵达的却是现实与丑恶。虽然对迪比费来说这并不是终极表述，有关“终极表述”的说法同样在他的嘲讽之列。

十四

弗朗西斯·培根。可以从培根的早期作品《绘画》(1946)谈起。画的是一位独裁者——以后画家描绘的多是被迫害者的形象，相反的一方很少出现——端坐在画面中央，脸的上半部被一把雨伞遮住，看不见眼睛，只露出张着的嘴，嘴里一排牙齿，还有强硬的下巴，而上唇的一抹红色使人想起“嗜血”。他的背后挂着一大扇剥了皮的牛肉，还垂下几条绳索，面前的玻璃板上也摆着两块带血的肉，脚下铺着深红色的地毯，背后是发红的墙和被红色拉帘遮住的窗户——此人大概正置身于一间屠宰场或行刑室里。

独裁者背后的那扇牛肉显然受益于苏丁的《牛肉》。培根以后的《画像习作Ⅱ：模仿威廉·布莱克的面具》(1955)、《莉萨》(1957)、《躺着的人，第一号》(1959)、《女人的头像》(1960)、《为耶稣受难所作的三幅习作》(1962)、《亨丽埃塔·莫赖斯画像的三幅习作》(1963)、《自画像习作》(1963)、《坐在蓝沙发上的亨丽埃塔·莫赖斯画像》(1965)、《伊莎贝尔·罗斯索恩画像的三幅习作》(1965)、《伊莎贝尔·罗斯索恩的画像》(1966)和《蹲着的乔治·戴尔画像》(1966)等作品，

弗朗西斯·培根
《绘画》
1946 年
亚麻布上油画、蜡笔
197.8cm × 132.1cm
纽约现代艺术博物馆藏
美国

描绘的都是受害者的形象，身上都有这扇牛肉的影子。我们看到那一块块被剥了皮的牛肉，仍然有感觉、情感和思想，他们扭曲着，抽搐着，处于与周围世界高度紧张的对峙状态。

培根受到凡·高和苏丁的很大影响。如同这两位一样，从根本上讲培根塑造的也都是情感形象。相比之下，培根显得内敛一些，少了几分张扬，譬如他画的牛肉就没有苏丁的那么鲜血淋漓、腐烂发臭。培根好像同时兼有一个自视之外的客观看待自己的视点，尽管所看到的对象或许更悲惨，更绝望。

培根塑造的情感形象，浓聚于或者说爆发于《模仿委拉斯凯兹〈教皇英诺森十世〉的习作》(1953）这幅作品。有必要与委拉斯凯兹一六五〇年的原作对照一下：委拉斯凯兹的教皇虽然色厉内荏，却仍不失高贵之相；培根的教皇则痛苦不已，正在高声呼喊。与其说他们处在不同的时代，不如说他们对于时代有着不同的感受。培根的教皇应该也在受害者之列，但值得留意的是，他差不多就坐在《绘画》里独裁者的同一位置，他那发出喊声的张大的嘴也使人联想到那位独裁者的嘴。在与此画属于一个系列的《和牛肉在一起的教皇》(1953）中，教皇的背后同样挂着大扇牛肉，只不过已被切割成两片。而在《一九四六年〈绘画〉的第二版本》(1971）中，那位坐在画面中央的人物，脸的上半部仍被雨伞遮住，露出的下半部也被画成了肉块模样，与背后挂着的和面前摆着的牛肉看上去没有什么差别。在《房间里的两个人》(1959)、《床上人体三联画》

(1972)中，这些肉块似的人物摔打在一起，大有你死我活之势。实际上我们无从分辨培根画中的人物究竟是施害的一方，还是受害的一方。这是一个混合体，是我们时代精神上的混合体，而这个时代的人无一不是其中的一分子。培根代表的是所有人，所有被卷入世界上的折磨、摧残和屠杀中的人。

回到《模仿委拉斯凯兹〈教皇英诺森十世〉的习作》，教皇不像坐在椅子上，倒像是被捆绑在那里。画面上那些竖道，予人以强烈的幽闭之感：这可能是一道半透明的帘子——类似的帘子也出现在同一系列的《教皇 VI》(1949)中，那里还在他的身边画了一个框架，也可能是个罩住他的玻璃匣子。而在我看来，那些竖道又好似一份记录无止无休的叫喊的声谱，将他的声音形象化地呈现在观者面前。教皇叫喊的形象可以追溯到培根早期创作的《玛德莱娜》(1946)，那个身躯壮硕，腰背以下盖着一块纱巾的女人，面前放着一张玻璃板，上面张开一把伞——玻璃板和伞都曾在《绘画》里的独裁者身边出现；女人以看着很别扭的姿势弯下腰，双臂撑在玻璃板上，将赤裸的上身凑到伞底下，伸长脖子，以看起来更别扭、几乎无法做到的姿势向我们转过头来，发了疯似的大哭大闹，她那张大的嘴就像教皇的嘴一样。《模仿委拉斯凯兹〈教皇英诺森十世〉的习作》似乎是对蒙克的《尖叫》的呼应。但这里的叫喊仅仅是因为恐怖痛苦之极而不得不如此，没有对象，也就不存在呼应，甚至不是喊给他自己的——不是宣泄，根本不能从中得到任何

弗朗西斯·培根
《模仿委拉斯凯兹〈教皇英诺森十世〉的习作》
1953 年
布面油画
153cm × 118cm
狄蒙艺术中心藏
美国

弗朗西斯·培根
《玛德莱娜》
1946 年
布面油画
145cm × 129cm
苏格兰国立现代艺术美术馆藏
英国

慰藉。

培根可以说是给予当初蒙克、科柯施卡等人一个总的回答的画家。他们的预感在他这里都得到证实，而且因为是在事后，他的表述比贝克曼曾经做过的更完整，更深入。不过尽管培根的作品看来极其恐怖痛苦，他并不是一位报告事实的画家——事实已经历历在目，无须什么人来报告。培根所传达的是这个时代我们总的感受，呈现的是人类整体上的情感状态。时代尚未结束，恐怖痛苦的事实层出不穷，大家随时回过头去看他的画，总能有所契合，获得共鸣。而培根所以耗费毕生之力如此画法，实在是担心有朝一日，我们也许会将关于恐怖痛苦的感受与记忆都遗忘了。

后记

有关画的一篇读书笔记

我见过莫奈晚年的一张照片，画家站在他的大幅画作《睡莲》(1914—1926)前面，手里举着调色板，看上去满眼都是迷惘。老画家这时已功成名就，但是约翰·雷华德的《印象画派史》说：

“如同安格尔一样，他死在他体现的思想早已过时的时候。莫奈是印象派画家中第一个取得成功的人，也是亲眼看到印象派真正胜利的唯一一位印象派画家，他活着的时候亲身感受到自己的孤立，当他看到努力多年才实现的梦想被年轻一代十分激烈地攻击时，他一定感到了某种痛苦。”

其实印象派中也并非莫奈一人落入此种境遇，迈克尔·列维的《西方艺术史》说：

“德加、莫奈以及雷诺阿却都是特别地长寿——一直活到马蒂斯和毕加索的创作鼎盛时期。至少从历史上讲，他们都从杜尚那‘暗号性的’作品《泉》中看到了一种清醒的重大想法。”

我们曾经慨叹于另外一些印象派画家如莫里索、西斯莱，特别是弗里德里克·巴齐耶死得太早，来不及享受自己事业的最终成功；当然与此类似的情况还有更为大家熟识的凡·高和高更，他们身后的巨大荣誉与他们本人的不幸经历形成了鲜明的对照。但是对莫奈以及稍早于他辞世的德加和雷诺阿来说，“特别地长寿”似乎成为一种缺憾。这个事实近乎残酷：现代绘画变化确实快得让人难以接受，画家们甚至都来不及退场就看见自己当初的创新已经变成落后了。这是一部创始者与终结者聚集一堂的有点儿怪诞的历史。我们可以在莫奈和雷诺阿最后阶段的绘画里发现他们对风格的特别强调和发挥，似乎也是有意与所处时代相抗衡，这无疑构成他们一生成就的一部分，但是对那一时期的艺术史来说则未必具有多大意义，他们毕竟已经过时了。

在我们涉及到的这一段历史里，此后还有不少类似这样的画家。一方面，不管以名计抑或以利计他们都是成功者；另一方面，他们还有漫长的余生不知应该怎么度过。与前辈比起来，他们不过是成功得相对顺利一些罢了。现代艺术史上的大部分困厄似乎都被印象派和后印象派画家代为领受了。较之后来的那些破坏者如毕加索、杜尚等，无论如何他们当中的大多数都是“好人”，甚至想要带着自己的特色加入传统，就连其中最“坏”的塞尚也还一直渴望能被官方沙龙所接受。传统对待他们实在过于严酷了。而传统也在与他们的长期对峙中耗尽了元气，以致后来遇见真的充满恶意的对手反而不堪一击。印象派画家所关心的“光”与“色”现在看来似乎只是一点改变，但是改变一点也就意味将要连带着改变一切。看着莫奈那张无法令人愉快的照片，我怀疑他或许在想：凭什么你们就这么容易。我的朋友 Morin 谈到印象派和后印象派苦苦挨过的十九世纪后半叶时说：“我恨死那个时代了。”这正好与斯蒂芬·茨威格在《昨日的世界》中对那一时期的追慕和怀念成为对比，但是我们实在难以接受当初凡·高绝望自尽、高更抑郁而终这一类事实。《现代绘画辞典》关于高更说过一段话，似乎也与茨威格的意见相左：

“事实上，他的一生难道不就是一种长期的折磨？他的妻子、同事、朋友、画商、殖民官员和整个社会似乎在合谋造成他的失败，杀害这个具有画家缺点的人。他并非心甘情愿地被不怀好意的同时代人视为一个饿肚子的流浪汉，一个无耻的逃兵，而他潦倒的历史恰恰又是他艺术的成功之路。”

但是在我们所知道的范围，现代艺术史毕竟还是让包括高更在内的一批最有才华的画家得以充分展现才华的时期。代价是一回事，成果是另一回事。相对于很多活得太长的画家，另一些画家的确活得太短了，不过我感到这个长短似乎仅仅涉及他们是否亲眼看到自己的成功，而对他们艺术上的成就并没有构成寻常想象的那种障碍。凡·高和莫迪里阿尼就人生而言都是不幸的，就艺术而言却很难指出他们在什么地方还有待于完善。修拉只活到三十一岁，马蒂斯在这个年龄几乎没有任何业绩，然而马蒂斯还有足够的时间慢慢地成就自己，修拉则已经把一生所要做的都做完了，实在无法想象他还能画出比《大碗岛的星期日下午》更加完美的作品。作为艺术家，修拉和马蒂斯最终都达到了尽善尽美的程度。

现代艺术史像一块从悬崖滚落的巨石，滚动的速度越来越快；而印象派和后印象派是把巨石推上悬崖的人。大概正因为历史不在某处过久停留，绝大多数画家都足以完成他们具体的贡献。问题倒是在另一方面，即前述莫奈等人所面临的那种困境。这个似乎只有毕加索多少能够避免。虽然评论家对他的后期成就亦有微词，但是不能不承认他有太大的创造力使得他不断变化风格，形成自己若干不同时期，从而始终努力走在时代的前列。我并不特别喜欢毕加索，但是非常钦佩他，在现代艺术史上，若论创造力他到底还是占据第一位的。当然更具启发性的是杜尚，罗伯特·马塞韦尔在《杜尚访谈录》的序中说得好：

"当毕加索被问到什么是艺术的时候，他立刻想到的是：'什么不是艺术？'毕加索作为一个画家，要的是界线。而杜尚作为一个'反艺术家'恰恰不要界线。从他们各自的立场来看，彼此都不妨认为对方是儿戏。采取他们两人的任何一个的立场，就可以成为一九一四年也就是第一次世界大战以来艺术史的重要内容。"

这里谈到"立场"，毕加索的立场与印象派乃至更早的画家们并无二致，其本身就意味着一种历史的困境，而他只不过是在此立场上试图解决他们未能解决的问题而已；杜尚才是提供了一种新的立场从而真正解决了这个问题的人。然而杜尚是唯一的，也就是说他绝对不可能被仿效，所以并不一了百了地替同时以及此后的画家解决他们面对的问题。还是那句话，杜尚最大的意义在于他的启发性。

皮埃尔·卡巴内在采访杜尚时提到“不守法的使者”，我想，对于一个真正的现代艺术家来说，这是最具概括性的话了。杜尚在那本谈话录中说：

“一九一二年发生了一件意外的事，使我有了一个所谓的‘契机’。我把《走下楼梯的裸女，第二号》送到独立沙龙，他们在开幕前退给了我。这样一个当时最为先进的团体，某些人会有一种近似害怕的疑虑！像格雷兹，从任何方面看都是极具才智的人，却发现这张裸体画不在他们所划定的范围内。那时立体主义不过才流行了两三年，他们已经有了清楚明确的界线，可以预计他们应该做什么了，这是一种多么天真的愚蠢。这件事使我冷静下来。”

他道出了自己毕生追求的真谛，也让我们明白他对整个现代艺术的最大贡献究竟在哪里。对杜尚来说，根本不存在任何既定模式，真正有生命的艺术永远是不合规范的。否则它就失去了生命。杜尚创作《大玻璃》至少有一个意义是像他所指出的：“它是对所有美学的‘否定’。”同样从这一立场——实际上他是超越了所有立场——出发，他为被评论家和超现实主义者斥为“作品和画家本人良知突然黯淡无光”的德·基里科辩护。杜尚说：

“他的崇拜者无法追随他，于是便断言德·基里科的第二种样式丧失了第一种样式的生命力。不过，我们的后代也许会说话。”

我们尽可以不喜欢德·基里科后来的画作，但是问题不在这里，而在于布勒东等人死死认定他必须要画什么和必须不画什么，这就意味着超现实主义也有一种既定模式存在。其实画家改变风格之举本身无可非议，他可以不受约束地放弃任何东西，就像杜尚本人放弃绘画一样。现代艺术史上根本不存在任何契约关系。据说达利生前曾在成千上万张空白画纸上签了自己的名字，专门留待后人造假，这也可以被理解为是对“界线”表示蔑视。我甚至认为德·基里科的一意孤行未必不是对布勒东等人指责的反应。“德·基里科除了不承认他的早期‘形而上’风格与自己有任何关系并且制造复制品之外，他还宣布一九一八年以前的形而上绘画原作本身都是一些‘赝品’。令人吃惊的是，那些超现实主义者竟然不欣赏这些出自被他们拥立为第一位超现实主义者之口的后达达式语言。”（吉姆·莱文：《超越现代主义》）预先规定“不许如何”似乎与超现实主义崇尚无限自由的主旨最相违背。以后布勒东也是基于同一思路开除达利等人的，这实际上还是以旧的精神去从事新的创造，在我的印象中，布勒东很像是一位纯洁的古代骑士。而杜尚让我们意识到，其实对待艺术的态度本身就是艺术。

现代艺术史与以往的艺术史有所不同，它实际上不仅仅是艺术的历史，而且也是与艺术相关的一切，特别是制造艺术的那个人的经历的历史。现代大众传播媒介使得非纯艺术因素越来越处于重要的位置。举个例子，有一年夏天罗马现代博物馆失窃，国内的电视台报道说，丢失了凡·高等人的作品，我查看报纸发现，这个“等人”乃是塞尚。原来塞尚已经被归到凡·高之外的“等人”里去了。然而这也情有可原。在一般受众心目中，凡·高无论是魅力还是名声都已经远远超过了塞尚；至于艺术史上的地位，那是另外一回事。我也常想古往今来画家多了，何以单单凡·高这么出名呢。当然他的画画得好，这是毋庸置疑的，但是画得好的画家，甚至比凡·高画得还好的画家也不乏其人，所以这并不是唯一的理由。大概除了绘画成就很大之外，凡·高的影响还得力于另外两方面，即经历非凡和在情感上能被大多数人认同。特里温·科普勒斯顿的《西方现代艺术》说：

“一般对绘画知之不多的人都知道并能回想起他的绘画来，在某种程度上，他的声望跟他常常痛苦地表现波希米亚题材有关。至于他本人和他那特别不寻常的生活，已经变得像传奇一般。这样一来，撇开他的艺术不谈，仅仅就其生活而言，他就足以称得上奇妙而又迷人了。遗憾的是，他的生活像个谜，人们在这方面了解甚少，从而使对其艺术的了解和研究也变得困难起来。

“虽然这种情况并非例外，但仍需我们持一种审慎的态度。因为，无论他的生活如何令人费解，终究不能等同于他的艺术。换句话说，完全不了解他的生活，并不等于就不了解他的绘画。危险在于，我们在寻找他的艺术特征时，这特征往往产生于我们对其生活的了解，虽然可能确实存在着这些特征，但也有可能是我们强加于其作品之上的。”

问题在于时至今日，我们已经无法从对凡·高的总体印象里抽掉对他生活的印象而单单留下对他艺术的印象，已经无法忘记他那诸如割下自己耳朵以及最后绝望地自杀这类经历。虽然这对于凡·高来说未必就是公正的，因为他的生活经历之于他本人可以说是几无任何快乐可言。但是在这里行为已经成为艺术，而轶事显然比学者的评价更有分量。

与凡·高相比，塞尚好像没有什么特别的事情可以作为谈资；另外他情感上的近乎冷酷恐怕也使大家对他敬而远之。现代艺术史上一向有两个路数，其一是有情的，其一是无情的，毫无疑问后者应该更是主流的方向，一般受众却未必能够接受得了。凡·高是热情的，但是他的热情并不像后来苏丁等人那样过分，他到底是个正常人，热情保持在可以被大家接受的程度。如果太强烈了，就又产生抵触。凡·高生活和艺术中的底层意识和苦难意识，也有助于他被大多数人所认同。凡·高被同情，被热爱，而后被景仰，他是咱们这些凡人的圣人。塞尚则仅仅是一位伟大的画家。虽然我还是认为塞尚的确要比凡·高更伟大一点儿。

前引《西方现代艺术》所说“他的生活像个谜，人们在这方面了解甚少”的话，似乎是对一般自认为懂得画家生涯的人的提醒。的确我们很容易只知其一不知其二，甚至被自己先入为主的认识所误导，以致对画家创作倾向和作品的看法都成了偏见。高更大概是更为显明的例子。我觉得里德在《现代艺术哲学》中的有关说法可能更为合理一些，当然这丝毫不会降低高更及其艺术在我们心目中的地位：

“他的余生与其应该解释为逃避文明，不如说是绝望地寻求最低可能的生活费用。他到布列塔尼去，不是因为他爱那里的乡土和海滨，而是因为他听说，住在阿旺桥镇的玛丽·让娜·格拉纳旅馆里，一个人一个月只需两三镑即可生活。当他发现靠绘画连这么少的钱都挣不来时，他开始想到那些食物长在树上，甚至衣服亦非必需品的热带岛屿。”

温迪·贝克特嬷嬷在《绘画的故事》里指出：“很少有画家像凡·高那样对自画像深感兴趣。”然而是否还有这样的原因，即凡·高让自己充当模特儿，从而用不着支付那笔费用了呢，——多半他根本就没钱可支付。这一揣测并不妨碍我们认同温迪嬷嬷对凡·高自画像价值的判断：它们“以其纯粹与真实感而获得了无法抗拒的感染力”。凡·高画向日葵，画皮鞋，画妓女，等等，我猜想也有类似这种“不得不如此”的理由，如同高更移居塔希提岛一样。我们不要想得太复杂了。

以上都是我阅读现代艺术史时胡乱想到的，不用说即使不算谬误，也一定很肤浅。但我实在是一个喜欢看画的人。我觉得就“现代性”而言，一百多年来在绘画中可能比在文学中表现得更为全面，也更为彻底。而且相比之下，绘画较之文字也比较容易被我们直接接受——我说的是看原作，真有如直接面对画家一般，看翻译作品则好比与作者之间隔着个传话的人，很可能给传错或传走样了。然而原画收藏于各美术馆，很难有机会一一看到，那么退而求其次，只好去看画册，不过这个“次”可就次得太多了。一则颜色多少失真，严格说来，没有一幅油画印出来还是原来的样子，对莫奈、高更这些在色彩上特别有追求的画家，如果打算通过印刷品来揣摩其风格，简直就是白费功夫，所以翻看印刷得差劲的画册，其被误导并不亚于阅读拙劣的译文，例如将《红与黑》的末尾一句“elle mourut en embrassant ses enfants”译为“她也吻着孩子，魂归离恨天了”，将《暗店街》开头一句“Je ne suis rien”译为“我飘飘无所似，不过幽幽一身影”。再则尺寸有所改变，修拉的《大碗岛的星期日下午》，高更的《我们从何处来？我们是谁？我们往何处去？》等，原本都是有心画成的“大画”；而德·契里柯和达利，有个时期却故意把画幅弄得很小，最有名的《一条街的忧郁和神秘》《记忆的延续性》等，皆是如此。可是印在画册里，大小差别往往就看不出来了，甚至比例颠倒也很常见。

但是不管怎么说，我在艺术观念、艺术感受和人生感受上获益于现代绘画的地方的确很多。我开始看画时，自家思想差不多已经定型。受此影响，最感兴趣的还是西方绘画发生根本变革之后，亦即由印象派所开始的现代美术史。大略清理一下自己在这方面的爱好，觉得塞尚、高更、凡·高和修拉，都是真正打通了古今的大师。如果单说二十世纪的画家，则我最喜欢的可以分作三个层面，其一是表现主义，传达了我的情感；其二是超现实主义，印证了我有关艺术本质的认识；其三也是最高程度上的，是杜尚，体现了我对整个世界的态度。此外还有一些一向没有谈到的画家，譬如时间稍晚的抽象派画家尼古拉·德·斯塔埃尔和皮埃尔·苏拉热，我一九九四年和一九九六年在巴黎分别看过他们的画展，觉得自己交替变化的亮与暗的两种心境，分别与二位的作品颇有契合。

在我看来，绘画与文学之间自有相近之处，作为观者或读者，无妨加以融会贯通。我曾写文章说，有位旅居美国的朋友打算送本画册给我，问我想要谁的。我报了三个名字：德·基里科、鲁奥和马格利特。三位的画册我都有，但都嫌它们太薄，想各找一本较厚的。朋友听了我的话就笑了，说这与你对作家的兴趣完全一致——德·基里科与卡夫卡，鲁奥与陀思妥耶夫斯基，马格利特与纳博科夫和卡尔维诺，都能一一对应起来。我说也许还该加上一位塞尚，只是他的画册我已有一本满意的了，与他相对应的作家是福楼拜。德·基里科画作中始终没有露面的主体——一个被寂静、空旷和阴影吓坏了的人，正是卡夫卡所塑造的角色，对我来说，这浓缩了一己对于世界的基本感受。鲁奥以颇为相近的粗犷笔墨描绘的基督和妓女形象，同样出现在陀思妥耶夫斯基笔下，就中浓重、阴郁又有光亮的氛围和所流露的深沉、细腻的情感，我颇觉契合。马格利特充满悖论的智慧和游戏态度，与纳博科夫和卡尔维诺是一致的，而这始终令我神往。以上都是人间视点；此外还存在着一个俯视人间万物的“天地不仁”的自然视点，这在塞尚和福楼拜那儿体现得最充分，对此我多少有所领会。虽然我喜欢的作家还有很多，但是上述几位确实替我大致标举了极向，或者说划定了范围。

二〇一八年二月二十五日改

人名对照表

（以拉丁字母排序）

Bacon，Francis　弗朗西斯·培根

Balla，Giacomo　贾科莫·巴拉

Balthus（Klossowski de Rola）　巴尔蒂斯（克洛索夫斯基·德·罗拉）

Beardsley，Aubrey　奥布里·比尔兹利

Beckmann，Max　马克斯·贝克曼

Boccioni，Umberto　翁贝托·博乔尼

Böcklin，Arnold　阿诺德·勃克林

Bonnard，Pierre　皮埃尔·博纳尔

Braque，Georges　乔治·布拉克

Carrà，Carlo　卡洛·卡拉

Cassatt，Mary　玛丽·卡萨特

Cezanne，Paul　保罗·塞尚

Chagall，Marc　马克·夏加尔

Dali, Salvador　萨尔瓦多·达利

De Chirico, Giorgio　乔吉奥·德·基里科

Degas, Edgar　埃德加·德加

De Kooning, Willem　威廉·德·库宁

Delaunay, Robert　罗伯特·德劳内

Delvaux, Paul　保罗·德尔沃

Derain, Andre　安德烈·德兰

Dubuffet, Jean　让·迪比费

Duchamp, Marcel　马塞尔·杜尚

Ensor, James　詹姆斯·恩索尔

Ernst, Max　马克斯·恩斯特

Freud, Lucian　卢西安·弗洛伊德

Gauguin, Paul　保罗·高更

Kandinsky, Wassily　瓦西里·康定斯基

Kirchner, Ernst Ludwig　恩斯特·路德维希·凯尔希纳

Klee, Paul　保罗·克利

Klimt, Gustav　古斯塔夫·克里姆特

Kokoschka, Oskar　奥斯卡·科柯施卡

Kupka, Frantisek　弗朗迪塞克·库普卡

Leger, Fernand　费尔南·莱热

Magritte, Rene　勒内·马格利特
Malevich, Kasimir　卡济米尔·马列维奇
Manet, Edouard　爱德华·马奈
Marc, Franz　弗朗茨·马克
Masson, Andre　安德烈·马松
Matisse, Henri　亨利·马蒂斯
Miró, Joan　霍安·米罗
Modigliani, Amedeo　阿梅代奥·莫迪里阿尼
Mondrian, Piet　皮埃特·蒙德里安
Monet, Claude　克劳德·莫奈
Moreau, Gustave　古斯塔夫·莫罗
Morisot, Berthe　贝尔特·莫里索
Munch, Edvard　爱德华·蒙克

Nolde, Emil　埃米尔·诺尔德

Pascin, Jule　朱勒·帕斯金
Picasso, Pablo　巴勃罗·毕加索

Pissarro，Camille　　卡米耶·毕沙罗

Redon，Odilon　　奥迪隆·雷东

Renoir，Pierre-Auguste　　皮埃尔－奥古斯特·雷诺阿

Rouault，Geroges　　乔治·鲁奥

Rousseau，Henri　　亨利·卢梭

Schiele，Egon　　埃贡·席勒

Seurat，Georges　　乔治·修拉

Severini，Gino　　吉诺·塞韦里尼

Sisley，Alfred　　阿尔弗雷德·西斯莱

Soutine，Chaim　　夏伊姆·苏丁

Tanguy，Yves　　伊夫·唐吉

Toulouse-Lautrec，Henri de　　亨利·德·图卢兹－洛特雷克

Van Dongen，Kees　　凯斯·凡·东根

Van Gogh，Vincent　　文森特·凡·高

文
景
Horizon
社 科 新 知　文 艺 新 潮

画见
止庵　著

出 品 人：姚映然
责任编辑：成昱臻
营销编辑：孙　倩
封扉设计：安克晨

出　　品：北京世纪文景文化传播有限责任公司
（北京朝阳区东土城路8号林达大厦A座4A　100013）
出版发行：上海人民出版社
印　　刷：北京盛通印刷股份有限公司
制　　版：北京大观世纪文化传媒有限公司

开 本：890mm × 1240mm　1/32
印 张：14.5　　字 数：275,000　　插页：2
2019年6月第1版　　2019年6月第1次印刷
定 价：85.00元
ISBN：978-7-208-15133-8/I · 1714

图书在版编目（CIP）数据

画见 / 止庵著. -- 上海：上海人民出版社，2018
ISBN 978-7-208-15133-8

Ⅰ.①画… Ⅱ.①止… Ⅲ.①散文集－中国－当代
Ⅳ.①I267

中国版本图书馆CIP数据核字（2018）第082780号

本书如有印装错误，请致电本社更换 010-52187586